모두 고양이를 봤다

전윤호 SF 장편소설

GRAVITY BOOKS

모두 고양이를 봤다
초판 1쇄 펴냄　2020년 8월 12일

지은이	전윤호
발행인	박민홍
기획총괄	김현주
디자인	정승구
표지일러스트	전주은
교정교열	오서연
마케팅	정의재
인쇄	명일인쇄
발행처	그래비티북스
등록	2017년 10월 31일(제2017-000220호)
주소	06782 서울시 서초구 논현로45 (양재동, 보람빌딩 2층)
전화	02-508-4508
팩스	02-571-4508
전자우편	say1@cremuge.com
ISBN	979-11-89852-12-2

그래비티북스는 무게중심창의력연구소의 출판 전문 브랜드입니다.

이 도서의 국립중앙도서관 출판예정도서목록(CIP)은 서지정보유통지원시스템 홈페이지 (http://seoji.nl.go.kr)와 국가자료종합목록 구축시스템(http://kolis-net.nl.go.kr)에서 이용하실 수 있습니다. (CIP제어번호 : CIP2020032796)

모두 고양이를 봤다

전윤호 SF 장편소설

GRAVITY BOOKS

서평

소설의 주인공 수진이 되어 나도 모르게
사건 현장 곳곳을 누비면서,
내가 지금 Q-웨이브의 영향을 받고 있는 것은
아닐까 라는 착각과 전율을 느꼈다.
우리 앞에 이미 성큼 다가온 인공지능의
시대가 궁금한 분들에게 이 책을 추천한다.

임혜숙, 대한전자공학회 회장, 이화여자대학교 교수

이 작품을 읽는 내내 SF 소설과 하이퍼리얼리즘
소설의 느낌을 같이 받았습니다.

Q-웨이브는 공상과학임에 틀림없지만,
그것이 만들어내는 사회적 현상과 범죄자를
추적하는 과정은 IT업계에 대한 깊은 이해를 담아
현실적으로 묘사되었기 때문입니다.

코로나 시대에 과학자가
새로운 리더의 역할을 맡게 되었다면,
이 작품에서는 데이터과학자가 새로운
리더의 역할을 맡게 되는 부분도 흥미 있었습니다.

IT 분야 분들은 지적인 재미를,
다른 분들도 새로운 기술이 사회에
어떻게 영향을 끼치는지를 재미있게 살펴볼 수 있는
훌륭한 작품입니다.

김범준, 우아한형제들 대표

'모두 고양이를 봤다'의 긴박하지만
짜임새 있는 전개는 마치 미드 한 시리즈를 마친 것 같은
기분을 준다.
또, 현존하지는 않지만 마치 조만간
충분히 개발될 것 같은 기술을 둘러싼
사건의 전개는 독자가 책과 완벽하게
'동기화'할 수 있는 기회를 준다.

공학박사/개발자/AI 전문가인 전윤호 작가가 그동안 IT
에서 쌓은 엄청난 노하우가 아주
잘 발현된 소설로 IT에 조금이라도 관심이 있거나 몸을
담았던 사람이라면 익숙한 전문용어(jargon)들의 향연에
반가움을 느낄 것이며,
또 그럼에도 불구하고 일반인도 쉽고 재미있게 읽을 수
있다는 점에 또 한 번 놀랄 것이다.
그리고… 데이터사이언티스트, 만세!!!

노상범, 개발자 커뮤니티 OKKY 대표 / eBrain 대표

누가 텔레파시를 따분하다고 했나(내가 그랬다)

"모두 고양이를 봤다"는 텔레파시를
현실적으로 풀어헤치는 하드SF다.
"모두 고양이를 봤다"는 이런 텔레파시에 대한
SF적 가정을 바탕으로 현실적인 사고실험을 이끌어
낸다. 마지막 페이지를 덮고 나면
이런 생각이 들 수 있다.
나는 정말 커피가 마시고 싶은 걸까.
나는 정말 저 정치인이 싫었던 걸까.
이 책을 펼친 건 정말 나의 의지와 선택이었을까.

해도연 SF소설가 / 천문학 박사

차 례

환각	11
현장	27
조사단	37
회복	51
Q-웨이브	67
USB	81

국정원	91
변신	99
발견	109
체포	123
배신	133
미국인	141

양평	151	청와대	223	인천	313
프로젝트 Q	165	영동대로	233	2 단계	331
분석	175	은폐	249		
자책	189	송신 장치	259		
추앙신	201	감정	273	서평	334
수신 장치	209	서해	283	작가의 말	338

환각

 눈을 감아도, 고개를 돌려도, 손으로 밀쳐도 그대로였다. 그저 지켜보고 있을 수밖에 없었다.
 그것은 어렴풋이 빛나는 연녹색의 두 원반이 나란히 눈앞에 어른거리며 시작됐다. 검은 틈이 각 원반을 세로로 가르고, 원반들 밑으로 붉그스레한 삼각형이, 다시 그 아래에 세 갈래 검은 선이 나타났다. 갈색으로 얼룩진 윤곽이 차츰 짙어지며 도형들을 감싸고, 그 주변에는 하얀 선들이 사방으로 팽팽히 뻗어나갔다. 어느새 원반은 눈동자가 되고, 붉은 삼각형은 코가, 검은 선은 인중과 입이 되었다. 하얀 선과 갈색 얼룩은 길고 짧은 털로 바뀌었다.
 고양이 얼굴이었다.

수진은 눈을 감아봤다. 여전히 보였다. 나른한 오후 시간이기는 했어도 분명 꿈은 아니었다. 하지만 마치 꿈을 꾸듯 흐릿한 고양이 형상은 아무리 쳐다봐도 초점이 맞지 않았다.

"아악―. 이게 뭐, 뭐야"

뒷자리에서 지연의 비명이 들렸다. 돌아보니 지연은 눈앞에 팔을 휘젓고 있었고 수진의 시선을 따라온 고양이 얼굴이 그 앞에 겹쳐졌다.

"수진 님, 수진 님도 뭐가 보여요?"

옆자리에서는 준영이 천정을 쳐다보며 말했다. 그 순간 고양이 얼굴은 사라졌다.

"뭔가 눈앞에 보였는데 지금 막 사라졌어요."

"혹시… 고양이였나요?"

"설마, 준영 님도 고양이 얼굴을 봤어요?"

준영이 창백한 얼굴을 끄덕이는 순간 근처에서 쿵 소리가 들렸다. 소리가 난 쪽을 돌아봤다. 얼마 전 신입으로 입사한 민서가 바닥에 쓰러져 있었다. 수진은 반사적으로 그쪽으로 뛰어갔다.

"민서 님, 괜찮아요?"

민서는 아무 대답도 못 하며 몸을 떨고 있었다. 그녀는 민서를 일으켜 의자에 앉혔다. 민서는 정신을 차리려 애쓰는 모습이었다. 다행히 다친 곳은 눈에 띄지 않았다. 수진은 책상에 있던 생수병을 열어 민서 손에 들려줬다.

"물이라도 마시면 좀 나을 거에요."

"이제 괜찮은 것 같아요." 민서가 힘없이 말했다.

"교통사고가 났어요." 창가에서 밖을 내다보던 준영이 말했다.

길에는 멈춘 차량 몇 대에서 연기가 뿜어 나오고 있었고 사람들은 길가에 모여 뭔가 얘기하고 있었다. 자동 제동장치가 장착되지 않은 구형 차량이었다. 어떤 사람은 도로에 주저앉아 있었다. 사무실을 둘러봤다. 하나로 넓게 트인 공간은 종종 너무 시끄러웠지만, 이럴 때는 전체를 한눈에 조망하기 좋았다. 귀신이라도 본 듯한 표정으로 멍하니 앉아 있는 사람도 있었고 전화 통화를 하는 사람도 있었다. 대부분은 몇 명씩 모여 흥분한 목소리로 각자 뭘 봤는지 얘기하고 있었다. 그때 사무실 벽에 달린 모니터에 빨간색 알람 창이 나타났다.

'급상승 단어: 환각 (857) , 환상 (596), 고양이 (415), 환영 (328), 귀신 (259),…'

수진이 근무하는 회사의 서비스 중에 지역 기반 잡담 서비스가 있었다. 부근의 사람들과 익명으로 잡담하는 게시판 형태의 서비스였는데, 휴대폰의 위치 정보와 실시간 인기도를 적절히 반영한 랭킹 알고리즘[1]으로 그 지역의 인기 글을 바로바로 보여주면서도 부적절한 글들은 잘 걸러주기에 인기가 많았다. 그녀가 속한 데이터 플랫폼 팀에서는 몇 달 전, 이 서비스에서 사용 빈도가 갑자기 상승하는 단어를 실시간으로 탐지하는 기능을 개발했다. 수진은 새로 올라온 글들을 살펴봤다.

'환각을 봤어요!'

'헉 고양이 얼굴이…'

'혹시 방금 이상한 걸 봤나요?'

수진은 자리로 돌아와 노트북으로 잡담 서비스 관리 화면에 로그인했다. 현재 위치와 가까운 곳에서 작성된 글들만 볼 수 있는 휴대폰 앱과 달리, 관리 화면에서는 지역별로 등록된 글들을 조회해 볼 수 있었다. 범위를 넓혀 서울 전역의 글을 조회해보니 휴대폰에서 봤던 강남 부근과 마찬가지로 환각을 봤다는 글들이 빠르게 늘어나고 있었다. 위치를 바꿔 제주 지역에서 새로 올라오는 글들을 봤다. 가끔 '고양이를 봤대요'와 같은 글들이 있었지만, 자기가 직접 봤다는 얘기는 없었다. 다른 지역들도 차례로 살펴봤다.

"제주에서는 못 봤대요." 수진이 말했다. 주위에 있던 몇몇 동료들이 모여들었다.

---

1. 검색 등의 결과를 보여주는 순서를 결정하는 알고리즘

"판교는요?" 지연이 물었다.

그녀는 위치 필드를 바꿔 다시 조회해봤다.

"판교는… 간혹 있기는 한데, 여기처럼 다 본 건 아닌 것 같아요."

"지금 막 뉴스에도 서울에서 사람들이 환각을 봤다고 나왔어요. 사고도 많이 났나 봐요." 준영이 자신의 노트북 화면을 보며 말했다.

수진은 엄마에게 전화를 걸어 보았으나 불통이었다. 6세대 통신이라고 해도 이런 순간에 통화가 잘 안 되는 것은 여전했다. 엄마가 사는 곳은 판교보다도 더 남쪽이니 별일 없겠지만, 좀 더 정확하게 상황을 파악해보고 싶었다. 잡담 서비스에 올라온 글들을 이용하면 될 것 같았다. 무슨 일이 일어나면 바로바로 많은 글이 공유되는 데다, 모든 글에는 정확한 위치 정보가 함께 기록되기 때문에 환각 현상의 지역별 통계를 분석하기에 안성맞춤이었다. 하지만 환각에 관한 글이라고 해도 구체적인 내용이나 표현 문구는 제각각이었다. 게다가 직접 환각을 본 것이 아니라 다른 사람의 얘기를 언급하거나 원인을 추측하는 글도 많아서, 단순히 '환각'과 같은 키워드 몇 가지로 데이터베이스를 조회해서 될 일은 아니었다.

"우리, 진원지를 찾아보면 어떨까요?" 수진이 주위에 있던 동료들에게 말했다.

"환각의 진원지요?" 준영이 물었다.

"우리 사무실에서는 대부분 봤는데 서울에서 멀어질수록 환각을 본 사람이 적어진다면, 원인이 뭐가 되었건 지진의 진원지 같은 환각의 중심 지점이 있을지도 몰라요."

"그럴 수 있겠네요. 마침 우리 데이터에는 정확한 위치 정보도 있으니."

"본인이 직접 환각이나 고양이를 봤다는 글들을 찾아내고, 하지만 이 사건에 대한 의견을 얘기하거나 남이 본 것을 인용하는 글들은 다 걸러내야 해요. 검색 엔진으로는 안 될 테고 머신 러닝 방식의 자연어 분류기를 만들어 볼게요."

"그럼 저는 분류된 글들로부터 위치 중심을 찾는 코드를 만들게요. 각 글의 위도와 경도의 평균값으로." 준영이 말했다.

"그냥 평균값을 구하면 원래 글이 많이 올라오는 지역으로 바이어스될 수 있으니, 그 지역 인구밀도로 정규화해야 하지 않을까요?"

"음, 인구밀도보다도 지난 한 달간의 포스트 수로 정규화하면 더 정확할 것 같네요."

"그러면 지연 님은 준영 님을 좀 도와주세요. 민서 님, 이제 좀 괜찮아요? 지금 안 바쁜 인턴들 모아주세요. 손이 좀 필요해요."

많은 양의 데이터가 모일수록 통계치의 정확도는 올라간다. 이 서비스에는 평소에도 매초 수백 개씩 글이 올라온다. 지금은 초당 수천 개의 글이 등록되고 있었지만, 클라우드 인프라[2]가 가상 서버 인스턴스 수를 자동으로 늘려가며 간신히 버텨내고 있었다. 통계를 위한 데이터의 모수는 충분했다. 딥러닝 모델로 자연어 문장을 분류하는 것은 머신 러닝 기술의 표준적인 응용이었고, 수진은 얼마 전 잡담 서비스에서 부적절한 글을 걸러내는 기능을 고도화하기 위해 이 방식을 사용했다. 그때 작성한 코드는 조금만 수정하면 쓸 수 있고, 그때 학습된 모델을 전이학습[3]에 이용하면 새로운 분류기의 학습에 필요한 데이터양도 줄일 수 있다. 수진은 가장 최신의 글 3,000개를 뽑아 자신과 4명의 인턴에게 나눴다.

"자, 이제 이 글들을 각각 4개의 카테고리로 분류하세요. 고양이를 봤다는 글, 다른 모습을 봤다는 글, 이 사건에 대한 의견이나 추측 글, 그리고 전혀 관련 없는 글."

---

2. cloud infrastructure. 네트워크를 통해 가상화된 컴퓨터 시스템 자원을 제공하는 기반 시설
3. transfer learning. 어떤 태스크에 대해 기존에 학습된((pretrained) 딥러닝 모델의 일부 또는 전체를 이용하여 유사한 다른 태스크를 효율적으로 학습시키는 방법

투덜거리면서도 재바르게 일해 준 인턴들 덕분에 분류 작업은 한 시간이 채 안 걸렸다. 분류된 글들을 이용하여 자연어 분류기 모델을 학습시켰다. 그사이에 추가로 분류한 글로 검증해보니 대부분 맞게 분류했다. 분류 오류가 지역 의존성은 없을 거라고 보면 진원지를 찾는 것은 이 정도면 충분할 것 같았다. 사건 발생 이후의 모든 글을 분류하도록 작업 스크립트를 작성해 실행시켜 두고 결과를 기다리는 동안 수진은 다시 엄마에게 전화를 걸었다. 그제야 통화가 연결됐다.

"엄마, 별일 없어요?"

"수진이구나."

"엄마, 목소리가 왜 그래요?"

"어, 내가 말이야, 별 건 아니고 아까 넘어져서 병원에 와 있거든."

"아니, 어쩌다가요? 많이 다쳤어요?"

"아니야, 그냥 팔 조금 다치고, 긁히고 그랬는데 괜찮은 것 같대."

"엄마, 거기 어느 병원이에요? 내가 지금 갈게요."

"야, 뭐하러 여기까지 오니? 바쁜 사람이. 난 괜찮다니까."

"금방 갈게요."

전화를 끊으니 분류 작업 결과가 나와 있었다. 104,729

개의 글이 환각을 직접 목격한 글로 분류되었다. 먼저 이 글들의 위치를 지도에 점으로 표시해보니 강남을 중심으로 한 얼룩덜룩한 구름처럼 보였다. 준영이 그동안 만든 프로그램을 이용하여 환각 목격 글의 빈도를 평소 지역별 글의 빈도로 정규화하고 그 결과를 지도 위에 등고선 형태로 표시했다. 회사에서 멀지 않은 강남 역삼동의 한 지점을 중심으로, 대략 반경 5km 정도까지는 고양이 환각을 봤다는 글이 많았고 5km를 넘어 멀어질수록 고양이 외의 환각을 봤다는 비율이 상대적으로 커지면서 전체적으로는 거리가 멀어질수록 환각 목격 빈도는 줄어들었다. 등고선은 거의 원형에 가까웠다. 결과 화면을 캡처해서 팀장에게 메신저로 전송했다.

'팀장님, 어디 계세요? 잡담 서비스에 올라온 환각 관련 글의 위치와 빈도를 분석했어요. 역삼동이 진원지이고요, 거리에 따라 정규화 된 빈도가 줄어드는데 거리의 제곱에 반비례하지는 않고 그보다 천천히 떨어져요. 판교나 광화문의 데이터 분석 결과를 보면 산과 같은 지형의 영향은 받지 않는 것 같고요.'

잠시 후 답장이 왔다.

'지금 전사 긴급회의에 와 있는데요, 보내주신 결과를 보여줬더니 바로 공개하자고 하네요. 우리 기술 블로그에 간단히 정리해서 올려주세요. 홍보팀, 법무팀은 다 문제없

다고 했어요.'

분석 방법과 결과에 대한 간단한 설명을 작성해서 빈도 등고선이 표시된 지도와 함께 회사의 기술 블로그에 올렸다. 홍보팀에 연락해서 회사의 다른 소셜 채널에도 블로그 링크와 요약된 글을 게시하도록 하고 그녀가 속해 있는 외부의 기술 커뮤니티에도 같은 내용을 올렸다.

"수진 님, 안 들어가세요? 다들 집에 빨리 들어간다고 해서요." 민서가 말했다.

"저도 가보려고요. 민서 님은 들어가서 푹 쉬세요."

* * *

엄마는 팔에 깁스를 하고 머리에도 붕대를 싸매고 침대에 누워있었다. 생각했던 것보다 엄마가 많이 다쳐서 놀랐지만, 목소리를 애써 가다듬으며 말했다.

"아니, 이게 조금 다친 거예요?"

"수진이 왔구나. 회사 일도 바쁠 텐데 여기까지 왜 왔어? 내일도 출근하잖아."

"눈도 안 보이는 사람이 이렇게 다쳐서 혼자 병원에 들어왔는데 어떻게 안 와 봐요? 그런데 정말 어쩌다 이랬어요?"

"아 그게, 그 고양이 있잖니. 나도 그걸 봤거든."

"그걸 보셨다고요? 이 부근에서는 본 사람이 거의 없을 텐데."

엄마는 용인 부근에서 혼자 지내고 있었다. 아까 확인한 바에 따르면, 진원지로부터 이 정도 거리에선 환각을 본 사람이 거의 없었다.

"보다마다. 뉴스에서는 사람들이 고양이를 봤다고만 하던데, 난 고양이만 본 게 아니야. 고양이 얼굴이 먼저 보이고 그 뒤로 숲도 보이고, 꽃도 보이고. 정말 아름다웠어. 내가 얼마 만에 이런 생생한 모습을 보니…."

엄마는 말을 잇지 못했다. 수진은 엄마의 손을 잡았다.

"그래서요?"

"그거 보고 막 쫓아가는데 뭐가 갑자기 꽝 하더라고. 그 차 운전자도 뭘 보긴 봤는지, 자기도 나를 제대로 못 봤다고 하더구나."

"엄마, 큰일 날 뻔했네요. 왜 바로 전화 안 했어요? 머리는요?"

"가벼운 뇌진탕인데, 며칠 관찰해보고 괜찮으면 퇴원해도 된대. 앞이 안 보이는 사람 중에 가끔 머릿속에서 헛것을 보는 사람도 있다더라. 그래서 그때는 그냥 그런 건가 보다 했지. 그러다 구급차 타고 병원으로 오는데, 무전으로 계속 여러 군데 사고 소식이 들리고, 구급요원이 환각 얘기를 해줘서 내가 본 걸 남들도 봤다는 걸 알았지."

"서울에서 주로 봤어요. 수백만 명은 봤을 거예요. 사고도 그쪽에서 많이 일어나서, 여긴 괜찮을 거라고 생각했는데…."

"나도 TV에서 사고 얘기 들었는데, 난 그래도 이만하면 많이 안 다친 거야. 병원에서 다 알아서 해주는데 너한테 전화해봐야 네가 걱정밖에 더하겠니? 그리고 다른 사람들은 무섭다고 난리던데, 난 그거 봤을 때 무섭기는커녕 가슴이 막 벅차서…. 눈이 멀쩡할 때 봤던 것들, 그 모습들 가끔 머릿속에 떠올려보려 해도 잘 안 되던데, 이건 정말 생생하게 보였어. 그 차가 와서 박지만 않았으면 더 봤을 텐데."

"엄마, 제발 무슨 일 있으면 나한테 바로 전화 좀 해요."

"필요한 거 있으면 내가 연락하지, 안 하겠니? 그나저나, 저녁은 먹었어? 여기 병원 지하에 식당 있다고 하더라."

집으로 돌아오니 11시가 넘었다. 환각을 본 것이 2시 경이었으니 9시간 동안 데이터 분석하고, 정리해서 블로그에 올리고, 엄마 병원에 다녀오느라 몸은 무척 피곤했지만 머리는 아직도 흥분 상태였다. 도대체 무슨 일이 일어난 걸까. 바로 누워봐야 잠도 안 올 것 같아서 인터넷 뉴스를 봤다. 아직 아무도 원인을 짐작조차 못 하고 있었고 아직 집계가 다 안 되었어도 많은 피해가 있었던 것만은 분명했다. 최소한 수백 명이 놀라 쓰러지거나 발작을 일으켰고, 교통사고로 인한 인명피해도 많았다. 회사 이메일을 확인해보니 진원지에 가까웠던 수진의 회사에도 놀라서 기절하거나 발작을 일으킨 사람들이 여럿 있었다. 그래도 크게 다친 사람이 없었던 것은 그나마 다행이었다. 엄마는 진원지에서 꽤 먼 곳에 있었는데 어떻게 그렇게 생생한 환각을 봤을까. 샤워기를 틀었다. 따뜻한 물로 긴장을 풀어야 잠을 잘 수 있을 것 같았다. 샤워기 물이 따뜻해지기를 기다리는데 전화가 울렸다. 모르는 번호였다.

"여보세요."

"늦은 시간에 죄송합니다. 채수진 연구원이신가요?"

"네, 전데요."

"저는 행정안전부의 이정훈 과장이라고 합니다. 이번 고양이 환각 사건 분석한 글을 회사 기술 블로그에 올리신 분 맞죠?"

"분석은 여럿이 함께했고 블로그 글은 제가 작성한 것이 맞습니다."

"이번 사태의 원인을 밝히기 위해 정부에서는 관련 부서와 전문가들을 모아 합동 조사단을 구성하고 있습니다. 거기에 채 연구원님도 참여해 주셨으면 합니다."

"네? 제가요? 제가 뭘 해야 하는데요?"

"뭘 해야 할지 모르는 것은 다른 전문가들도 마찬가지

입니다. 아직 아무런 실마리도 없습니다. 그나마 채 연구원님의 진원지 위치 추정이 이 사건에 대해 과학적으로 분석한 몇 안 되는 건이고요. 저도 그걸 보고 데이터 분석하는 분이 필요하겠다고 생각해서 회사 홍보팀 통해 연락처를 받았습니다. 회사에는 내일 중으로 공식 협조 요청 공문을 보내드릴 거고요. 내일 아침에 바로 조사단 사무실로 나와 주셨으면 합니다."

그때 메시지 알람이 울렸다. 팀장이었다.

'곧 정부쪽에서 연락이 올 텐데 협조 부탁합니다.'

"팀장님도 협조하라고 하시네요. 그런데 언제 어디로 가야 하나요?"

"감사합니다. 장소와 시간은 바로 메시지로 보내드리겠습니다. 내일 뵙겠습니다."

수진은 회사에서 새로운 일을 두려워하지 않았다. 물론 신입이었을 때는 긴장하고 걱정도 많이 했었지만, 좀 지나고 보니 그녀가 할 만한 일이어서 그녀에게 시킨 것이었고 능력껏 열심히 하면 항상 남들만큼은, 또는 그 이상을 해냈다. 무슨 일을 해야 하는지 목표도 분명했다. 하지만 이번 경우는 달랐다. 그녀뿐만 아니라 그녀를 부른 사람도 무슨 일을 해야 하는지, 그녀가 할 수 있을 만한 일인지 전혀 몰랐다. 한 가지는 분명했다. 엄마와 회사 동료들, 그 외의 수많은 사람들을 위험에 빠뜨렸던 일의 원인을 밝히지 못하면 언제 이런 일이 다시 일어날지 알 수 없다는 것. 환각을 보고 놀란 아주머니가 브레이크를 밟는다는 것이 가속페달을 밟는 바람에 하굣길 아이들을 덮쳤다는 끔찍한 뉴스, 엄마가 깁스하고 누워있는 모습이 생각났다. 침대에 누운 채 두 시간을 뒤척였다. 내일은 더 힘들 텐데, 아 내일이 아니고 오늘이지. 오늘도 쉽게 잠들 수 없는 날이다. 그녀는 서랍에서 지난번에 처방받고 남겨뒀던 수면제를 꺼냈다.

현 장

 전 날 아무 일도 없었던 듯, 출근 시간 지하철은 여느 때와 별반 다르지 않았다. 민규는 평소처럼 출근 시간에 딱 맞춰 가며 뉴스를 읽고 있었다. 어젯밤 강남경찰서 형사과 동료들과 "우리의 새로운 고양이 지도자를 위하여!"를 외치며 늦게까지 술잔을 부딪치느라 못 봤던 저녁 뉴스부터 다시 훑어봤다. 역시 이 사건에 대해 뭐라도 알고 쓴 기사는 하나도 없었다. 그나마 좀 그럴법한 가설이 착란을 유발하는 가스가 유출되었다는 것이었으나, 왜 모두 비슷한 모습을 보았는지, 어떻게 수십km 이상 떨어진 곳에서도 정확히 같은 순간에 착란 가스의 영향을 받았는지 전혀 설명하지 못했다. 과거의 집단 환각 사건들과 비교하는 기사도 여럿 있었지만, 이번처럼 넓은 지역에서 아무런 상관도 없는 사람들이 동일한 환각을 본 경우는 없었다.

언제나처럼 정부는 뭐하냐며 빨리 원인을 파악하고 대책을 세우라는 신문 기사에는 이게 휴대폰 전자파 간섭 때문이라는 댓글이 인기를 얻고 있었다. 유튜브를 비롯한 개인 미디어들은 그나마 재미있기라도 했다. 반려동물 회사가 주요 웹사이트를 해킹해서 잠재의식 메시지를 심어뒀다가 발생한 사건이라는 설명은 제법 그럴싸했지만, 기껏 고양이 사료 좀 팔기 위해 그런 어려운 일을—설령 그게 정말로 가능하더라도—해냈을 리 만무했다. 서울 상공에 UFO와 거대한 홀로그램 고양이 얼굴을 그려놓고 영어 자막까지 달아놓은 동영상은 클릭 수가 벌써 수십만을 넘었다. 그는 술 마실 시간에 경찰청의 몽타주 그려주는 사람한테 고양이를 그려달라고 부탁해서 비디오나 만들어 올릴걸, 하고 후회했다. 하지만 형사 리얼리티 동영상으로 돈좀 벌어 보겠다고, 비디오 편집 소프트웨어와 책을 사놓기만 하고 아직 시작도 못 하고 있는 게 기억났다.

경찰 내부망에 올라온 글들을 살펴봤다. 그가 근무하는 강남경찰서 관할 지역에서만도 환각 직후에 발생한 교통사고가 100건이 넘었고, 그 외에 심장마비 등으로 사망한 사람도 여럿 있었다. 다른 부서 경찰들이 저녁 내내 바빴을 생각을 하니 그 시간에 술집에 있었던 것이 좀 민망했다. 그가 갔던 술집에서도 세상의 종말이 다가왔다는 핑계로 감당 못 할 만큼 술을 마시다 벌어진 싸움이 두 건이나 돼서, 그가 나서서 정리하기는 했다. 다른 지역 경찰서는 이만큼 사고 건수가 많지는 않았다. 서울, 그중에서도 강남 부근에서 환각이 제일 많이 목격되었다는 기사대로였다. 광화문 광장에선 사이비 종교단체가 신고도 없이 집회를 열고 신의 계시라며 스피커로 떠드는 통에 좀 시끄러웠던 모양이었다. 각 경찰서에는 관련 사고 집계와 함께 관내 종교단체들의 동향을 파악해서 보고하라는 경찰청의 지시가 내려와 있었다.

"선배님, 어제 잘 들어가셨어요?"

사무실에 들어서자 지혜가 물었다.

"그래, 최 형사. 어제 집에 가서 고양이한테 잘 보였어? 엎드려 절할 거라고 했잖아?"

"다시 보니 좀 다르게 생겼더라고요."

팀장이 한심하다는 표정을 지으며 걸어왔다.

"이봐 김 형사, 최 형사. 늦게 출근해서 잡담들은 그만하고 신고 들어온 거나 좀 처리하지?"

"뭐 급한 거라도 있어요?"

"원래 119에 사고로 접수된 건인데, 형사 사건일 수도 있을 것 같다고 연락이 왔어."

"왜요?"

"나도 모르지. 그러니까 빨리 가보라고."

접수된 내용을 봤다. 역삼역 부근의 한 빌딩인데, 잠겨 있는 사무실 안쪽에 사람들이 쓰러져 있다고 했다.

"최 형사, 들었지? 함께 가보자고."

"네."

신고가 들어온 곳은 유흥업소들이 문을 닫은 후 슬럼화된 골목 어귀의 10층 높이 건물이었다. 입구의 층별 안내판에는 비어 있는 칸이 많았고, 빈칸에 쌓인 먼지로 보아 공실인 상태가 꽤 오래된 듯했다. 사람이 쓰러져 있다는 신고가 들어온 9층과 10층은 '넥스트 소사이어티'라는 회사가 사용하고 있었다. 9층으로 올라갔다. 엘리베이터가 열리자 소방관이 서 있었다.

"사고 신고를 받고 와보니 문 안쪽에 사람이 쓰러져 있는 것이 보였습니다. 가스는 감지되지 않았고요, 인터폰도 안 받길래 잠금장치를 부수고 들어갔습니다" 소방관이 말했다.

민규는 문을 봤다. 두꺼운 유리문의 절반 정도는 반투명 처리가 되어 있고 그 위에 회사 이름이 검은색으로 쓰여 있었다.

"무슨 일이 있었는지 본 사람이 있었나요?"

"직접 목격한 사람은 없고 쓰러져 있는 사람만 몇 있었는데 들어가 확인해보니 다들 몸이 싸늘했습니다. 저기 저 분이 처음 신고하신 건물 관리인입니다."

관리인은 70대 정도의 남자였고, 초조한 표정이었다. 민규는 관리인에게 다가갔다.

"저는 강남경찰서의 김민규 형사라고 합니다. 이쪽은 최지혜 형사고요."

둘은 신분증을 보여줬다.

"무슨 일이 있었나요?" 민규가 말했다.

"난들 무슨 일이 있었는지 알 도리가 있나. 아까 아침에 건물을 한 바퀴 순찰하다가 여기 유리문 안쪽에 사람이 쓰러져 있길래 바로 119에 신고한 거야."

"오늘 아침이나 어제 저녁에 누가 나가는 것을 보셨나요? 무슨 소리가 나거나?"

"아니. 나도 여기 9층하고 10층은 잘 안 올라와. 그러고 보니 어제 오후부터는 이 회사 사람들을 1층에서 못 본 것 같은데, 지하 주차장에서 엘리베이터로 바로 통하니까, 그래서 못 봤을 수도 있지."

"이 회사는 무슨 일을 하는 회사죠?"

"무슨 일 하는지 그딴 건 난 몰라. 그냥 다 좋은 분들 같았는데 어쩌다 이런 일이 생겼을까?"

"그건 저희가 밝혀내야죠. CCTV는 있겠죠?"

"그게… 원래 층마다 입구에 있는데 말이야, 이분들이

몇 년 전에 입주하면서 자기네가 무슨 중요한 비밀 연구를 한다고 해서 9층과 10층의 CCTV는 다 떼버렸어."

"입주자가 CCTV를 떼겠다고 하면 다 그러라고 하나요?"

"원래 그러면 안 되지. 그런데 여기는 중요한 일을 하잖아. 그런 걸 함부로 촬영하고 그러면 안 되지."

"아까 무슨 일을 하는지 모른다고 하시더니 중요한 일을 한다고 하시네요."

"내가 사업 같은 건 잘 몰라도 딱 보면 중요한 일이라는 것쯤이야 알지. 여기 거쳐 간 회사가 몇인데 그 정도도 분간 못 하겠어? 아무튼, 좋은 분들이고 중요한 분들인데 어쩌다 이런 일이 생겼는지 두 형사 양반이 좀 알아내 봐."

"최 형사, 이 층에는 없더라도 엘리베이터나 1층 입구, 지하 주차장 같은 곳에는 CCTV가 있을 테니 있다가 녹화 테이프 좀 확보하고. 일단 안으로 들어가 보자고."

그와 지혜는 로비 안으로 들어갔다. 쓰러져 있는 사람은 얼핏 봐선 외상이 보이지 않았다. 사진을 몇 장 찍은 후, 안쪽으로 들어갔다. 공간 대부분이 개방형으로 되어 있는 요즘 사무실과는 달리, 입구 쪽 탕비실 외에는 복도를 따라 좌우로 개별 잠금장치가 설치된 방들이 쭉 늘어서 있었고 그 중 절반쯤은 문이 열려있었다. 그는 탕비실의 냉장고를 열었다. 각종 음료수와 뜻 모를 내용의 라벨이 붙어 있는 플라스틱병들이 가득했다. 그는 음료수를 하나 꺼내 마셨다.

"선배, 또 이러시네요. 팀장님한테 한 소리 듣고서도."

"최 형사도 한 병 마실래? 술 마신 다음 날은 수분을 많이 섭취해야 피부가 푸석해지지 않지."

"전 됐어요. 그건 그렇고, 아까 그 관리인 좀 이상하지 않아요? 여기가 뭐 하는 회사인지도 모른다면서 무조건 좋은 사람들, 중요한 사람들이라고 하고. 평소에 관리인한테 두둑이 사례라도 한 걸까요? 불법적인 일을 모른 척해달라고?"

"뭐 받아먹은 게 있었으면 도리어 그렇게 대놓고 편들지 않았을 것 같은데. 일단 살펴보자고."

오른쪽 첫 번째 방은 평범한 사무실이었다. 서랍은 열려있고 바닥에는 사무집기와 빈 파일들이 떨어져 있었다. 두꺼운 서류가 낀 채로 멈춰있는 서류 파쇄기에는 빨간불이 켜져 있었고 박살이 난 노트북도 하나 뒹굴고 있었다. 그는 다시 사진을 몇 장 찍었다. 두 번째 방은 계측 장비가 가득한 실험실 같은 곳이었다. 테이블 위에는 전자 부품들이 어질러져 있었다. 벽 쪽으로는 뭔가 놓여 있었던 듯, 바닥에 먼지가 없는 네모난 빈자리가 몇 개 보였다.

"여기 뭐 하는 곳인지 알 것 같아?"

"글쎄요, 요즘 이 동네에는 스타트업이 별로 안 남았는데요. 다른 곳으로 가기에 자금 사정이 안 좋은 회사 아닐까요? 바이오나 뭐 그런 쪽 같아 보이네요."

"분위기가 뭔가 수상해. 더 살펴보지."

다음 방에는 병원 침대가 몇 개 놓여 있고 그중 한 곳에는 누군가 천정을 바라보며 눈을 뜬 채로 누워있었다. 역시 호흡은 멈춰있었으나 외상은 보이지 않았다.

"저쪽 침대에는 생존자가 한 명 있었습니다. 의식이 없고 맥박도 약해서 구급차로 이송 중입니다." 소방관이 말했다.

"저기, 소방관님. 여기 독가스 없는 거 맞죠? 혹시 바이러스 같은 건요?" 지혜가 물었다.

"우리 장비에는 아무것도 안 나오는데요. 그렇다고 아무것도 없다고 할 수는 없지만, 가스나 전염병으로 사망했다면 사람들 모습이 이렇지는 않겠죠."

그다음 방은 잠겨있었다. 민규는 소방관들에게 부탁해서 잠금장치를 부수고 문을 열었다. 어둡고 좁은 방의 한쪽 벽은 어두운 유리창이 차지하고 있었고 출입문 맞은 편에는 다른 문이 하나 있었다. 유리창 앞에는 책상과 의자가 몇 개 놓여 있었다. 그는 유리창으로 다가갔다. 하프 미러[4] 반대편에는 칸막이로 분리된 두 공간에 각각 치과 의자가 놓여 있고, 각 의자 위에는 남자와 여자가 한 명씩 누워있었다. 두 사람은 모두 머리에 붕대를 하고 있었는데,

붕대 사이로 튀어나온 전선은 바닥에 늘어져 있었다. 남자의 정면에는 옆면을 가린 모니터가 있었다.

"저 방으로 가볼게요."

지혜가 복도를 통해 남자와 여자가 있는 방으로 들어갔다. 민규는 웅웅거리는 소리가 낮게 전해지는 맞은편 내부 문을 열었다. 시끄러운 팬 소리와 함께 서늘한 공기가 흘러나왔다. 문 안쪽에는 높이가 2m는 됨직한 두 대의 랙에 여러 색상의 불빛이 쉴 새 없이 깜빡이는 서버 컴퓨터들이 꽉 차 있었고 그 뒤에는 대형 에어컨이 찬 바람을 내뿜고 있었다. 급하게 철수하면서 여기까지는 손대지 못한 것 같았다.

"선배님!"

귀가 먹먹해지는 소음 너머로 지혜가 외치는 소리가 겨우 들렸다. 목소리의 톤으로 보아 몇 번은 놓쳤었나 보다.

"왜?"

"거기서 뭐 해요? 빨리 이리 좀 와봐요."

"뭔데 그래?"

민규는 지혜가 있는 방으로 갔다. 지혜는 남자 정면에

---

4. 취조실 등에서 자신을 노출하지 않고 취조실 내부를 관찰하기 위해 사용하는 반투명 거울

설치 된 모니터를 바라보고 있었다. 민규도 모니터를 봤다. 둘은 한동안 말없이 보고만 있었다.

"이거 그거 맞지?"

"그런 것 같아요."

그는 전화를 걸었다.

"팀장님, 그 고양이 조사단인가 뭔가 만들어졌다면서요? 거기 전화번호 좀 알아봐 주실 수 있나요?"

조사단

 알람 소리를 놓칠 뻔했다. 뒤늦게 수면제를 먹고 새벽에야 잠든 탓에 아직 약 기운이 남아 있었고 잠은 여전히 부족했다. 수진은 커피를 진하게 내려 마시며 회사에서 작성 중이던 리포트를 열었다. 정부의 환각 사건 조사에 참여하기 전에 그녀가 작성하던 리포트를 후배 지연에게 정리해 넘겨줘야 했다. 얼마 전 런칭한 서비스의 초기 사용행태를 분석하는 이 리포트는 앞으로 이 서비스를 어떻게 진화시킬지 아니면 중단할지 결정하는데 필요한 중요한 것이었다. 사장 앞에서 직접 발표하고 그녀의 실력을 보여줄 기회였는데, 한 달간 열심히 준비해놓고 이제 와서 다른 사람에게 넘기려니 아쉬웠지만, 어쩔 수 없었다. 팀장과 지연에게 리포트를 첨부한 메일을 보냈다.

메시지로 전달받은 장소는 그녀의 회사에서 멀지 않은, 삼성역 부근에 새로 생긴 공유 사무실이었다. 엘리베이터에서 내리자 입구에 서 있던 남자가 신분을 확인해달라고 했다. 휴대폰의 전자 신분증을 단말에 태깅하니 남자는 자기 휴대폰에 뜨는 화면을 들여다보며 말했다.

"안녕하세요, 채수진 님이시군요. 저쪽에 유리로 된 회의실 있죠? 그리로 가시면 됩니다. 아 참, 그 전에 저쪽에서 비밀 유지 서약에 서명하시고 출입 카드 받아 가세요."

비밀 유지 서약은 회사에서도 개인정보 관련 일을 하면서 여러 번 서명해봤기 때문에 낯설거나 서명에 거부감이 들진 않았다. 하지만 이번 건은 내용도 좀 더 딱딱하고 문서 형식도 표를 사용한 관료적인 냄새가 물씬 풍겼다. 그녀는 '집단환각 사건 합동 조사 관련 비밀 유지 서약서'라는 거창한 제목의 서류를 대충 넘겨보고 마지막 페이지에 서명한 후, 이름과 소속이 프린트된 출입 카드를 받아 목에 걸었다. 사무실은 보아하니 한 층 전체를 통째로 빌린 듯했다. 한쪽 벽은 전체가 창으로 되어 있고 영동대로가 내다보여 전망이 좋았다. 출입구 쪽 개방된 공간에는 지정되지 않은 공유 좌석들이 있었고, 안쪽으로는 크기가 다른 회의실들이 보였다. 창의 반대쪽 벽에는 '집단환각 사건 합동 조사단'이라는 커다란 제목 밑에 '행정안전부│보건복지

부|과학기술정보통신부'라는 부서명이 작게 표기된 현수막을 걸고 있었다. 입구의 남자가 가보라고 했던 회의실의 유리 벽 너머로 사람들이 모이고 있는 것이 보였다. 그녀도 회의실로 들어갔다.

"자, 다들 착석해 주세요. 행안부 장관님이 곧 오십니다." 회의실 입구에 서 있던 정장 입은 남자가 말했다.

대형 월넛 테이블의 좌석 절반 정도는 지정석으로, 자리마다 생수병과 함께 포스트잇에 손글씨로 정부 부서 관계자, 출연 연구소 직책자들의 이름이 쓰여 있었다. 포스트잇이 없는 테이블 좌석에는 이미 사람들이 모두 앉아 있었다. 그녀는 유리 벽을 등진 뒷줄 의자에 앉아 노트북을 열고, 화이트보드에 적혀 있는 와이파이 비밀번호를 입력했다. 회사 VPN[5]에 로그인한 후 혹시 어제 올린 진원지 분석 글에 관련된 질문이 나오면 바로 대답할 수 있도록 분석 시스템 창들을 열었다. 정장 입은 남자가 테이블 앞으로 나왔다.

"안녕하세요, 저는 행안부의 이정훈 과장입니다. 먼저

---

5. Virtual Private Network. 가상 사설 네트워크. 흔히 회사 네트워크 내부의 컴퓨터를 외부에서 인터넷을 통해 원격으로 접속하기 위하여 사용된다.

급한 연락을 받고 이렇게 아침 일찍 나와 주셔서 감사합니다. 제가 늦은 시간에 직접 요청 드린 분들도 많은데, 일일이 인사드리지 못한 점 양해 부탁드립니다. 오늘 이 자리에는 행안부, 복지부, 과기부의 관련 부서와 의학, 심리학, 뇌과학에 데이터 분석하시는 분들까지 한자리에 모였습니다. 바쁘신 중에 참석해주시고 또 조사단에 대한 전폭적인 지원을 약속해주신 행안부의 김태권 장관님께서 먼저 인사 말씀을 해주시겠습니다."

어젯밤에 그녀에게 전화했던 사람이었다. 이런 회의를 자주 주재해본 듯, 인사말이 막힘없이 나왔다.

"안녕하세요, 김태권 장관입니다. 먼저, 아침부터 급하게 소집된 회의에 참석해주셔서 감사합니다. 어제 발생한 초유의 사건과 관련하여 정부에서는 모든 관련 부서의 역량을 총동원하여…"

범용 자연어 모델로 자동 생성된 듯한 별 알맹이 없는 발표가 이어지는 동안 그녀는 인터넷이나 회사 내부 게시판에 혹시 뭔가 쓸만한 정보가 올라온 것이 있는지 훑어봤다. 아직 새로운 게 없었다. 어제 그녀가 분석했던 내용을 그 새 준영이 보완하고 밤새 올라온 글들을 추가해서 다시 분석 결과를 뽑아 놓았지만, 역삼동을 중심으로 환각이 목격되었다는 결론은 바뀌지 않았다.

"… 어제 환각이 원인이 되어 직간접적으로 엄청난 피

해가 발생했습니다. 지금까지 집계된 건만 보더라도 심장마비나 발작과 같은 증상으로 보고된 케이스가 395건, 사건 직후 발생한 교통사고가 457건으로 사망자도 총 112명이나 됩니다. 무엇보다도 국민들이 불안해하고 있기 때문에, 이번 사건이 왜 발생했는지, 또다시 발생할 가능성이 있는지를 빨리 규명해야 합니다. 이를 위하여 우리 정부에서는 모든 지원을 아끼지 않을 것이며 …"

엄마가 환각을 목격하다 다친 것도 저 통계에 포함되었을까? 아마 집계되지 않은 피해도 꽤나 많았을 것이다. 경찰청에서 각종 사고의 통계와 사례를 보고한 후, 이어서 정신건강센터장이 이번과 같은 집단환각 사건은 세계적으로도 유례가 없는 일이고 아직 이 사건을 설명할 수 있는 과학적인 가설이 없다고 발표했다. 회의 시작 후 30분이 지났는데도 뉴스에 나온 것 이상의 새로운 정보는 없었다. 어제 정훈이 그녀에게 한 얘기가 과장이 아니었다. 그녀는 아직 요청받지는 않았으나 만약 진원지 분석한 내용을 발표하게 되면 기술을 잘 모르는 사람들에게 어떻게 설명할지 생각하고 있었다.

"잠시만요. 이건 좀 함께 들어보셔야 할 것 같습니다. 김 형사님, 처음부터 다시 한 번 말씀해주시겠습니까? 여기 행안부 장관님을 포함하여 관련 부서장과 전문가들이 모여 있습니다. 스피커폰으로 바꾸겠습니다."

조사단

정훈이 전화를 받으며 앞으로 나와 자신의 휴대폰을 테이블 한가운데에 놓았다. 환각의 원인을 유형별로 설명하던 서울대학병원 교수는 좀 언짢은 표정을 지으며 마이크를 내려놓았다.

"저는 강남경찰서의 김민규 형사입니다. 지금 역삼동의 한 건물에 나와 있습니다. 저희가 아침에 건물 관리인으로부터 신고를 받고 현장에 나왔는데요, 무슨 회사의 실험실 같은 곳인데 다섯 구의 시체를 발견했습니다."

"그게 이번 환각 사건하고 무슨 관련이 있는지 설명을 좀—"

"네, 과장님. 과장님 휴대폰으로 사진을 전송했습니다. 제가 말로 설명해 드리는 것보다 그 사진을 함께 보시는 편이 나을 것 같습니다."

정훈이 자신의 휴대폰을 들여다보더니 눈이 휘둥그레졌다. 몇 번 휴대폰 화면을 터치하더니 자신의 노트북을 프로젝터에 연결했다.

"다들 이 사진을 보시죠."

첫 번째 사진은 실험실처럼 생긴 방을 보여주고 있었다. 두 개의 커다란 의자가 칸막이를 사이에 두고 놓여 있었고, 한쪽 벽에는 검은색 거울이, 다른 벽에는 계란판 모양의 흡음재가 부착되어 있었다. 두 번째 사진은 의자에 앉아 있는 남자의 모습을 옆에서 보여주고 있었다. 머리에는 붕대가 감겨 있고 붕대 안쪽으로 전선이 연결되어 있었다. 남자의 정면 30cm 정도에는 옆을 가린 모니터가 고정되어 있었다. 다음은 의자에 기대 누워 고개를 뒤로 젖힌 남자 얼굴의 클로즈업 사진이었다. 눈을 뜬 채로 죽어 있는 모습에 회의실 이쪽저쪽에서 신음이 들렸다. 다시 정훈이 노트북의 스페이스 바를 누르자 남자의 머리 쪽에서 정면의 모니터를 찍은 사진이 나타났다. 회의실이 갑자기 조용해졌다. 민규가 왜 사진을 보라고 했는지 명확해졌다. 수진도 침을 꿀꺽 삼켰다.

어제 본 환각의 고양이 얼굴이 모니터 화면에 나타나 있었다.

"잠시만요, 너무 쉽게들 단정하시는 것 같은데요. 저는 고양이 환각을 못 봤습니다만, 사진 같은 선명한 이미지는 아니었던 것으로 아는데 어떻게 저게 환각의 그 고양이하고 관련 있다고 확신할 수 있나요?"

"저는 환각을 봤는데요, 그게 같은 종, 또는 같은 고양이의 다른 사진도 아니고, 딱 이 사진이었다는 것을 확신할 수 있습니다. 말씀하신 대로 사진 같은 이미지가 아니었지만, 눈 코 입 등의 특징적인 부분들, 전체 윤곽, 털이 뻗어나간 형태 등이 일치합니다. 우연의 일치일 리가 없습니다."

"어제 환각의 진원지를 과학적인 방법으로 알아낸 분이 있었습니다. 여기 오셨나요?" 정훈은 다른 사람들을 조용히 시킨 후 물었다. 수진이 손을 들었다. "그 얘기를 한번 들어보시죠."

수진은 환각 목격 글의 위치 정보로 진원지를 추정한 방법을 간략하게 설명한 후 정규화 된 빈도가 지도 위에 등고선으로 표시된 결과를 보여줬다. 민규가 알려준 사건 현장은 동심원의 정확히 한가운데에 있었다. 이로써 아무도 더는 모니터 화면의 고양이가 환각과 관련 있다는 것을 의심하지 않았다. 남아 있는 의문은 어떻게 실험실 의자의 죽은 남자가 보고 있던 고양이 이미지가 수백만 명의 머릿속에 환각의 형태로 나타날 수 있었는지였다.

정훈이 거의 협박하듯이 절대 비밀 유지를 당부한 후 회의는 중단되었다. 모든 휴대폰 카메라에는 보안 스티커가 부착되고 보안 소프트웨어도 설치해야 했다. 공유 사무실의 와이파이도 먹통이 되고, 인터넷 접속은 좀 기다려 달라고 했다. 정부 관계자들은 별도로 회의실에 모여 뭔가 논의하기 시작했다. 과학자 몇 명이 다른 회의실로 가면서 수진에게도 함께 가자고 했다.

"사진의 현장에서 모종의 과학적 실험이 이뤄지고 있었고, 죽은 남자가 보고 있던 고양이 이미지가 그 실험의 결과로 수백만 명에게 환각으로 보였습니다. 여기까지는 동의하시리라 생각합니다. 하지만, 기존의 과학으로는 이 사건을 설명할 방법이 없습니다. 뇌파로 이런 효과를 발생시킬 수가 없고, 제가 아는 다른 어떤 기제로도 불가능합니다. 아무도 몰랐던 새로운 현상입니다. 참, 저는 뇌과학 연구소의 김소연 이라고 합니다."

소연은 수진에게 함께 가서 얘기하자고 권했던 사람이었는데, 전형적인 학자 분위기를 풍기는 중년 여성이었다. 다른 과학자들 대부분은 소연과 서로 안면이 있는 듯했으나, 수진에게는 모두 낯선 얼굴이었다.

"모두가 몰랐던 것은 아니죠. 아까 그 사무실에 있던 사람들은 뭔가 아는 것이 있어서 이런 실험을 했을 텐데요." 다른 남자가 말했다. 다들 고개를 끄덕였다.

"전자기력, 중력, 약력, 강력 외에 우리가 몰랐던 힘이나 입자가 있다고 가정해 봅시다. 그럴 수 있겠죠. 그렇더라도, 그게 어떻게 수많은 사람에게 고양이 환각을 보여줄 수 있는 거죠? 그 부분이 도저히 설명이 안 돼요."

또 다른 남자가 말했다. 소연 외에는 아무도 자신의 이름을 밝히지 않았다. 수진은 그냥 듣고만 있었다.

"두뇌에는 특정 사물이나 특정인의 얼굴에만 반응하는, 소위 '할머니 신경세포'[6]가 있다는 이론이 있잖아요. 추상적인 생각이나 기호가 서로 다른 개체 간에 전달될 수 있다면, 그런 종은 생존 경쟁에서 유리했을 테고 진화가 그

능력을 점점 발달시켰겠죠." 소연이 말했다.

"멀리 떨어진 뇌의 1,000억 개 뉴런 중에서 '고양이 얼굴 신경세포'만 골라서 자극할 수 있는 물리적인 현상이 존재할 수 있을까요? 게다가 고양이라는 추상적인 개념이 아니라 똑같은 이미지가 보였잖아요. 이미지가 직접 전달된 것이 틀림없어요."

"하지만 새로운 힘이나 어떤 물리적 현상이 존재한다고 하더라도 2차원적인 정보를 어떻게 전달할 수 있었을까요? 수정체나 망막 같은 역할을 하는 무엇인가가 있더라도 모든 방향에서 상이 맺히는 게 말이 안 되고, 그렇다고 두뇌에 이미지 코덱[7] 같은 것이 있을 리도 없잖아요."

"그것도 모르죠. 우리가 두뇌에 대해 뭘 얼마나 안다고요."

과학자들은 이어서 뇌의 시각 처리와 양자 얽힘, 끈 이론과 홀로그래피 원리에 대한 각자의 지식을 늘어놨다. 수진은 대화를 이해할 수 없었지만—사실 과학자들도 서로

---

6. grandmother cell (theory). '할머니'와 같이 특정 사물이나 사람에 해당하는 개별 신경세포가 존재한다는 이론.
7. Codec (coder-decoder). 이미지 등의 정보를 전송, 저장할 수 있도록 부호화(coder)하거나 반대로 부호화된 데이터를 이미지 등의 원 형태로 복원하는(decoder) 장치 또는 알고리즘

다른 사람의 얘기를 못 알아듣는 것 같았다―아무도 이번 사건을 설명하지 못하고 있다는 것만은 알 수 있었다. 그녀는 슬그머니 회의실을 나와 공유 테이블의 빈자리에 앉았다. 막 배포된 네트워크 설정 안내에 따라 보안 소프트웨어를 설치하고 회사 VPN을 설정하고 있는데, 두 사람이 종이 박스를 하나씩 들고 들어오더니 그녀 앞의 빈자리에 내려놨다. 남자는 '김민규 형사/강남경찰서'라고 적혀 있는 출입 카드를 목에 걸고 있었다. 이름이 낯익었다. 아까 역삼동 현장에서 사진을 전송했던 형사였다. 여자의 출입 카드에는 '최지혜 형사/강남경찰서'라고 쓰여 있었다. 정훈이 바로 쫓아왔다.

"제가 아까 통화하셨던 이정훈입니다. 김 형사님이시죠?"

"네, 강남경찰서의 김민규입니다. 저희가, 아니, 그러니까 광역수사대의 환각 사건 수사 TF가 앞으로 이번 사건의 수사를 맡게 되었습니다. 저도 TF로 파견되었고요."

"이게 현장에 있었던 자료인가요?"

"네. 그 회사 사람들이 급하게 달아나면서 장비와 문서를 좀 남겼습니다. 지금 들고 온 것은 확보한 하드카피 자료 중에서 각종 기술 및 실험과 관련된 자료들입니다. 회사 조직이나 회계 관련 자료는 저희가 먼저 분석해보고 결과를 공유해 드리겠습니다. 그리고 이건 부서진 PC에서 나온 데이터인데요." 민규는 외장 디스크를 하나 내밀었다.

"사무실의 PC는 들고 가거나 박살 내 디스크를 떼어 갔는데, 그중의 한 대는 메인보드에 작은 저장장치가 하나 더 있는 것을 몰랐던 모양입니다. 디지털 포렌식팀에서 먼저 쉽게 추출할 수 있었던 파일들을 여기 담아줬습니다. 이것 말고도 덩치가 큰 서버 컴퓨터가 남아 있었습니다. 디스크의 파일은 다 삭제되기는 했는데, 포렌식팀에서 통째로 들고 갔고요, 파일이 복구되는 대로 공유해주기로 했습니다."

"그러면 기술적인 분석은 저희 조사단에서 수행하고, 사라진 넥스트 소사이어티 사람들의 추적은 수사 TF에서 하게 되실 텐데요, 정기 미팅 시간을 잡겠습니다."

"어차피 수사 TF도 바로 옆 강남경찰서에 자리를 마련했습니다. 제가 회의에 참석하겠습니다."

"참, 이쪽에 계신 채수진 연구원은 데이터 분석가이십니다. 연구원님, 이 파일들을 한번 검토해 주실 수 있나요?"

"정확하게는 데이터 엔지니어이긴 한데요, 회사에서도 어차피 구분 없이 다 하니까. 아무튼 뭐가 있는지 한번 보겠습니다."

수진은 민규가 가져온 하드카피 자료를 먼저 훑어봤다. 숫자와 그래프가 잔뜩 나와 있는, 실험 결과를 프린트한 자료들은 그게 뭘 의미하는지 언뜻 이해할 수 없었다. 외장 디스크를 열어 봤다. 이메일 아카이브 파일과 일부 문서는 암호가 걸려 있어서 디지털 포렌식팀에서 암호를 해제하기 전에는 할 수 있는 일이 없었다. 업무 보고서도 있었는데, 대개의 내용은 프린트된 자료와 마찬가지로 실험 결과를 정리한 것들이었고, 이 역시 배경지식이 없으니 이해할 수 없었다. 애초에 어떤 가정으로 무슨 일을 하고자 했던 것인지를 알아내야 했다.

수진은 디스크 전체의 문서 파일들을 검색하여 결과를 날짜순으로 나열했다. 제일 오래된 문서 파일부터 하나씩 열어봤다. 그중에서 연구과제 제안서에 눈길이 갔다. 제목 페이지를 지나 요약을 읽으면서 그녀의 가슴이 두근거리기 시작했다. 본문은 건너뛰고 결론 페이지를 읽고 난 후 수진은 과학자들이 회의하고 있는 곳으로 뛰어갔다.

회복

 머리가 불타는 것 같았다. 밝은 불빛을 보다가 눈을 감으면 보이는 잔상, 이글거리는 얼룩이 눈을 뜨고 있는데도 계속 보였다. 귀에서는 시끄러운 술집과 제트기 엔진 소리가 합쳐진 굉음이 윙윙거렸다. 그는 자신이 누구인지, 어디서 무엇을 하고 있었는지 기억해낼 수 없었다. 입술이 말라붙어 피가 났다. 고개를 들어 주위를 둘러봤다. 작고 허름한 방의 낡은 침대 위에 누워있었고 머리맡에는 음료수 캔이 놓여 있었다. 손을 뻗어 음료수를 마시려 했으나 뚜껑을 열 기력이 없었다. 간신히 몸을 일으켜 침대에 걸터앉았다. 몸을 움직이자 지독한 두통이 두 배는 더 강해졌다. 다시 한 번 기운을 내서 이번에는 아주 천천히 조심스럽게 몸을 움직여 일어섰다. 바닥에는 신발이 없었다. 비틀거리며 문으로 걸어갔다. 손잡이를 돌려 문을 열었다.

"어, 깨어나셨네요. 최 박사님, 좀 어떠세요?"

복도를 지나가던 여자가 쳐다보며 말했다. 머리를 가득 채운 소음 너머로 겨우 들리는 질문에 뭐라 대답해야 할지 생각나지 않았다.

"여기… 어디…"

간신히 입을 벌려 소리를 냈다. 여자는 알아듣지 못한 것 같았다.

"아직 좀 더 안정을 취하셔야겠어요. 이리 오세요."

여자는 그를 다시 부축해서 침대에 앉히고, 옆에 놓여 있던 음료수 캔을 열어 그의 입에 갖다 댔다. 반쯤은 흘리면서 음료수를 마시고 나니 조금 기운이 났다.

"머, 머, 머리. 아파요."

"Q-웨이브가 예상보다 너무 강하게 증폭되어 근처에 있던 분들이 피해를 입었어요. 박사님한테도 지난번에 효과 있었던 치료 절차를 반복해서 실시하고 있는데요, 지금 또 실시할 시간이 됐네요."

"네? 뭐가 어쨌다고요?"

"최 박사님, 무슨 일이 있었는지 기억나세요?"

아무 기억도 나지 않았다. 내가 최 박사인가?

"그때 실험실 가까이 계셨던 분 중에서 최 박사님은 그래도 운이 좋았어요. 저는 점심 식사를 좀 늦게 하러 나가는 바람에 괜찮았고요. 이리 오세요."

여자는 그를 부축해 일으킨 후 다른 방으로 데려갔다. 방에는 치과 의자 같은 것이 있었다. 여기가 병원이었나? 병원이라기에는 남루했고 임시 시설 같아 보였다. 여자가 그를 치과 의자에 앉혔다. 그의 머리에 전선이 주렁주렁 달린 헬멧을 씌우고는 목에 혈관 주사를 놓았다. 머릿속의 소음과 두통이 약해지며 꿈을 꾸는 것처럼 몽롱한 기분이 되었다.

" 그대로 계세요. 치료를 시작합니다."

여자가 헬멧과 전선으로 연결된 장치를 조작했다. 머릿속에 하얀빛이 가득 찼다. 온갖 감정이 스쳐 지나갔다. 두려움, 기쁨, 슬픔, 분노, 걱정, 성욕, 놀라움, …. 다시 빛이 가득 찼다. 이번에는 여러 가지 패턴이 나타났다. 수직선, 수평선, 오른쪽으로 기울어진 사선, 왼쪽으로 기울어진 사선, 원, 별, 격자,…. 패턴들이 움직이기 시작했다. 또다시 감정이 몰려왔다. 이번에는 아까보다 조금 약했다. 이렇게 몇 번을 반복하는 동안 감정과 패턴은 조금씩 강도가 약해져 갔다. 느껴질 듯 말 듯한 무아의 상태가 되었을 때 여자가 다시 말했다.

"힘드셨죠? 방으로 모셔다드릴 테니 조금 더 쉬세요. 오후에 치료를 다시 한 번 하겠습니다. 기억도 차차 돌아오실 거예요."

그는 침대에 누워 다시 잠들었다.

사흘이 지나니 아직 두통이 남아 있기는 해도 그럭저럭 움직일 만큼은 회복했다. 식사도 제대로 하고, 간이 시설에서 샤워도 했다. 자신의 이름이 최동석이라는 것도 기억났다. 최동석은 무슨 일이 있었는지 살아남은 사람들과 함께 연구 기록과 사무실에서 가져온 CCTV 영상을 검토하며 기억을 되짚어 봤다.

그들은 그가 몇 해 전 발견하고 'Q-웨이브'라고 이름 붙인 현상에 관한 실험을 계속해왔다. 그때도 새로 개발한 고출력 전방향성[8] 송신 장치를 테스트하던 중이었다. 여러 가지 이미지를 피험자에게 보여주면서 뇌에 꽂힌 고집적 BMI[9] 센서로 수만 뉴런의 반응을 읽었다. 동시에 같은 이미지를 Q-웨이브로 송신하면서 몇 미터 떨어진 피험자의 뉴런 반응을 읽어 첫 번째 피험자의 뉴런 반응과 비교했다. 송신 장치의 여러 파라미터를 바꿔가며 송신 능률을

---

8. 단일 평면상에서 방사 패턴이 전방향으로 일정한
9. Brain-Machine Interface. 뇌-컴퓨터 인터페이스라고도 함. 뇌와 외부 장치 간의 직접 연결

최적화하던 중이었는데, 갑자기 Q-웨이브의 출력이 걷잡을 수 없이 커지면서 사고가 발생했다.

애초에 Q-웨이브를 이론적으로 완전히 이해하지 못한 채 실험에 의존하여 성능을 개선하고 있었던 데다, 피험자와 연구원 중 다수가 사망했기 때문에 한 순간 출력이 예상보다 훨씬 커진 이유를 알 수 없었다. 그나마 수평 방향으로 에너지 대부분이 집중되었고 가까운 주변에는 낮은 건물만 있었기에 외부에서는 Q-웨이브에 의한 직접적인 사망 사고는 발생하지 않았지만, 그건 나중에 뉴스를 보고 알게 된 사실이었다. 사고가 난 순간에는 살아남은 사람도 제정신이 아니었고, 다섯 구나 되는 시체를 처리할 방법도 없었다. 마침 외부에 나가 있었던 박진우 대표와 그의 측근들이 돌아와 쓰러져 있던 사람들과 장비, 자료들을 급하게 챙겨 철수, 이곳으로 오게 된 것이었다.

최동석은 박진우의 집무실 문을 열고 들어갔다.

"어이, 최 박사. 좀 어떤가?"

"이제 거의 회복되었습니다. 사고가 발생해서 죄송합니다."

"사고 경위에 대한 보고서는 읽어봤는데, 어차피 내가 뭐 기술적인 거야 잘 모르고. 그래, 어쩌다 이렇게 큰 사고가 발생했는지 한번 얘기해봐."

"계속 말씀드렸듯이, Q-웨이브에 관한 이론적인 연구

가 아직 부족합니다. 하지만 상용화 일정을 맞추느라 위험을 감수하고 실험적으로 성능을 개선하다가 예상 밖으로 출력이 커졌던 겁니다."

"그건 나도 알아. 그래도 상식적으로 출력을 조금씩 올려봤으면 이런 대형 사고는 안 났을 것 아냐."

"물론 출력은 조금씩 올렸습니다. 앰프 게인의 비선형성과 나노 어레이의 온도에 대한 포지티브 피드백[10] 효과가 서로 상승 작용을 했던 것으로 추측하고 있습니다."

누가 단지 소수점을 잘못 찍었을 수도 있다고 말했으면 박진우 성격에 뭐든 집어 던졌을 것이다.

"자꾸 내가 모르는 기술적인 용어로 어쩔 수 없었던 일처럼 말하는데, 최 박사. 그런 걸 예상하라고 비싼 사람들 데려다 월급 주는 거잖아."

"저희가 하는 일에 비해 싼 비용으로 하는 건데요."

"아니, 한 달에 들어가는 돈이 얼만데. 됐어, 그 얘긴 그만하자고. 어차피 월급 받아 갈 사람도 줄었으니까. 어쨌거나 그 사고로 온통 난리가 났고 우리가 여기 있는 것도 안전하지 않아. 빨리 완성해야 하는데, 언제나 되는 거야?

---

10. positive feedback. 증폭기 등에 있어, 출력 일부가 입력에 영향을 미쳐 출력을 더욱 증가시키는 현상

곧 고객 시연 가능하다고 했었잖아."

"남아 있는 연구원이 다른 사람 하던 일을 넘겨받아야 하고요, 파일도 어떻게든 찾아와야 하고요."

"파일을 찾아오다니? 철수할 때 있는 거 다 들고 왔는데?"

"변환 모델 파일을 두고 왔더군요. 제 개인 서버에 별도로 관리하던 것인데요."

"제기랄. 그걸 왜 이제야 얘기해? 그게 없으면 뭐가 문제인데?"

"이미 만들어 놓은 송신 패턴은 계속 사용할 수 있습니다만, 새로운 이미지나 감정을 조합하는 패턴은 만들 수 없습니다. 변환 모델을 다시 만들려면 지난 2년간의 실험을 모두 다시 해야 하고요."

"그래서 어떡할 건데?"

"경찰에서 그 파일을 가지고 있을지도 모릅니다. 서버의 디스크는 다 삭제했다고 들었지만 저들이 복구했을 수 있고, 제 개인 서버에 남아 있을 수도 있습니다. 전에 종종 일 시키던 해커 있잖습니까. 그 친구에게 얘기해보겠습니다."

"알았어. 빨리 진행하고, 그리고 내가 누구 인터뷰해야 한다고?"

"네, 이태환이라고, 사고 전부터 채용하려던 친구인데

사망한 연구원 후임으로 급하게 필요하게 됐습니다. 제가 먼저 인터뷰해서 기술적인 실력은 확인했는데, 우리가 하는 일에 대해 자꾸 물어보면서 합류 결정을 미루고 있습니다. 제가 사장님 한번 만나서 비전과 철학에 대해 들어보라고 했고요, 지난번 말씀드렸던 테스트도 겸해서 진행했으면 합니다."

최동석은 모니터를 통해 박진우의 방을 보고 있었다. 문이 열리면서 한 남자가 들어왔다.
"안녕하세요, 저는 이태환이라고 합니다."
"어서 오게나. 태환 씨. 나는 박진우라고 하네."
박진우가 손을 내밀어 악수를 청했다. 이태환은 악수하면서 고개를 숙여 인사하고 의자에 앉았다. 최동석은 카메라가 이태환의 얼굴을 트래킹하도록 설정하고 줌 레벨을 올렸다. 이태환의 깜빡거리는 눈과 굳은 표정이 확대되어 보였다. 얼굴 미세 표현[11] 분석기는 별다른 결과를 보여주지 않고 있었다.
"여기 오기 힘들었지? 지난번에 최 박사하고는 우리가

---

11. facial micro expression. 얼굴의 미세 근육을 통해 무의식적으로 표현되는 감

강남에 있을 때 봤을 텐데."

"네, 그랬습니다."

"그 건물에 화재가 발생해서 말이야, 급하게 다른 곳을 알아보다 보니 임시로 여기에 오게 된 거야. 계속 여기 있을 것은 아니고."

"네, 그런데 사실 최 박사님한테 이미 말씀드렸습니다만 제가 이 회사에 지원하고 나서 생각이 좀 바뀌어서요."

"결심을 못 하고 있다고 들었네."

"연봉 같은 조건은 좋은데 사업 비전도 잘 모르겠고 다른 데서도 오라는 곳이 있어서요. 그래도 대표님을 꼭 한번 봐야 한다고 말씀하셔서 오긴 했습니다만 제가 대표님 시간만 축내지 않을까 싶네요."

"자네, 우리가 어떤 연구를 하고 있는지 아나?"

"뇌에 관한 연구를 해서 치매를 치료한다고 들었습니다."

"그래, 그렇게 들었겠지. 뇌를 연구하는 것은 맞아. 그런데 치매를 치료하는 것보다 훨씬 더 중요한 일을 하고 있네. 이 화면을 한번 보게나."

박진우가 모니터를 돌려 보여주자 이태환의 얼굴이 움직였고 카메라가 자동으로 따라갔다. 미세 표현 분석기는 '불쾌' 레벨이 올라간 것을 보여줬다.

"여기 이 통계를 보게. 요즘 사회가 점점 더 혼란스러워

지고 있다는 것은 알고 있지?"

"네, 그야 뭐. 시위도 맨날 있고요."

"역사적으로 사회에 대한 불만이나 갈등은 항상 있었지만, 최근에는 그게 더 심해지고 있어. 내가 젊었을 때만 해도 이 정도는 아니었는데."

"그런가요?"

"이게 다 인터넷과 개인화 기술 때문이라네. 사람들에게 점점 더 매혹적인 것, 자극적인 것을 보여주고, 사람들이 어떤 생각에 관심 있다 싶으면 그 생각을 강화하는 것만 보여주지. 그래야 클릭하고, 클릭해야 돈이 되니까."

모니터에 보이는 이태환의 얼굴은 그대로였고 미세 표현 분석기의 '불쾌' 레벨도 아까의 수준을 유지하고 있었다. 분석기는 훈련된 사람의 눈보다도 정확하다. 박진우가 하고 있는 얘기는 이태환도 이미 알고 있었을 것이다. 그래서 정부가 소셜 서비스와 온라인 미디어를 규제하려 했으나 글로벌 기업의 압력으로 국제적인 기준에 맞출 수밖에 없었다는 것도. 이제 최동석이 개입해야 할 때였다. 그는 노트북 키보드를 조작했다.

"세상에서 제일 똑똑한 1%가 나머지 사람들을 다 중독시키고, 분열시키고, 분노하게 만들어서 돈을 벌고 있다네. 이념이니 계급이니 세대 갈등이니 하는 것도 다 그들한테는 돈 버는 재료일 뿐이야. 몇 퍼센트의 사람들은 그걸 알면서도 어쩌지 못하고, 나머지 대다수는 그냥 생각 없이 이용되는 거지. 지금의 사회 구조나 사람의 두뇌가 반응하는 방식으로는 이들을 당할 재간이 없어."

 모니터에 '불쾌' 레벨이 더 높아진 것이 나타났다. 효과가 나타나고 있었다.

 "지금 이대로 가면, 중세시대같이 계급이 고착화된 사회가 되거나 혁명이 일어나서 수백만 명이 죽거나 그럴 거야. 어느 쪽도 일어나선 안 되는 일이지, 안 그런가?"

 "네…."

 "그러면 어떤 해결책이 있겠나? 이미 사람들의 마음은 1%가 조종하고 있는데. 인터넷을 없애거나 규제할 수 있나? 그런 시도는 이미 실패했고 앞으로도 어려울 거야."

 박진우는 잠시 말을 멈췄다. 미세 표정 분석기의 결과를 굳이 참조하지 않아도 이태환의 눈동자는 박진우에게 집중하고 있었다.

 "기술 진보를 되돌릴 수는 없어. 단지, 다른 기술로 문제를 해결하는 방법뿐이야. 지구가 온난화된다고 옛날로 돌아갈 수는 없지 않은가. 대신 친환경 에너지를 개발해야 하는 거지."

 최동석은 다시 노트북 키보드에 명령을 입력하다 잠시 멈추고 기다렸다. 타이밍이 중요하다.

 "우리는 사람들의 마음에 영향을 주는 새로운 기술을 개발하고 있다네. 자네는 그걸 도울 수 있고."

최동석이 엔터키를 눌렀다. 표정 분석기는 즉시 '놀라움' 레벨이 높아졌음을 나타냈다.

"이 기술을 잘 사용하면, 사람들이 불필요한 감정에 휘둘리는 것을 막고, 다른 사람들과 공감하고 협력하는 것을 촉진할 수 있다네. Q-웨이브라고 우리가 이름을 붙인 기술인데, 사실 새로운 것도 아니야. 원래 우리 선조들이 무리 생활을 하면서 서로 협력하기 위해 두뇌에 갖고 있었던 감각이지. 이걸로 서로 마음이 통해서 분업도 하고 함께 사냥도 할 수 있었던 거야. 최 박사가 추정하기론 음성 언어가 발달하면서 퇴화해 버린 것 같다더군."

이태환은 계속 집중하고 있었고, 최동석은 다시 키보드에 뭔가 입력했다.

"우린 기술적으로 그 신호를 만들어낼 수 있게 되었다네. 생각해보게. 왜 자본주의 말고는 다 실패했는지. 이론적으로야 더 나은 체제가 있었지. 하지만 개개인의 본능은 그런 체제에 맞지 않았거든. 수백만 년 전 본능을 그냥 두니까 온갖 문제가 생기는 걸세. 소유욕, 과시욕, 지배욕, 경쟁심, 성욕, 집단이기심 같은 것을 그냥 두는 정도가 아니라 더 자극해가며 돈벌이에 이용하고 있잖아. 우리에게는 건강한 사회를 만들 방법이 있어. 물론 아직 완전하지는 않아서 연구와 실험이 많이 필요한데, 행정적인 절차를 다 밟다가는 시간이 너무 많이 걸리거나 아예 더는 진행 못 하게 될 수도 있어서, 우리는 약간의 불법을 감수하고 있다네."

"그런 것이었군요. 저는 단순한 치료제 개발하는 일인 줄 알고 있었는데, 훨씬 더 중요한 일이었군요. 그리고 이 회사에 어딘가 비밀스러운 부분이 있어 보였는데 이제 이해가 됩니다."

이태환이 말했다. 표정 분석기의 '놀라움' 레벨은 낮아지고 '두려움' 레벨이 높아졌다.

"그런데 정말 그런 일을 해도 되는 건가요? 사람들 마음에 영향을 주는?"

"수돗물에 염소를 넣을 때 일일이 동의를 받나? 세금으로 공익 광고도 하잖아. 개인정보를 영악하게 이용해서 사람들의 마음을 조종하는 게 나쁜 거지. 원래 사람이 사회적 동물로 함께 살아가기 위해 자연적으로 있던 감각을 공익을 위해 이용하는 것일 뿐이야."

"네, 그렇게 생각할 수도 있겠네요."

"그래. 정말 중요한 일이지. 그런데 말이야, 원래 차근차근 진행하려 했던 일들이 화재 때문에 좀 차질이 생겼네. 새로운 장비도 구하고, 여기보다 더 안정적으로 일할 수 있는 장소도 마련하고, 그러기 위해서 자금도 더 확보해야지. 그리고 무엇보다도 화재 때 희생된 이들을 대신하고 지금까지보다 더 적극적으로 사명감을 가지고 일할 가족이 필요하네. 단순히 월급 받는 직원이 아닌, 가족 말이야."

최동석이 다시 노트북 키보드에 명령을 입력했다. 감정을 조작하려면 감정에 대한 근거를 함께 제공해주는 것이 효과적이다. 그 근거가 유치하거나 설득력이 부족해도 괜찮다. 조작 대상의 의식은 자신이 느낀 감정을 설명하기 위한 근거를 찾는다. Q-웨이브로 감정을 주입하면, 이태환은 박진우의 말이 설득력 있어서 자신이 그런 감정을 느꼈다고 믿을 것이다. 표정 분석기는 '행복' 레벨이 높아졌음을 바로 보여줬다.

"좀 고민되는 부분이 있기는 합니다만, 개인적으로는 직원이 아닌 가족이 필요하다는 말씀이 와닿습니다. 사실, 제가 혼자 살고 있어서 가족 같은 분위기도 좋을 것 같습니다."

"그래 좋아. 이력서를 보니 지금은 잠시 쉬고 있던데, 내일이라도 바로 일 시작할 수 있도록 최 박사하고 얘기해보게."

"감사합니다. 열심히 하겠습니다."

"효과가 있었던 것 같습니다." 최동석이 사장실로 들어오며 말했다.

"그러게. 내 눈으로 보기에도 그런 것 같아." 박진우가 말했다.

"네, 미세 표정 분석기 켜놓고 여기 설치된 소형 지향성 Q-웨이브 송신 장치를 원격 조종해가면서 보고 있었는데요, 효과가 바로바로 나타나는 것을 확인했습니다. 사장님 위치에서는 영향 없었을 거고요."

"난 별다른 것 못 느꼈어."

"그런데 말씀 중간마다 타이밍 맞춰서 감정 송신 패턴을 일일이 바꾸는 것은 좀 귀찮더군요. 미리 대화 내용의 스크립트를 만들어 두고, 거기에 적절한 감정 태그를 달고, 음성 인식으로 스크립트의 대화를 매칭해서 자동으로 패턴이 송신되도록 해야겠습니다."

"난 뭔 말인지 모르겠지만, 암튼 수고했네. 그 놔두고 왔다는 파일이나 빨리 찾아오고."

"제가 알아서 하겠습니다."

"음 좋아. 최 박사가 사고 겪고 나니 좀 더 사업하는 사람 같이 변했는데? 총무부 애들한테도 도와주라고 얘기해 놓을 테니까 최 박사가 알아서 진행하게."

Q-웨이브

 수진은 문서를 스크린에 띄웠다. '철새의 개체 간 커뮤니케이션에 관한 연구 및 응용 계획'이라는 제목의 발표자료였다. 과학자들은 모두 스크린 앞으로 다가왔다. 그녀는 표지를 넘기고 다음 슬라이드를 열었다. 화면에는 수만 마리의 철새가 갯벌에서 일제히 날아오르는 동영상이 나타났다. 몇 초 후, 철새들은 일제히 방향을 바꾸며 거대한 구 모양을 형성했다. 다시 동시에 방향을 전환한 철새 무리는 마치 아메바처럼 유동적이지만 한 덩어리를 유지하며 멀어져갔다. 다음 슬라이드에는 검은 박스 옆에 머리에 전극을 연결한 새를 손에 든 남자가 서 있었다.
 그녀는 사람들의 표정을 봐가며 천천히 한 페이지씩 넘

겼다. 각 페이지에는 제목, 가설과 간단한 실험 계획만 나와 있고 세부적인 내용은 없었다. 과학자들은 마지막 페이지까지 화면에서 눈을 떼지 않았다. 소연이 자신의 노트북 화면에서 고개를 들며 말했다.

"앞부분의 철새 군무와 커뮤니케이션에 관한 내용이 어쩐지 낯익은 것 같아서 검색을 해봤는데요, 여기 나오는 최동석이라는 사람은 예전에 잠시 뇌과학 학회 소속이었습니다. 저도 그때 발표를 들었던 것 같아요."

"최동석이라는 이름은 다른 문서나 파일 이름에도 몇 차례 나옵니다. 회사 내부인이거나, 함께 연구를 진행하던 사람인 것 같습니다." 수진이 말했다.

"최동석 박사가 학회에서 발표했던 내용이 바로 이 자료 앞부분의 동영상과 사진이 의미하는 것입니다. 수만 마리의 철새가 동시에 방향을 바꾸는 것을 설명하려면 청각이나 시각이 아닌 다른 통신 수단이 필요하고, 모든 감각을 차단한 상태에서 새들 간에 정보가 전달된다는 것을 실험적으로 입증했다는 것이었습니다. 학회에서 인정받지는 못했지만." 소연이 노트북 화면을 다시 들여다보며 말했다.

"그러니까 이들이 새로운 현상을 발견하기는 했군요." 다른 과학자가 말했다. "그런데 슬라이드의 내용이 너무 간략해서, 이들이 새들의 통신 방법을 인공적으로 재현해

보려 했다는 것 이상은 잘 모르겠군요."

"다시 회의한대요. 경찰에서 얘기할 게 있나 봐요." 지나가던 사람이 회의실 문을 열고 말했다. 수진과 과학자들은 모두 일어섰다.

경찰로 보이는 새로운 참석자들이 있었는데도 회의실은 아까보다 덜 붐볐다. 수진은 이제 앞줄에 앉을 수 있었다.

"자연적인 현상이나 외계인이 아니라 사람이 인위적으로 일으킨 일이라는 것이 분명해졌기 때문에 이제 관련 없는 분들은 회의에서 배제했습니다. 지금부터 논의되는 내용은 더욱 보안이 중요합니다. 텔레파시 같은 기술을 누군가 비밀리에 개발하고 잠적했다고 알려지면 엄청난 사회적 혼란이 일어날 겁니다. 국가안보 측면에서도 매우 민감하고요. 물론 진상이 밝혀지면, 어느 시점에는 다 공개하게 되겠지만 그때까지는 다들 서명하신 비밀 유지 서약을 지켜주셔야 합니다. 어떤 매체이건, 직장 동료이건 또는 가족이건 일절 얘기하시면 안 됩니다."

정훈은 각자로부터 다짐이라도 받으려는 듯, 회의실에 모인 사람들을 천천히 둘러봤다.

"그러면 다 모이셨으니 경찰에서 발표하겠습니다. 김민규 형사님이십니다."

"배포된 자료에도 나와 있습니다만, 오늘 아침 09시 20분경 저와 최지혜 형사가 사건 현장에 도착했습니다. 현장에서 다섯 구의 시체를 발견했고 사인은 아직 부검이 끝나지 않았습니다만 육안으로 보기에는 큰 외상은 없었습니다. 이 장소는 넥스트 소사이어티라는 회사가 임대했는데, 이 회사는 약 3년 전에 설립된 이후 지금까지 매출이나 영업 활동이 없었습니다. 세무 기록에는 현장에서 사망한 다섯 명 외에 약 10여 명의 임직원이 나와 있습니다만 현재 모두 잠적한 상태이고 건물 CCTV에는 더 많은 사람이 드나든 것으로 확인되어 안면인식 프로그램을 돌리는 중입니다."

민규는 CCTV 영상을 화면에 띄웠다. 지하 주차장에서 한 남자가 다른 남자를 업고 차량에 태우는 모습이 보였다. 또 다른 사람은 전자기기와 이사 박스를 가득 실은 카트를 끌고 가고 있었다.

"환각 사건이 발생하고 약 3시간 후, 주차장에 주차되어 있던 3대의 회사 차량을 이용하여 각종 기기와 의식을 잃은 사람을 태우고 건물을 빠져나가는 모습입니다. 이 차량들도 수배했는데, 서울을 빠져나간 이후로는 추적되지 않고 있습니다."

"거기 업혀 가는 사람은 최동석 박사인 것 같습니다." 소연이 손을 들고 말했다. "미리 전달해주신 파일에 이름과 사진이 나와서 검색해 봤는데, 얼굴이 비슷합니다."

민규는 소연이 말한 이름을 받아 적은 후, 이어서 이 회사의 범죄 조직과의 관련 가능성과 향후 수사 계획을 설명했다.

"잠적한 박진우 대표와 다른 임직원들의 거취를 파악하기 위한 수사를 본격적으로 시작했습니다. 또한, 넥스트 소사이어티의 회사 자금과 박 대표의 개인 자금을 모두 동결했습니다. 차명 계좌나 다른 자금원이 더 있는지 범위를 더 확대해서 추적 중입니다. 이들 중 단지 전문성만으로 영입된 과학자들도 있고, 준비 없이 급하게 잠적했다는 점을 고려할 때 오래 버티지는 못할 것으로 생각합니다."

그다음으로 경찰 디지털 포렌식팀에서 발표했다.

"컴퓨터에 남아 있는 흔적을 보면 이들이 예상하지 못했던 사고 후에 급하게 행동한 것이 분명합니다. 많은 서류와 장비를 들고 갔으나 메인 서버처럼 덩치 큰 것은 데이터만 삭제하고 그대로 뒀습니다. 물론 파일을 덮어써서 복원을 불가능하게 하는 삭제 툴을 사용하기는 했는데요, 이들이 컴퓨터 쪽으로는 그다지 전문가는 아니었던 것 같습니다. 최신 메모리 디바이스의 동작 방식이 고려되지 않은 구버전의 삭제 툴을 썼기 때문에 저희가 꽤 많은 데이터를 복구할 수 있었습니다. 공유 폴더에 곧 올릴 테니 확인하시기 바랍니다. 다만, 파일을 많이 복구하기는 했으나 예전에 수정 또는 삭제된 버전일 수도 있고, 파일명이나 폴더도 바뀌었을 수 있습니다."

* * *

 포렌식팀에서는 PC에 있던 파일의 암호를 해제하고, 서버 디스크에서 복구한 파일들도 속속 공유해줬다. 하지만 파일명이나 폴더, 여러 버전이 뒤섞여 있을 수도 있다던 말은 아주 완곡한 표현이었다. 주로 문서 파일이 남아 있었던 PC와는 달리, 서버에서 복구한 파일들은 대부분 프로그램 소스 코드와 바이너리 데이터 파일이었다. 소스 코드는 대부분 수진도 익숙한 파이썬 언어로 작성되어 있었다. 문제는 수천 개의 파일이 원래의 폴더나 파일명과 관계없이 섞여 있고, 같은 코드의 다른 버전도 많았다는 점이었다.
 "시간만 많으면, 언젠가는 다 짜 맞춰서 프로그램을 실행해 볼 수도 있겠죠. 지금은 무작위로 들여다보면서 뭐에 관한 내용인지 대략 추측하는 정도가 최선이에요." 수진이 말했다.
 "그래도 새로 알아낸 것도 좀 있지 않나요?" 정훈이 답답한 표정으로 물었다.
 "아, 물론 단편적으로는 여러 가지 있어요. 코드의 주석이나 함수 이름만 봐도 짐작할 수 있는 게 있으니까요. 먼저, Q-웨이브라는 용어가 자주 등장하는데 이게 새나 사람의 두뇌에 어떤 신호를 전달하는 파동을 의미하는 것 같습니다. Q-웨이브 트랜스미터, 즉 송신 장치를 동작시키는 소프트웨어와 데이터 파일들이 있었어요. 이걸 머신 러닝 기법으로 최적화하기 위한 코드들도 잔뜩 있었고요."

"실험 계획서와 암호가 해제된 다른 문서들을 더 살펴봤는데요." 소연이 말했다. 밤을 새운 듯, 얼굴에는 피곤한 기색이 뚜렷했지만 목소리는 그렇지 않았다.

"지금까지 본 내용을 종합하자면, 뇌의 어떤 뉴런들은 이 Q-웨이브라고 불리는 신호를 생성하거나 감지할 수 있다고 합니다. 최동석 박사 팀은 뉴런의 미세소관[12]에서 일어나는 양자 현상이 이와 관련 있으리라고 가정하고, 미세소관을 본뜬 나노 구조물에 에너지를 인가하여 새의 두뇌가 반응하는지 실험했습니다. 이걸 이용해서 원하는 신호를 생성해 뇌에 전송하는 방법을 연구하고 있었던 것 같아요."

"새로운 물리학적 현상이 존재하더라도 이미지를 전송하는 것은 불가능하다고 하지 않았던가요?"

수진이 물었다. 컴퓨터에서 이미지나 동영상이 어떻게 변환되어 전파에 실어 보내지는지 알고 있는 그녀로서는

---

12. microtubule. 뉴런 내 세포 골격을 이루는 단백질 중합체. 물리학자이자 수학자인 로저 펜로즈 등은 미세소관에서 일어나는 양자 현상이 인간의 의식을 이해하는 데 필수적이라는 소위 '양자 의식(quantum consciousness)' 이론을 주장했다.

비슷한 과정이 뇌에서 일어날 거라고는 생각할 수 없었다.

물리학을 전공했다는 과학자가 어차피 넥스트 소사이어티도 잘은 몰랐던 것 같다며, 자신이 이해하는 바를 최대한 쉽게 설명해 보겠다고 했다.

"88개의 건반을 가진 피아노를 생각해보세요. 현의 길이에 따라 최대 88개의 서로 다른 주파수의 소리를 동시에 발생시킬 수 있습니다. 만약 각 주파수에 공진 반응하는 88개의 수신 장치가 있다면, 88개의 값을 동시에 전송할 수 있습니다. 하지만 가로, 세로의 해상도가 각각 100픽셀인 흑백 이미지만 하더라도 10,000개의 값을 가지고 있어서, 현의 길이로만 구분되는 88개 건반으로는 표현할 수 없습니다. 그런데 만약 1차원적인 현의 길이가 아니라 3차원적 나노 구조의 복잡한 형태에 따라 공진이 일어난다면, 88개보다 훨씬 많은 건반이 있을 수 있는 겁니다. 물론, 음파나 전자기파 같은 기존의 파동은 이런 식으로 변조될 수 없습니다. 최동석 박사는 Q-웨이브가 미세 스케일에서 다차원으로 진동하고 있으며 나노 구조의 3차원적 형태가 이 진동에 영향을 주는 것 아닐까 하고 막연히 추측하고 있습니다."

소연이 다시 나와 부연 설명했다.

"이 박사님이 많이 생략하셨는데요, 망막 시신경의 100×100개의 신호가 직접 전달된다는 뜻은 아닙니다. 대뇌 후두엽의 시각중추에는 여러 가지 시각적 특징에 반응하는 뉴런들이 규칙적인 형태로 배열되어 있는데요. 이 배열은 시각 자극에 의해 형성되는 것이라 사람마다 다르지 않아요. 이 배열 형태가 각 뉴런의 미세소관 구조에 어떻게든 영향을 주는 것 같고요. 그래서 여러 가지 시각 특징에 해당하는 Q-웨이브 신호가 다른 두뇌의 같은 역할을 하는 뉴런들을 자극하고, 이로부터 뇌가 이미지를 만들어 낸 거예요. 우리 뇌는 이미지의 일부나 특징만으로도 나머지를 상상해 메꿀 수 있거든요."

정훈이 말했다. "다는 이해하지 못했습니다만, 그래서 환각이 사진 같이 뚜렷하지 않은데도 동일하다고 알아볼 수 있었던 건가요?"

"네, 맞아요. 시각 특징들이 전송되어서 그래요. 추상적인 사고나 언어 같은 것은 신경 구조가 너무 복잡하고 사람마다 달라서 Q-웨이브로 전달되기 어려울 것이고요. 시각적 특징과 본능적인 감정 정도만 전달될 수 있을 거예요."

"감정이 전달된다고요? 고양이 얼굴뿐만 아니라?" 옆에서 잠자코 듣고 있던 민규가 놀라며 물었다.

"편도체[13]의 감정을 담당하는 신경망도 그 구조가 거의 유전적으로 결정되고 사람마다 비슷하거든요. 자료에 의하면 넥스트 소사이어티의 실험은 여러 가지 이미지와 감정을 대상으로 실시되었어요."

"저는 지금까지 영상을 머릿속에 전송하는 기술이 TV나 AR글래스보다 나을 것이 없다고 생각했는데, 사람의 감정에 영향을 미칠 수 있다면 그건 완전히 다른 얘기잖아요."

이제야 범행의 동기가 이해된다는 듯, 민규는 흥분한 표정이었다.

"아까 졸고 계셨군요. 군집 생활을 하는 동물의 의사소통 메커니즘에는 아직 잘 모르는 부분이 많아요. Q-웨이브가 가까운 동족에게 감정을 흐릿하게라도 전송할 수 있으면 페로몬보다 집단활동에 훨씬 효과적이겠죠. 이제 군중의 집단의식 발현이라던가, 누가 나를 쳐다보고 있을 때 묘한 느낌이 든다거나 하는 것도 다 새로운 관점에서 다시 들여다봐야 해요. 아, 여기서 노벨상이 몇 개나 나올까요?"

"노벨상도 받을 수 있는 연구를 왜 비밀리에 진행했을까요?" 정훈이 물었다.

"연구 과정의 불법성 때문이겠죠. 지난번 고양이 환각 사건 말고도 그동안 인체 실험에서 계속 크고 작은 사고들이 일어났던 기록이 있습니다. 발견된 실험 기록 중에는,

---

13. 대뇌 변연계의 일부로서 감정을 관장하는 부위로 알려져 있다.

강한 Q-웨이브 신호로 인해 기억상실과 정신 착란 등의 문제가 발생한 사람들을 모종의 방법으로 치료해가면서 실험을 계속했다는 얘기가 있습니다."

도대체 어떤 과학자가 인간에게 실험하다가 부작용이 발생하는 것으로도 모자라서 그걸 치료해가며 계속한 것일까. 수진은 너무 끔찍한 얘기에 치를 떨었다.

* * *

노벨상을 기대하는 소연과 다른 과학자들은 수진이 얽혀있는 코드들의 실타래를 빨리 풀기만 고대하고 있었다. 복구된 문서는 몇 개밖에 없고 소스 코드는 수천 개가 있었으니 과학자들이 코드를 통해 Q-웨이브가 동작하는 방식을 알고 싶은 심정은 이해할 수 있었다. 수진은 며칠째 서버에서 복구한 소스 코드들을 분석하고 짜 맞추는 작업을 계속하고 있었지만 진도는 더뎠고 머리는 터질 것 같았다.

토요일 아침, 전화 소리에 깼다. 엄마가 퇴원해도 된다는 연락이었다. 공유 차량을 빌려 병원으로 갔다.

"엄마, 그동안 못 와봐서 미안해요."

"그 환각 사건 조사한다며. 그런 중요한 일 하는데 얼마나 바쁘겠냐. 그러려니 했다."

입원하자마자 달려갔을 땐 오지 말라고 해놓고선, 낯선

병원에서 혼자 며칠 지내보니 아무래도 불편했던 모양이었다. 수진은 그동안 얼마나 바빴는지 굳이 변명하지 않았다. 엄마는 주차장까지 걸어가는 것도 힘들어했다. 사고 때 다리나 허리에도 충격을 받았던 것인지, 아니면 며칠 누워 지낸 탓인지 알 수 없었다.

"고양이 환각을 보고 나니 뭘 또 보고 싶은지 아니?" 차가 달리기 시작하자 엄마가 말했다.

"글쎄요, 하늘? 바다? 엄마는 그런 경치 좋은 곳 좋아했잖아요. 집에 가기 전에 바람이라도 쐬러 가실래요?"

"네 얼굴. 우리 딸 얼굴 한 번만이라도 다시 보고 싶구나."

"아휴, 또 그 얘기예요? 나도 이제 나이 들어서 예전처럼 탱탱하지도 않다니까."

"그 얼굴이 어디 갔겠냐. 그래, 말 나왔으니 말인데, 너도 이제부터는 만날 나만 보러 오지 말고 더 나이 들기 전에 연애도 좀 하고 그래라. 병원에도 내가 혼자 잘 있었잖아."

'병났을 때 내가 옆에 있다가 빨리 병원에 모셔갔으면 제 얼굴 계속 보실 수도 있었잖아요, 엄마.'

수진의 마음 한구석에서는 이렇게 말하고 있었다. 결코 자신의 잘못 때문이 아니었다고 몇 번이고 되뇌었으나 급성 녹내장 진단을 조금만 더 일찍 받았더라면 치료할 수 있지 않았을까, 하는 생각을 떨칠 수 없었다. 그때도 지금만큼이나 회사 일로 바빴었다. 엄마 덕에 다른 걱정 안 하고 열심히 공부하고 스펙 쌓아 들어갈 수 있었던 좋은 직장. 하지만 입사가 끝이 아니었다. 회사는 우수한 직원들을 치열하게 경쟁시켰다. 평가에서 밀렸다고 해고당하지는 않더라도, 한물간 서비스의 유지보수나 하고 싶지는 않았기 때문에 다들 밤늦도록 일했다. 그녀는 자신이 직장에서 성공하는 것이 엄마에게도 잘하는 일이라고, 자신이 챙기지 않아도 엄마는 충분히 당신의 삶을 즐길 수 있으리라 믿었다. 엄마가 녹내장으로 시력을 잃고 난 후에서야 그 믿음이 변명으로 느껴졌고, 주말까지 바빠질 것 같은 업무는 슬그머니 피해야 했다. 엄마가 앞을 볼 수만 있었어도….

엄마에게 앞을 보여줄 수는 없을까? Q-웨이브가 고양이 얼굴을 보여줄 수 있다면, 다가오는 자동차나 마주 보는 사람의 얼굴도 보여줄 수 있을 것이다. Q-웨이브를 이해하는 것이 이제는 단지 노벨상을 원하는 과학자들을 돕는 일이 아니었다.

USB

 매일 아침 회사가 아닌 조사단 사무실로 출근한 지도 벌써 일주일이 됐다. 무의식중에 회사로 발걸음이 향하다가 되돌아오는 일도 더는 없었다. 하지만 아직도 조사단 사무실은 낯설었다. 집중보다는 커뮤니케이션을 우선하는 넓고 개방된 공간, 유리 벽으로 둘러싸인 회의실, 카페 같은 분위기의 세련된 인테리어. 사무실의 모습은 수진이 다니던 회사와 별반 다르지 않았다. 그러나 사무실에서 마주치는 사람 중에 이름을 알고 대화를 나누는 사람은 몇 안 되었고 비용 처리와 같은 사소한 문제를 하나 해결하려고 해도 시간을 들여야만 했다. 공무원, 과학자, 경찰 등, 같은 문제를 해결하고자 함께 노력하는 사람들도 그녀와는 가진 지식과 배경이 너무 달라서, 그녀가 하는 일은 최대한 쉽게 풀어 설명해야 했고 다른 사람의 얘기는 대충 짐작해서 알아들어야 했다.

회사 동료들과도 연락이 뜸해졌다. 하루에 한두 번씩은 잘 지내냐고 메시지를 주고받기는 했다. 하지만 그것도 PC에 설치된 보안 소프트웨어로 모니터링되고 있다는 것을 알기에 밤낮으로 매달리는 일에 대해선 일절 말할 수 없었고, 그 외에는 할 얘기도 없었다. 그녀는 그동안 업무 외의 개인적인 삶이나 회사 동료들과의 관계 폭이 얼마나 좁았는지 실감했으나 당장은 일에만 더욱 매진할 수밖에 없었다.

'수진 님, 그곳 일은 잘하고 계시겠죠? 수진 님이 작성하던 리포트는 지연 님이 마무리했고요 (첨부), 사장님 발표도 어제 무난히 마쳤어요. 이제 다음 프로젝트의 일정과 담당자를 정해야 하는데, 언제 복귀 가능한지 아직 모르시나요?'

팀장이 보낸 메일에 첨부된 리포트를 열어봤다. 그녀가 작성하던 내용이 분명 꽤 남아 있었는데도 무슨 말인지 머리에 하나도 들어오지 않았다. 며칠밖에 안 지났는데 벌써 회사 일이 까마득하게 느껴졌다. 언젠가 회사로 돌아가면 다시 금방 회사 일에 적응할 수 있을까?

조사단에는 초조함이 번지고 있었다. 수백만 명이 환각

을 보고, 수백 건의 사고와 백 명이 넘는 사망자가 발생했는데 일주일이 되도록 정부는 아무 답도 못 주고 있다고 언론에서는 매일 난리였다. 강남 인근에 환각을 목격한 사람이 집중되었다는 것이 알려지면서 출근길에서는 사이비 종교 단체가 자신들의 주장을 담은 전단을 나눠주거나 외신 기자들이 길거리의 사람들을 인터뷰하는 모습을 자주 볼 수 있었다. 각종 온라인 게시판에는 여전히 음모론과 유사 과학이 난무하는 중에도 다행히 넥스트 소사이어티의 역삼동 사무실을 발견한 사실은 유출되지 않고 있었다. 인터넷에서 가장 많은 조회수를 올린, 온라인 다자 편집 그림 툴로 여러 사람의 환각을 합쳤다는 고양이 몽타주는 모니터에 있었던 사진과 놀랄 만치 흡사했다. 심지어 이 몽타주를 이용해서 고양이 사진의 원본을 찾아낸 사람도 있었다. 그러나 누구나 인터넷에서 고양이를 검색하면 나오는, 평범한 고양이 사진을 어떻게 수많은 사람이 보게 되었는지는 아무도 설명하지 못했다.

정훈은 여전히 Q-웨이브에 관한 사실을 아무것도 공개할 수 없다는 정부의 방침을 전하면서 스트레스를 많이 받는 듯했다. 잠적한 넥스트 소사이어티를 곧 잡을 수 있을 거라던 경찰은 별 성과를 못 내고 있었다. 차량 추적이나 주변 인물 조사와 같은 기본적인 수사 활동은 모두 벽에 부딪혔다. 민규는 아마도 이들이 전문적인 범죄 조직의 도움을 받는 듯하다고 했다. 현장에서 구출된 유일한 생존자는 사흘 만에 눈을 뜨기는 했으나, 정상적인 대화를 할 수 없었고 앞을 보지 못했다. 의사는 이 사람이 사망자들과 비슷한 뇌 손상을 입은 것 같다며, 살아남은 것만으로도 다행이지만 시력이나 인지 능력을 회복할 가능성은 거의 없어 보인다고 했다. 다들 지치고, 넥스트 소사이어티를 찾는 방법은 하나씩 소진되어갔다.

"처음 고양이 환각 사건이 발생했을 때 그 뭐냐 지역 잡담 게시판의 데이터로 신호 발생 위치를 정확히 맞추셨잖아요."

매일 아침의 정보 공유를 위한 데일리 미팅을 마치고 나오던 민규가 수진에게 말했다.

"같은 방식으로 인터넷의 다른 게시판들도 모니터링할 수 있을까요?"

그는 처음 봤을 때보다 어두운 표정이었다. 광역수사대 TF장으로부터 압박을 꽤 받는 것 같았다. 넥스트 소사이어티가 잠적한 상황에서 환각 사건을 다시 일으킬 것이라 예상할 이유는 없었고, 따라서 환각에 관련된 글들을 모니터링할 필요도 없었으나 민규는 가능한 모든 수단을 다 동원하고 싶어 했다.

"저도 생각은 해 봤는데요," 수진이 말했다.

"원래 제가 분석했던 잡담 서비스는 작성된 글과 함께 위치 정보가 저희 회사 데이터베이스에 저장되거든요. 하지만 다른 회사 서비스의 글을 분석하려면, 글 자체는 웹 크롤링[14]한다고 하더라도 그 글을 올린 위치를 알 수 없어요."

"IP 주소를 이용하면 되지 않나요?"

"글쓴이의 IP 주소를 외부에서 알아낼 방법이 없어요. 또 모바일 네트워크의 경우에는 IP 주소가 있더라도 통신사 도움이 필요하고요."

"하긴, 저희도 영장을 받아서 통신 회사에 요청해야 하는데, 그것도 쉬운 일이 아니더군요."

옆에서 듣고 있던 정훈이 말했다.

"그런 일이라면 도와줄 수 있는 곳이 있을 것 같은데요, 한번 알아보고 말씀드리겠습니다."

"감사합니다. 아 참, 그리고 이게 역삼동 현장에서 추가로 발견되었는데요,"

민규가 가방에서 USB 저장장치를 하나 꺼냈다.

"아마 사무실 책상 밑에 떨어져 있었던 것 같은데 현장

---

14. web crawling. web scraping이라고도 함. 웹사이트에서 사람 대신 소프트웨어가 자동으로 정보를 추출하는 것

을 정리하던 청소부가 발견했습니다. 먼저 들여다본 포렌식팀에서는 무슨 소스 코드가 백업되어 있는 것 같다고 전달해 드리라고 했습니다."

그녀는 민규가 건네준 USB 저장장치를 노트북에 꽂았다. 포렌식팀에서 소스 코드가 백업되어 있는 것 같다고 한 의미를 바로 알 수 있었다. 그동안 그녀가 분석하던 코드들은 코드 저장소가 있었던 서버의 삭제된 파일들을 디스크 섹터 레벨에서 복구한 것들이었다. 수많은 코드의 온갖 버전이 폴더 구분도 없이 뒤섞여 있는 것을 하나하나 내용을 들여다보며 짜 맞춰야만 했다. 민규가 전달해 준 저장장치에는 비슷한 내용이기는 했으나, 최신 버전의 소스 코드가 폴더에 체계적으로 정리되어 있어서 이해하기도 쉽고 바로 실행해볼 수 있게 되어 있었다.

"이거야말로 로제타 스톤이에요!"

그녀가 기뻐서 말했다. 일주일째 코드를 이리저리 짜 맞추다 보니 머리가 윙윙거리고 안개가 낀 듯 생각이 뿌옜는데, 다시 기운이 나며 집중할 수 있었다. 넥스트 소사이어티는 수많은 인체 실험을 거듭하여, 원하는 감정이나 이미지를 송신 장치에 필요한 패턴 데이터로 변환시킬 수 있는 소프트웨어와 변환 모델을 만들어냈다. USB 저장장치에 들어있던 코드와 다른 서버에서 찾은 변환 모델을 이용하면 드디어 Q-웨이브를 처리하는 프로그램을 처음으로 실행해볼 수 있는 상황이었다. 일단 하나의 프로그램이라도 실행해볼 수만 있으면, 처리되는 과정을 한 단계씩 쫓아가거나 데이터를 시각화시켜 볼 수도 있고, 코드를 이해한 것이 맞는지 확인할 수도 있게 된다.

"아, 이놈의 네트워크 보안. 여기는 개인정보도 없는데 아웃바운드[15] 트래픽은 그냥 좀 열어주면 안 되나?"

새로 입수한 코드는 여러 가지 오픈 소스 소프트웨어 패키지들을 필요로 했다. 모두 머신 러닝 분야에서 많이 사용되는, 일반적인 것들이었다. 회사였다면 명령어 하나만으로 패키지 저장소로부터 자동으로 다운로드되고 설치되었을텐데, 합동 조사단의 인터넷 환경은 웬만한 외부 사이트로의 접근이 다 차단되어 있었다. 그녀는 접근이 필요한 저장소 사이트의 목록과 목적을 서면으로 제출하여 보안 예외 승인을 받은 후에야 마침내 프로그램을 실행해볼 수 있었다.

"이것 보세요. 간단한 명령어만 입력하면 원하는 신호가 송신 장치용 패턴 데이터로 변환돼요."

---

15. outbound. 내부망에서 외부 서버로 접속하는 것

그녀는 몇몇 사람들을 모아놓고 넥스트 소사이어티의 프로그램을 동작시키는 것을 보여줬다. 민규는 눈을 감고 말했다.

"그게 간단한 거라고요? 아무튼, 전 준비 됐어요. 음, 고양이 대신 채 연구원님 얼굴만 떠오르는데요?"

"우리한테 송신 장치 없는 줄 알면서 농담하지 마시고요. 여기까지도 힘들었다고요. 김 형사님이 찾아다 주신 USB 저장장치가 결정적이었지만, 실행해 볼 수 있게 되기까지 이 사무실에서 개발 환경 셋업하고 보안 허가받고 얼마나 복잡했는지 아세요?"

"그래서 그 프로그램 돌려보니 뭐가 나왔나요?"

"일단 개별적으로 보면서 용도를 짐작만 하던 코드들이 어떻게 결합돼 실행되는지 알게 되었고요. 그것만으로도 중요한 성과예요. 이들이 막연히 과학적인 연구만 하던 단계는 아니고, 구체적인 사용 계획이 있었던 것 같아요. 어떤 감정을 실어 보낼 수 있는지 선택할 수 있는 감정 목록이 이미 모두 정의되어 있고, 이미지도 그냥 파일만 지정하면 필요한 변환을 자동으로 해서 손쉽게 전송할 수 있게 되어 있더라고요."

이미지 파일을 전송할 수 있다면, 소형 카메라의 이미지를 실시간으로 변환해서 전송하는 것도 당연히 가능할 것이다. 송신 장치만 있다면, 민규가 가져다준 코드를 약간

수정하고 싱글 보드 컴퓨터에 카메라를 부착해서 시각 보조 장치 프로토타입을 만드는 정도는 수진이 혼자서도 해볼 만한 일이었다.

"이 기술을 사용해서 시각 장애인을 위한 장치를 만들 수 있지 않을까요?" 그녀는 그동안 혼자 생각하던 것을 소연에게 물었다.

"해봐야 알겠지만, 가능할 것 같아요. 선천적 시각 장애가 아니라 대뇌의 시각중추가 정상적으로 형성된 후에 안구나 시신경의 문제로 시력을 잃은 경우라면 가능할 거예요. 예전부터 시각피질에 직접 전극을 연결하는 방식으로 시도는 됐는데, 전극을 머리에 꽂고 살 수는 없어도 Q-웨이브라면 가능할 테니까요."

"그러면 사람 얼굴도 알아볼 수 있겠죠? 고양이 얼굴처럼?"

"얼굴을 인식하고 구분하는 것은 상당히 고도의 기능이기는 한데요, 인간 두뇌가 그쪽으로는 신경회로가 잘 발달해 있으니까 Q-웨이브가 그 신경들을 자극할 수 있다면 고양이 얼굴보다 더 쉬울 수도 있어요. 시력을 잃기 전에 기억하고 있던 얼굴이라면 두뇌가 부족한 부분을 채워서 더 생생하게 만들 수 있을 테고요."

국정원

조성호 국정원장은 주간 정보 동향 보고서를 읽고 있었다. 중국과 한국기업 간에 수상쩍은 거래가 늘고 있는 정황이 보이지만, 암호화폐와 페이퍼컴퍼니 등의 이유로 확인하기가 어렵고 별도 조사가 개별적으로 필요하다는, 특별할 것 없는 내용이었다. 또 사이버 보안 사고도 다시 증가하고 있어서 광범위한 모니터링과 함께 전문 인력의 충원이 필요하다는 요청도 있었다. 이 역시 예산과 인력 타령이었다. 그는 한숨을 내쉬었다. 조성호가 처음 들어왔을 때의 국정원은 지금 같지 않았다. 당시에는 자신과 같은 실무자들도 예산이나 규정, 관계 기관의 협조 타령만 하고 있지 않았다. 그런 건 알아서 해결하라고 월급을 주는 것이고, 그런 환경에서 문제 해결 능력을 보여줘야 승진하는 것이다. 물론 그때는 국정원이 가지고 있는 권한과 예산의 전체 규모도 지금보다 컸고 그중에는 원장이 마음대로 전용할 수 있는 몫도 꽤 됐다. 그러나 이제는 웬만한 민간 기업의 자원을 부러워해야 하는 처지가 되었다. 마침내 그가 원했던 국정원장 자리에 오른 지금, 그의 집무실은 예전의 권위에나 어울리는 널찍한 공간을 그대로 차지하고 있을 뿐, 좋아진 것이라고는 창밖으로 보이는 산기슭의 숲이 그때보다 울창해졌다는 것 외에는 아무것도 없었다. 휑한 집무실에는 가죽이 튼 소파와 일반 회사 같았으면 이미 불용 처분했을 구닥다리 컴퓨터, 아무짝에도 쓸모없는 표창장과 액자가 대부분의 칸을 차지하고 있는 책장이 놓여 있을 뿐이었다.

"똑, 똑."

노크 소리와 함께 비서실장이 들어왔다.

"좀 보셔야 할 건이 있습니다, 원장님. 지난번 고양이 환각 사건 있잖습니까."

"그래, 그게 뭐가 좀 나왔대? 조직은 거창하게 만들더구먼."

"그 사건과 관련해서 그때 만들어진 합동 조사단 조직에서 우리 국정원으로 요청이 하나 들어왔는데요, 그러면서 지금까지 파악된 내용을 공유해줬습니다."

"요점만 말해봐. 나더러 지금 이거 다 읽고 이해하라는 거야? 이거 문서 양식도 영 엉망이고 말이야." 그가 건네받은 보고서를 들춰보며 말했다.

"그게 초자연적 현상이나 외계인, 뭐 그런 것이 아니고 사람의 두뇌에 신호를 보낼 수 있는 인위적인, 일종의 과학 실험이었답니다."

그는 보고서를 덮고 차 실장을 쳐다보며 그 의미를 생각했다.

"지난주 그 일은 실험하다 일어난 사고인데, 그 조직은 잠적했고요. 우리 국정원에서도 파악하고 있던 박진우라는 놈이 한동안 숨어서 그런 일을 하고 있었던 모양입니다."

"뭐 하는 놈인데?"

"외국에서 활동하다가 몇 년 전에 국내로 들어와서 암호화폐로 사기 좀 쳐서 모은 돈으로 과학자들 데리고 그런 거 개발하고 있었던 것 같습니다. 자세한 것은 다시 정리해서 드리겠습니다. 빨리 아셔야 할 것 같아서 바로 보고 드리는 겁니다."

"그래, 그건 그렇게 하고, 그 텔레파시 같은 것 좀 자세히 얘기해봐."

"저도 뭐 잘 이해하지는 못했고요, 그 조직, 뭐더라, 아 넥스트 소사이어티라는 조직에서 사람 머리에 전극 꽂아

놓고 실험하면서, 신호 발신기를 만들고 있었다고 합니다. 현장에서 확보한 자료를 과학자들이 연구하고 있는데 이미지 외에도 감정 같은 것도 전송할 수 있는 모양입니다."

"감정을 머릿속으로 보낸다고? 그래서 조사단에서는 우리한테 뭘 요청했는데?"

"요청한 건 대단한 건 아니고, 왜 우리가 지난번에 인터넷에 올라오는 글들 전체적으로 모니터링하는 시스템 구축한 것 있지 않습니까."

"그래, 그때 비공개 예산 확보하느라 내가 힘 좀 썼잖아."

"네, 그 시스템을 이용해서 환각을 봤다는 글들을 찾아보고, 위치 정보도 얻고 싶다고 합니다."

"그건 사이버센터장한테 도와주라고 해. 국가적으로 중요한 일인데 협조해 줘야지. 그런데 말이야, 요즘 다들 일을 어떻게 하는 거야? 그 합동 조사단인가 하는 데서 우리한테 이런 걸 요청할 때까지 우리는 그냥 모르고 있었던 거야? 행안부가 그딴 식으로 일하면 우리는 가만 있는 거야?"

그는 보고서를 바닥에 집어 던지며 소리 질렀다. 그가 저 자리에 있었을 때는 보고서가 바닥이 아니라 자신에게 날아왔었다. 요즘 직원들에게 너무 젊잖았던 것 같았다.

"죄, 죄송합니다. 아마 실무 레벨에서는 알고 있었을 텐데 아직 원장님께 보고 드릴 만큼 정리되지 않았다고 생각했던 것 같습니다."

"그렇게 생각한 놈 좀 데려와 봐. 뭐가 중요한질 알아야지. 나 때는 우리 국정원에 똑똑한 애들도 많고 이런 식으로 일하지 않았는데, 요즘 들어오는 애들은, 참, 아, 열 받네."

"죄송합니다. 조사단에 지속적인 정보 공유를 조건으로 인터넷 모니터링 건 협조하도록 하고, 별도 경로로 추가적인 정보를 파악해서 계속 업데이트 드리겠습니다. 그리고 원장님, 한 가지 더 말씀드릴 것이 있습니다."

"또 뭔데?"

"NSA[16]에서 이번 환각 사건에 대한 정보 공유를 요청했습니다."

"뭐, 정보 공유? 우리도 오늘 알았는데? 그냥 아직 아무것도 밝혀지지 않았다고 해."

"어떻게 알았는지 모르겠지만 이 사건의 내용에 대해 이미 좀 알고 있는 것 같습니다. 그리고 자기네 과학자를 조사단에 참여시키고 싶다고 합니다."

"아니… 그냥 과학적으로 규명해보고 싶다, 뭐 그런 건

---

16. National Security Agency. 미국 국가안보국

가?"

"그럴 수도 있기는 합니다만, 요청하는 뉘앙스가 뭔가 좀 더 있는 듯합니다. 서로 주고받을 만한 게 있을 거라는 얘기를 하더군요."

사람 머리에 이미지와 감정을 전송할 수 있고, NSA도 이미 뭔가 알고 있다니. 이건 그냥 과학 실험하다가 우연히 발생한 사고가 아니었다.

"차 실장, 우리 정보원에서 제일 스마트하고 믿을 만한 애들 몇 명 모아서, 적당한 이름으로 TF 하나 만들어. 내 직속으로 하고. 그 텔레파시 기술이 국가안보에 미칠 영향과 우리 국정원 입장에서 어떡해야 할지 전략을 좀 짜봐야겠네. 조사단장이 누구랬지? 인터넷 모니터링하는 거 협조해 주기 전에 조사단장 한번 들어오라고 하고, TF는 좀 있다가 5시까지 여기 회의실로 모이라고 해. 그리고 나가는 길에 윤 비서한테 내 오늘 저녁 일정은 취소하라고 하고."

차 실장이 문을 닫고 나갔다. 조성호는 다시 창밖을 쳐다보며 생각에 잠겼다. 이런 일만 30년째 해 온 자신의 감이 옳다면 정보 활동뿐만 아니라 사회 전반에 미치는 영향에 있어 인터넷 이후 가장 큰 변화가 막 태동하는 중이었다. 실무 직원들이야 사고나 범죄 같은 디테일에 집착해도 된다. 그러나 국정원장 정도 되면 큰 그림을 볼 수 있어야 한다. 그래야만 전략을 세우고 조직장으로서 힘을 실어 일을 추진할 수 있다. 인터넷 모니터링 시스템이 필요하다고 대통령과 국회를 설득하고 예산을 받아낸 것도 그였다. 머릿속에 감정을 직접 집어넣을 수 있다면, 그것도 한꺼번에 수백만 명에게 그럴 수 있다면 이건 인터넷보다 더 거대한 괴물이 될 수 있다. 그는 대한민국의 국정원이, 조성호가 이 괴물을 수태시키지는 않았지만, 괴물이 세상에 나올 때 처음 보는 얼굴이 되어야겠다고 결심했다.

변신

 최동석이 방문한 곳은 사고가 발생했던 사무실에서 그다지 멀지 않은, 역삼동의 한 오피스텔이었다. 이곳 역시 기존 사무실과 마찬가지로 부근 유흥업소의 몰락과 함께 공실이 많이 나오고 임대료가 저렴해진 곳이었다. 낡은 광고지가 덕지덕지 붙어 있는 엘리베이터를 내려 어두운 복도를 지나갔다. 벨을 누르자 잠시 후 남자가 문을 열어줬다.
 "들어 오시죠."
 남자는 최동석을 4대의 모니터와 키보드, 노트북으로 꽉 찬 책상 앞으로 데려가 먼지 쌓인 의자에 앉으라고 권했다. 남자의 창백하고 탄력 없는 얼굴이 아니더라도 방구석에 놓여 있는 구식 컴퓨터는 이 남자가 최소한 십 년 넘게 이런 일을 해왔다는 것을 보여주고 있었다. 예전에는 고등학생들도 해킹을 잘했다던데, 요즘 아이들은 그런 일에 관심이 없었다. 그래서 이 남자 같은 사람들에게 아직 일거리가 있었다. 박진우가 예전에 암호화폐 쪽 사업할 때는 일을 많이 줬지만 넥스트 소사이어티 때는 가끔 시스템 보안이나 운영 일을 부탁하는 정도였다. 최동석은 Q-웨이브의 데이터 처리 프로그래밍을 좀 맡겨 보기도 했었으나, 진득하게 앉아 한 라인 한 라인 코딩하는 것은 이 남자의 적성에 맞지 않는다는 것을 알게 되었다. 그래도 IT와 관련된 어렵고 민감한 문제가 있을 때는 믿고 일을 맡길만한 사람이었다. 그는 바닥에 굴러다니는 배달 음식 박스를 옆으로 밀어내고 의자에 앉았다.

"제가 될 거라고 했잖아요."

남자가 최동석에게 말했다. 의기양양한 표정이었다.

"그러니까 자네가 심어 놓은 코드가 실행되었다는 거지?" 최동석이 말했다.

"그렇죠. 정확히 말하면, USB 저장장치에 그 코드를 심은 건 아니고요. 그랬으면 쉽게 걸렸을 거예요. 해킹 코드는 클라우드의 오픈 소스 패키지 저장소에 올려뒀고, USB에 있는 프로젝트 설정 파일에 그 패키지에 대한 의존성을 추가했어요."

"그걸 걔네들이 왜 몰랐을까?"

"머신 러닝이나 데이터 처리 관련된 프로그램들은 워낙 오픈 소스 패키지들을 많이 사용하는데, 그게 누가 만든 뭐 하는 코드인지 경찰 포렌식팀이건 네트워크 보안팀이건 일일이 확인할 능력도 없고 그렇다고 그런 거 사용하지 말라고 할 수도 없어요. 딱 실행하기 좋게 코드를 정리해서 줬으니 담당자는 빨리 돌려보고 싶기도 했을 거고요. 그나저나 작업하면서 코드 좀 들여다봤는데, 원래 이 코드 작성했던 친구가 월급을 얼마나 받아 가요? 머신 러닝 알고리즘은 제가 잘 몰라도, 코딩 스타일은 참 지저분하더라고요. 맘 같아선 제가 좀 고쳐주고 싶었지만—"

"그 친구는 이제 월급 필요 없는 세상으로 갔어. 그러니까 우리 대신 내부의 담당자들이 네트워크 보안 뚫는 절차를 밟아주도록 했다는 거지?"

"네, 뭐 애초에 그렇게 타이트한 보안이 아니기는 했어요. 그래도 우리가 찾는 데이터 파일까지 한곳에 스스로 모아줬으니—"

"아무튼, 그러면 그 코드가 데이터 파일을 우리 쪽에 다 업로드 완료해 놓은 거야?"

"그건 당연하고요. 그것도 물론 대용량을 한꺼번에 전송하다가 티가 나지 않도록 쪼개서, 여러 지역 서버에 나눠 천천히 업로드하도록 했고요."

남자는 최동석을 쳐다보고 씩 웃었다. 최동석은 제 딴에는 잘난 척하는 그의 웃음이 항상 보기 싫었다. 그 역시 자신의 표정을 거울로 본 적은 없었을 것이다.

 "원래 제가 안 시킨 일도 알아서 하잖아요. 그 서버에 루트킷[17]을 심어 흔적을 다 지우고, 그걸 통해 같은 내부망에 있는 사무용 PC도 여러 대 좀비로 확보했습니다. 게다가 포트 스캔[18]해 보니 인터넷에 접속은 안 되고 전원만 연결되어 있는 스마트 스피커도 하나 처박혀 있더라고요. 그 녀석 보안 취약점은 초등학생도 뚫을 수 있을 정도고요, 덕분에 원거리 마이크로 사무실 내 웬만한 소리는 다 들을 수 있게 됐습니다."

 "잘난 척하지 마. 그 대신 우리 코드를 저쪽에서도 다 돌려볼 수 있게 됐잖아."

 "제가 그랬잖아요. 그런 식으로 파일 삭제만 하고 달아났으니 경찰에서 다 복구했을 거라고요. 그 덕분에 우리도 그 데이터 파일 가져올 수 있었던 거고요. 그러니까 어차피 시간문제였던 것을 좀 돌리기 쉽게 정리만 해준 거예

---

17. 악성 코드의 일종으로서 관리자 권한을 획득하고 운영체제를 변화시켜 자신의 존재를 숨긴다.
18. 해커가 목표로 정한 컴퓨터의 취약점을 찾기 위해 어떤 네트워크 포트가 열려있는지 확인하는 작업

요. 그리고 프로그램 돌릴 수 있으면 뭐 하겠어요. 송신기 하드웨어는 저들에게 없다면서요."

"아무튼, 알았어. 수고했고, 성공했으니 약속했던 보수는 곧 입금될 거야. 그때 말했던 암호화폐로."

"감사합니다. 이참에 제 장비들이나 업그레이드해야겠네요."

최동석은 잠시 멈칫거린 후 다시 말했다.

"그리고 말이야, 공식적으로는 데이터 파일만 빼낸 거고 그걸로 완료한 거야."

"네?"

"우리 회사의 박 사장이나 누가 물으면 그렇게 얘기하라고. 그리고 아까 확보했다는 내부 컴퓨터나 스마트 스피커에서 캡처하는 데이터 말이야."

"네, 다 저장하고 있습니다. 여러 서버를 경유하니까 추적될 염려 없어요."

"그러면 그 내용을 모니터링해서 정기적으로 나한테 리포트해. 보수는 따로 줄 테니까, 나한테만 리포트하라고."

"알겠습니다. 박사님은 연구만 하시는 분인 줄 알았는데, 은근 욕심이 있으시네요." 남자가 또 보기 싫은 미소를 지으며 말했다.

"사람은 다 변하는 거지."

사람은 쉽게 변하지 않는다. 최동석 정도의 나이면 더

더욱 안 변한다. 강력한 Q-웨이브가 뇌의 감정을 관장하는 영역을 변성시키지만 않으면. 최동석은 Q-웨이브 후유증에서 회복한 이후 자신이 바뀌었음을 스스로 느낄 수 있었다.

* * *

몇 해 전, 철새가 서로 미지의 수단으로 통신하고 있다는 것을 처음으로 확인했을 때만 해도 그는 전형적인, 하지만 학계에서 그다지 인정받지는 못하는 과학자였다.

"최 박사님, 참 재미있는 상상이긴 한데요, '유별난 주장은 그만큼 유별난 증거를 필요로 한다.'[19]라는, 칼 세이건이 한 얘기 아시죠? 이건 뭐 증거나 이론적인 설명은 고사하고 기본적인 실험의 변인 통제도 되지 않은 결과라서, 재현을 시도해볼 가치도 없을 것 같은데요."

"여기가 공상과학소설 발표하는 곳인가요? 이런 허무맹랑한 얘기를 매체에 자꾸 흘려서 대중을 현혹하니까 제대로 된 과학을 연구하는 사람들만 피해를 보잖아요."

그는 학회장에서 망신을 당했다. 그러나 믿기 어려운 사

---

19. "Extraordinary claims require extraordinary evidence."

실을 충분히 설득력 있게 얘기하지 못했다고 해서 그의 이론이 틀렸던 것은 아니었다. 그 후 신기술로 돈을 좀 벌었다는 박진우가 나타나서 엔젤 투자를 하겠다고 했을 때 계약서도 제대로 읽지 않고 박진우가 어떤 사람인지도 모르면서 정부 과제 연구비 타는 정도로만 생각했었다. 박진우를 차츰 알아가면서, 사람을 대상으로 불법 실험을 해서라도 빨리 결과를 내도록 압박을 받으면서, 최동석도 점점 순진한 과학자의 때를 벗어가고는 있었으나 그래도 위험한 일을 스스로 추진하거나 책임지는 의사 결정을 하지는 않았었다. 넥스트 소사이어티의 수석 과학자로서 어떤 방식으로 연구를 진행할지 혹은 무슨 장비를 사야 할지 정도는 그가 결정했지만, 그 이상의 일에 대해서는 어느새 투자자에서 대표이사가 된 박진우에게 일일이 보고하고 의사 결정을 받고 있었다.

그러나 이제는 바뀌었다. 그는 이제 두려움을 느끼지 않았다. 잘못될 수도 있는 일을 의사 결정하는 것이 겁나지 않았다. 윗사람에게서 싫은 소리를 들어도 마음에 담아두지 않을 수 있었다. 이제는 세상을 바꿔 놓을 Q-웨이브를 발견하고 자유자재로 활용할 수 있는 기술을 개발한 사람으로서 그에 걸맞은 대접을 받을 때였다. 더 이상 불필요한 감정이 그의 생각을, 욕망을 억제하지 않았다. 대접을 받으려면 힘이 있어야 하고, 힘은 개인이 아니라 조직에서 나온다. 고도로 분업화된 현대 사회는 혼자만의 개인기로 영웅이 되는 세상이 아니다. 그동안 최동석에게는 사람을 혹하게 만드는 언변이나 연구개발 조직조차도 장악할 수 있는 리더십이 없었다. Q-웨이브야말로 그런 비효율적이고 비과학적인 수단을 불필요하게 만드는 혁신이었다. 그는 이제 거의 완성되어가는 Q-웨이브 기술을 활용하여 자신만을 따르는 조직을 만들어야겠다고 결심했다.

"오늘 저녁부터 그동안 새로 합류한 분들에게 Q-웨이브의 기본을 설명하는 내부 세미나를 정기적으로 진행하려고 합니다. 각자 맡은 일은 다르지만, 우리가 무엇을 가지고 세상을 바꾸려고 하는지 다들 기본적인 것은 알아야 할 것 같아서요. 물론 기술이라곤 완전히 깡통인 사람들도 많으니 기초부터 여러 번에 걸쳐 진행하려고 합니다."

최동석이 박진우에게 말했다.

"그거 좋은 생각인데? 그래, 다들 기본적인 것은 알아야지. 연구원 아닌 사람들도 포함해서 말이야. 내가 사람들한테 얘기해 놓을 테니 빠지거나 조는 놈 있으면 나한테 얘기하고, 끝나면 술도 좀 같이 마시고 그래. 최 박사도 다양한 사람들하고 좀 친해질 때도 됐지."

만약 박진우도 세미나에 스스로 참석하겠다고 했으면 좀 곤란했을 텐데, 예상했던 것처럼 박진우는 자신이 Q-웨이브의 기본적인 것은 다 알고 있다는 듯이 말했다. 이것으로 새로 합류한 사람들을 정기적으로 한데 모으는 것은 의심받지 않게 되었다. 사실, 자신만의 조직에 들어와 제 역할을 하려면 Q-웨이브를 어느 정도 이해할 필요도 있었으므로, 이 세미나가 형식적인 것만은 아니었다.

최동석은 사람들에게 무슨 말을 할지 미리 대본을 작성했다. 아직 여러 사람 앞에서 유창하게 말하지 못하는 그에게 필요한 준비였다. 아울러 지난번 채용 인터뷰 때 생각난 아이디어를 테스트하기 위해서도 필요했다. 첫날 얘기할 개론에서는 Q-웨이브가 바꿔 놓을 미래 사회를 설명할 것이기에 특히 감동적일 필요가 있었다. 내용은 박진우가 맨날 얘기하던 것을 기반으로 했으나, 중요한 문장마다 사람들이 어떤 감정을 느껴야 하는지를 나타내는 태그를 곳곳에 삽입했다. 전체적으로는 사회적 동물이 다 가지고 있는, 우두머리에 대한 두려움과 복종심의 신호를 깔았다. 그는 태블릿으로 급조한 프롬프터에 지향성 Q-웨이브 송신 장치를 연결하고 작성한 대본을 로드했다. 천천히 흘러가는 대본을 보면서 말하면 매 순간 필요한 신호가 자동으로 송출될 것이다. 5년 전 학회장에서는 사람들의 마음을 얻지 못했다. 앞으로 다시는 그런 일이 없을 것이다. 이들은 그를 위해 무슨 일이라도 할 수 있는 조직이 될 것이다.

발견

 나쁜 짓 하고 살았던 기억은 없었으나, 신원 조회라는 것을 받아야 한다는 말을 들었을 때 수진은 뭔가 잘못될 것 같은 기분을 털어낼 수 없었다. 다행히도 그녀의 신원 조회는 별 탈 없이 진행되었다. 정훈이 국정원의 협조를 얻어내긴 했어도 그들의 인터넷 모니터링 시스템을 활용하기까지는 아직 여러 난관이 남아 있었다. 국정원은 수진이 그쪽으로 와야만 시스템을 사용할 수 있다고 했으나, 정훈은 그러면 조사단의 다른 사람들과 제대로 협력을 할 수 없다며 원격 접속을 관철시켰다. 그녀는 신원 조회를 거쳐 보안등급을 부여받고, 국정원과 직접 연결되는 전용 회선을 조사단 사무실로 개통하고, 전용 단말을 사용하여 원격으로 로

그인한 상태에서만 데이터를 보거나 소프트웨어 개발 작업을 할 수 있었다. 인터넷 모니터링 시스템은 임의의 키워드를 등록만 해두면 이 키워드가 포함된 글을 누군가 올릴 때마다 사용자의 아이디, IP 주소 및 기지국 정보를 하나의 데이터 피드로 받아볼 수 있는 기능을 제공하고 있었다.

"설마 이런 시스템이 정말로 있을 줄은 몰랐습니다."

민규가 이마를 찡그리고 고개를 저으며 말했다.

"엄밀하게는 김 형사님, 지금 이 화면 들여다보는 것도 안 돼요. 저처럼 보안등급 받지 않았잖아요." 수진이 말했다.

"전 그 등급은 못 받아요. 신원 조회하면 별별 나쁜 짓 한 게 다 나올 텐데요."

"그죠, 선배는 절대 통과 못 할 거예요. 제가 아는 것만으로도." 옆에서 지혜도 거들었다.

"그래도 원격으로 작업하는 게 불편하다면서 금방 만드셨네요? 역시 최고예요. 나도 채 연구원님 실력의 1/10만 됐으면 경찰 같은 거 안 하고 돈 많이 벌고 있었을 텐데." 민규가 말했다.

"자꾸 과장하지 마시고요, 월급도 공무원보다는 많겠지만, 생각하시는 정도는 아니에요. 물론 보안등급 없으시니, 제 연봉을 말씀드릴 수는 없어요." 수진은 정색하고 말을 이었다.

"데이터를 수집하고 위치를 파악하는 기능은 제공되는 것을 그대로 쓰면 되기는 하는데, 국정원 시스템은 단순히 키워드를 포함하고 있는지 여부만으로 필터링하기 때문에 지금처럼 찾는 조건이 모호할 때는 판별 오류가 너무 많아요. 그래서 키워드는 가능한 포괄적으로 설정하되, 거기서 스트리밍[20]된 데이터를 다시 한번 머신 러닝 방식의 자연어 모델로 분류하고 그래도 오탐이 많으니까 슬라이딩 윈도우[21]로 빈도가 정해진 임계값을 넘을 때만 알람하도록 한 거예요."

"그거 봐요, 외계어도 잘하는 천재 맞다니까."

"죄송해요, 알아들을 수 있게 말씀드렸어야 했는데. 구닥다리 원격 터미널로 온종일 일했더니 진이 다 빠져서 그냥 나오는 대로 얘기했네요."

"그러면 제가 정말 기운 나는 보신탕집 아는데, 오늘은 제가 모시겠습니다."

"요새도 보신탕 먹는 사람 있어요? 그냥 가볍게 먹고요, 디저트는 제가 살게요."

---

20. 데이터가 연속적으로 흘러가며 처리되는 방식
21. sliding window. 연속적인 데이터 중에서 일정 기간 내의 데이터만을 대상으로 처리하되, 그 기간이 중첩되도록 시점을 조금씩 옮겨가며 처리하는 방식

순식간에 설렁탕을 국물까지 다 비운 민규가 말했다.

"그런데 정말 그런 식으로 인터넷을 다 모니터링하고 있었네요. 옛날에 스노든이 PRISM[22] 폭로했을 때도 별로 믿기지 않았거든요."

"정말 모르셨어요? 전 회사에서도 이런 게 있다는 얘기를 들은 적 있어서 그 자체가 놀랍지는 않았는데."

"소문이야 들은 적 있지만 설마 했죠. 정보기관이 불법적으로, 또 광범위하게 감청하고 그런다는 건 음모론이라고 생각했거든요."

"예전에야 독재 정권에서 사람들 감시하느라 그랬는지 모르겠는데요. 그동안 봇에 의한 댓글 조작이라던가 가짜 뉴스의 빠른 확산이라던가, 그런 게 선거에도 영향을 미치고 그 외에도 여러 부작용이 너무 심해져서, 정기적으로 제삼자의 감사를 받는 조건으로 시스템이 구축되었다고 들었어요. 물론 그래도 일반인들에게는 존재 자체가 비밀이기는 한데, 불법은 아닐 거예요."

"그런데 채 연구원님은 어떻게 그걸 아세요? 경찰인 저

---

22. 미국 국가안보국(NSA)이 운영하는 전자감시체계. 전직 요원이었던 에드워드 스노든이 2013년에 그 존재를 폭로했다.

도 모르는데. 참, 그리고 우리 이제 좀 편하게 부르면 어떨까요, 수진 님?"

"그래요, 회사에서도 그렇게 불러요, 민규 님. 좀 어색하긴 하네요." 그녀는 멋쩍게 웃었다.

"저도 회사에서 개인정보를 다루는 부서에 있다 보니 들었어요. 국정원이 이 시스템 구축할 때 통신사하고 대형 인터넷 회사들로부터 협조받고 연동했나 봐요. 저희 회사뿐만 아니라 웬만한곳 모두 다."

"이제 함부로 온라인에 글 쓰면 안 되겠네요."

"에이, 농담이시죠? 상관없어요. 특정 키워드가 포함되어 있지 않으면 즉시 무시되고요, 다 자동으로 동작하는 시스템인 데다 대부분의 단계가 익명화된 상태에서 처리되고 사람이 확인할 때는 절차를 밟게 되어 있을 거예요. 저희 회사의 개인정보 시스템은 그래요."

"수진 님은 그런 게 별로 거슬리지 않나 봐요?"

"저는 막연하게 겁낼 필요는 없다고 생각해요. 사실 개인정보라는 것이 대개 주위에서는 그냥 아는 거잖아요? 내가 지금 어디 있는지 저기 옆 테이블 사람이 알 수 있는 것처럼요. 그걸 누가 조직적으로, 대량으로 이용하면 악용할 수 있겠지만, 개방된 시스템에서는 그런 일을 하는 것도 다 드러나거든요."

갑자기 그녀의 휴대폰에서 알림이 울렸다. 국정원 시스

템과 연동된 모니터링 앱이었다.

"벌써 울리다니. 임계값을 너무 낮게 설정했나 봐요."
그녀가 말했다.

그녀는 휴대폰으로 국정원 VPN에 얼굴을 인식시켜 로그인한 후, 알람을 울리게 한 게시물들을 살펴봤다. 모두 '기타'로 분류해놓은, 주식 투자와 관련된 게시판에 올라온 어떤 회사의 전망이 좋아 보인다는 그런 글들이었다. 환각 관련 글을 찾도록 했는데 왜 이런 글들이 탐지된 걸까? 좀 더 자세히 들여다봤다.

'제가 주식 투자를 10년 넘게 해왔는데, 요즘은 이 회사 이미지가 자꾸 머리에 떠오릅니다. 전망이 좋은 것 같아요.'

'앞으로 어떤 종목이 좋을지 한참 고민하는데 이 회사의 로고가 보였어요. 회사 이미지도 요즘 좋잖아요.'

"뭔데요?"

민규가 참지 못하고 그녀의 옆으로 와서 휴대폰 화면을 함께 들여다봤다.

"아까 말했듯이 마지막 단계에서 슬라이딩 윈도우, 그러니까 일정 기간 내에 일정 횟수 이상 관련된 글이 올라오면 알람이 울리는데, 그 앞 단계에서는 키워드나 자연어 분류기가 좀 포괄적으로 동작하도록 했거든요. 너무 민감한 것 같아요. 있다가 들어가서 손 볼게요."

"아, 그래서 '이미지가 떠오른다', '로고가 보인다' 같은 환각과 관련 없는 평범한 말들이 알람을 울리게 한 거네요."

"네, 맞아요. 유의어를 일괄적으로 등록했더니 그런 것 같은데, 좀 조정해야겠어요."

"잠깐만요, 그런데 이게 다 같은 주식 종목이잖아요." 민규가 그녀의 휴대폰 화면을 들여다보며 말했다.

"어, 정말 그렇네요."

그는 그녀의 휴대폰 화면을 스크롤하며 한동안 더 들여다보더니 자신의 전화기를 들었다.

"김 박사님, 김민규 형사입니다. 잠시 통화 가능하신가요? 네, 혹시 Q-웨이브로 이미지를 약하게 전송하면서 동시에 어떤 감정을 전송하면 그 이미지가 상징하는 대상에 대한 감정에 영향을 미칠 수 있을까요? 아, 네, 네, 감사합니다."

"김소연 박사님인가요? 뭐래요?"

"충분히 가능할 것 같다는데요? 왜 극장에서 영화 장면 사이 사이에 콜라와 팝콘을 순간적으로 보여줬더니 그 광고를 의식하지는 못하면서도 판매는 늘었다는 얘기 있잖아요? 그건 가짜 뉴스였지만 그런 잠재의식 효과는, 음, 서브리미널 효과[23]라고 했던 것 같은데, 그게 실제로 가능하다는 거예요."

"그러면 Q-웨이브를 약하게 쏴서, 사람들이 환각을 의식하지는 못하면서도 잠재의식은 영향을 받고, 회사의 로고 같은 이미지로 그 회사에 대한 감정을 바꿔 놓을 수 있다는 거네요. 그러던 중에 영향을 좀 강하게 받은 일부 사람들이 그런 글을 게시판에 올렸을 거고요."

"그렇게 해서 주가조작을 할 수 있으면 돈 버는 거야 식은 죽 먹기죠. 우리가 자금을 다 동결했으니 돈이 필요했을 겁니다. 위치를 알 수 있다고 했죠? 신호 발생의 중심 위치도 알 수 있나요?"

"아직은 데이터가 많지 않고, 손으로 정제해야 하는 것도 좀 있어요. 중심 위치 알고리즘도 손봐야 하고. 내일이면 대충 나올 것 같아요."

"일단 조사해보고 금감원하고도 얘기해야겠습니다. 그 화면 좀 캡처해서 보내주시고요."

"국정원 VPN에 연결하면 화면 캡처는 막혀요. 국정원을 너무 만만하게 보시네요."

"그러면 잠깐만요."

---

23. subliminal effect. 의식적으로 느끼지 못하는 낮은 수준의 자극이 무의식에 영향을 미쳐, 모르는 사이에 행동에 영향을 줄 수 있다는 이론. 과학적으로는 논란이 있으나 우리나라의 방송광고심의에 관한 규정 제15조는 잠재의식 광고를 금지하고 있다.

민규는 그녀의 휴대폰 화면을 자신의 휴대폰으로 사진 찍었다. 그녀는 이런 아날로그적인 방법도 있었다는 것을 잊고 있었다.

주식 투자자들에게 Q-웨이브가 영향을 주고 있는지 빨리 확인해야 했다. 운이 좋아서 일부 감각이 예민한 투자자들이 Q-웨이브의 영향을 시각적으로 묘사한 글들이 필터를 통과해서 알람을 동작시켰다. 하지만 위치를 추정하려면 더 많은 글을 찾아내야 했다. 국정원 시스템에 더 많은 키워드를 등록해서 1차 필터링에서 놓치는 글을 줄이되, 자연어 분류기에 의한 2차 필터는 더 정교하게 걸러내도록 만들 필요가 있었다. 학습 데이터를 늘리고 분류기 모델의 크기를 키웠더니 처리 시간이 너무 많이 소요되어, 여러 대의 AI 가속기에서 분산 병렬 처리하도록 수정해야 했다. 개선한 시스템으로 분석해보니, 몇몇 종목 시세가 서브리미널 신호의 영향을 받고 있었던 것이 틀림없었다. 관련 게시물의 IP 주소로 추정한 위치는 여의도와 그 인근 지역의 증권사와 아파트였다. 강남에서 판교 너머까지 영향을 미쳤던 지난번 고양이 환각 사건 때보다는 신호 강도를 많이 낮춘 모양이었다. 그녀는 이러한 결과를 수사 TF와 조사단의 회의에서 공유했다.

"…일주일 전 데이터, 그리고 지금 말씀드린 종목들을

제외한 나머지 종목과 통계적으로 비교해 보았을 때, 96%의 신뢰도로 이 종목들이 영향받고 있다고 말씀드릴 수 있습니다."

"그 정도면 충분합니다. 그 지역에 범인이 송신 장치를 들고 돌아다닌다는 얘긴데요, 신호를 송신하는 시간과 장소를 얼마나 정확하게 알 수 있을까요?"

민규가 물었다. 다른 쪽에서 수사의 실마리를 찾지 못한 민규는 거의 절반 정도의 시간을 조사단 사무실에 머무르며 수진과 함께 인터넷 모니터링 결과를 검토하고 있었다.

"지난 고양이 사건은 워낙 큰 사건이라 많은 글이 올라왔지만, 이번에는 규모도 작고 잠재의식에 경계 수준으로 영향을 미치는 거라서 게시물 수가 적다 보니 위치의 통계적인 오차가 클 수밖에 없어요. 대략 지역별, 시간대별 추이를 보면 오전에 한번, 오후에 한번 여의도를 돌아다니며 신호를 송신하는 것 같아요."

수진은 등고선 대신 수십여 개의 위치와 시간이 표시된 지도를 화면에 띄웠다. 등고선으로 나타내기에는 게시물 수가 너무 적었다.

"그러면 우리가 경찰을 더 동원해서 여의도의 길가에 배치해두고, 갑자기 특정 회사가 연상되는 이상한 느낌이 들 때 즉시 무전기로 연락하도록 하면 어떨까요?"

다시 민규가 다른 참석자들을 둘러보며 물었다.

"말씀하신 대로 길가에 서 있는 경찰에 송신 장치를 탑재한 차량이 가까이 지나간다면 신호를 강하게 받기는 할 텐데요. 사람의 머리는 뭔가를 기대하고 있으면 그걸 상상으로 만들어낼 수도 있거든요. '어떤 회사가 떠오르는 이상한 느낌이 들면 신고하라'고 지시하면 Q-웨이브 신호에 의한 것인지 자기가 상상해낸 느낌인지 구분하기 힘들 거에요." 소연이 대답했다.

"경찰들이 뭘 봤는지 서로 간에는 얘기하지 말고 본부에만 보고하도록 하면 되겠네요. 같은 시각에 같은 회사 이미지를 연상했다는 보고가 둘 이상 접수되면 Q-웨이브가 송신된 것으로 볼 수 있겠죠. 두세 번만 이런 일이 반복되면 그 시각에 부근의 CCTV에 잡힌 차들을 대조해서 공통적으로 나타나는 차량을 찾을 수 있을 겁니다."

수진은 데이터 수집량을 어떻게든 늘리고 처리를 고도화할 기술적인 방법을 고민하다가 민규의 얘기를 듣고 그를 다시 쳐다봤다. 형사라면 몸으로 뛰어다니기만 하는 사람인 줄 알고 있었는데. 하긴, 민규가 몸 쓰는 스타일은 아니었다.

"조작된 종목의 자금 흐름 조사와 함께 이 방법도 추진해보겠습니다. 감사합니다."

경찰청에서는 민규의 아이디어를 해 볼 만하다고 동의

했으나, CCTV에 나타난 차량들을 동원된 경찰들이 신고한 시간, 장소와 대조하고 공통적으로 나타나는 차량을 찾는 과정을 자동화하려면 외주 업체에 개발 용역을 발주해야 한다고 했다.

"그까짓 거 제가 만들어 드릴게요. 별것도 아닐 것 같은데. 연동 규격과 보안 문제만 해결해주세요."

"야, 내가 청장이면 수진 님을 경찰에 스카웃할 텐데. 연봉 얼마면 돼요?"

민규가 너무 좋아하며 수배 차량 검색 시스템을 개발한 업체와 기술 미팅을 주선해줬다. 수진은 기존 CCTV 시스템이 인식한 모든 차량 번호의 목록을 받아올 수 있으면, 그중에서 신고가 들어온 시간과 장소 부근에 빈번하게 출현하는 차량을 찾는 것은 쉽게 구현할 수 있을 것으로 생각했다. 그러나 업체에서는 기존의 시스템이 등록된 수배 차량이 나타나는 것을 탐지할 수 있기는 하나 모든 차량 번호를 제공하는 것은 기술적으로 어렵다며 난색을 보였다. 수진은 그게 기술적인 어려움보다는 회사의 추가 매출 기회와 자신들의 노하우 보호 때문이라는 것을 알았지만 어쩔 수 없었다. 대신 여의도 지역의 CCTV 영상을 직접 받아오는 것은 가능했다. 그녀는 영상 데이터를 다뤄본 경험은 별로 없었기 때문에 비디오 디코딩과 OCR[24] 기능을 제공하는 오픈 소스 라이브러리를 찾고, API를 이해하고, CCTV

비디오 피드와 연동시키느라 생각했던 것보다 시간이 오래 걸렸다. 완성될 때까지 함께 있겠다는 민규에게 오히려 방해만 되니 빨리 들어가라고 얘기하고도 여러 시간이 지난 후, 수진이 만든 프로그램은 지난 며칠간의 비디오를 분석하며 Q-웨이브를 송신하고 있을 가능성이 높은 자동차의 번호와 캡처된 영상을 출력하기 시작했다. 그녀는 사무실 구석 소파에서 코 골며 자고 있는 민규를 깨우러 갔다.

---

24. Optical Character Recognition. 이미지에서 문자, 숫자를 인식하는 기능.

체포

운전대를 잡은 민규의 팔에 힘이 들어갔다. 민규와 지혜가 탄 검은색 밴 차량은 고속도로 인터체인지의 커브 길을 빠르게 도느라 쓰러질 듯 기울어졌고 타이어는 비명을 질렀다.

"이럴 줄 알았으면 내 차를 갖고 올걸."

그는 몸을 운전대 쪽으로 바싹 당기고 지혜를 곁눈으로 쳐다보며 말했다. 천장 손잡이를 잡은 지혜의 팔에는 힘줄이 도드라지고 있었다.

"선배, 저 차만 추월하면 뚫려 있어요. 거기서 따라잡아요." 지혜가 말했다.

그가 오른쪽 발에 무게를 실었다. 금감원과 증권거래소를 협박하고 읍소해 가며 주가조작이 의심되는 종목의 거래를 중지시키지 않도록 설득해두고 며칠을 기다렸다. 수진이 만들어 준 프로그램이 경찰들의 '이상한 느낌' 신고가 일치하는 순간마다 그 부근을 천천히 돌아다니던 차량을 마침내 찾아냈다. 저속 운행하는 차량을 미행하면서도 자연스러워 보이기 위해서는 평범하고 느려 보이는 차가 좋겠다는 생각에, 무겁고 새까맣게 선팅된 밴을 가지고 온 것이 실수였다. 표적이 된 흰색 전기 승용차는 올림픽대로에 들어서자 속도를 올리기 시작했고, 뒤뚱거리며 무리해서 쫓아가는 밴은 쉽게 눈에 띄었다. 흰색 차는 응답성이 좋은 전기 모터와 바닥에 깔린 배터리로 인한 낮은 무게 중심 덕분에 미꾸라지처럼 다른 차들 사이로 요리조리 달리며 민규와 거리를 벌릴 수 있었다. 하지만 민규의 밴에 달린 구식 내연기관은 기어를 수동으로 낮추고 가속페달을 끝까지 밟으면 전기차보다 더 큰 출력을 낼 수 있었다. 게다가 그는 평소에도 반자동 운전 장치를 사용하지 않았고 운전 실력만큼은 예전 총알택시 운전기사에 못지않다고 항상 자랑하던 터였다. 그가 좀 무리하게 끼어들자 밴은 크게 휘청거렸고 뒤차는 상향등과 경음기로 거칠게 항의했다.

"속도 좀 줄여요. 여기서 놓쳐도 CCTV로 추적할 수 있잖아요." 지혜가 외쳤다.

하지만 그깟 전기차 하나를 못 잡는 것은 그의 자존심이 허락하지 않았다. 차츰 서울에서 멀어지고 도로가 한적해지면서 흰색 차와의 거리가 줄어들기 시작했다. 갑자기 흰색 차가 속도를 줄이며 우측으로 차선을 바꿔 고속도로 출구로 빠졌다. 그는 바로 급브레이크를 밟았으나, 출구를 몇 미터 지나쳐서야 겨우 갓길에 정지할 수 있었다.

"후진해요. 뒤에 아무 차도 없어요." 지혜가 뒤를 돌아보며 말하는 순간, 꽝 하는 소리가 들렸다. 그가 밴을 후진해서 다시 출구로 빠지자, 달아나던 흰색 차가 커브 길에서 벽을 들이받고 반대 방향으로 멈춰선 채 흰 연기를 내고 있었다.

"조심해요!" 지혜가 소리쳤다. 그는 브레이크를 힘껏 밟으며 핸들을 돌렸다. 아직 속도를 충분히 못 올린 것이 다행이었다. 브레이크가 드드득거리며 멈춰있는 차량을 스쳐지나 겨우 정지할 수 있었다.

"그러니까, 연비만 좋은 타이어 달린 전기차로 저렇게 달리면 안 되는 거야." 그가 중얼거리며 밴에서 내려 흰색 차에 다가갔다. 이미 연기로 가득 찬 차량의 뒷좌석에서는 시트가 불타고 있었다. 깨진 운전석 유리창으로 새어 나온 매캐한 연기와 에어백의 화약 냄새는 타이어의 고무 타는 냄새와 범벅이 되어 코를 찔렀고, 차량의 아래에서도 스멀스멀 흰 연기가 올라오기 시작했다. 운전석에는 축 늘어진

에어백 위로 남자가 피를 흘리며 쓰러져 있었다.

"최 형사는 여기 있어."

민규가 운전석으로 다가가며 뒤따르던 지혜에게 말했다. 지혜는 총을 뽑아 들었다.

"선배, 조심하세요."

배터리에 언제 불이 옮겨붙을지 몰랐다. 뒷좌석에도 연기 사이로 얼핏 사람이 보였으나 포기해야 했다. 그가 정신을 잃은 남자를 운전석에서 끌어내는 동안, 차량의 아래쪽에서 '쾅'하는 소리와 함께 불길이 일기 시작했다. 아무리 엄격한 안전 규격을 만족하더라도 높은 밀도로 에너지를 비축하고 있는 리튬이온 배터리가 견딜 수 있는 충격에는 한계가 있다. 맹렬해진 불길은 삽시간에 차를 삼켰다. 그는 남자를 차에서 멀리 떼어놓고 호흡과 맥박을 확인했다. 생존에는 문제가 없을 것 같았다.

"역시 전기차야. 이 정도 사고에도 완전히 불타버리잖아." 민규가 전화기를 들며 말했다.

"그러게요. 조사단의 과학자들이 실망하겠어요. 송신장치를 무척이나 보고 싶어 하던데."

멀리서 사이렌 소리가 들리기 시작했다.

체포

의사는 뇌 단층촬영 영상을 들여다보고 있었다.

"그래서, 좀 어떤가요? 언제쯤 깨어날까요?" 민규가 물었다.

"뇌압이 좀 높기는 합니다만 눈에 띄는 뇌출혈은 보이지 않습니다. 몸에도 갈비뼈 골절 외에 큰 부상은 입지 않았고요. 의식이 돌아오면 머리가 아프고 온몸이 욱신거리겠지만, 심문은 가능할 겁니다. 그런데, 좀 이상한 점이 있어요."

의사가 단층촬영 영상의 한 부분을 확대하며 손으로 가리켰다.

"여기 이 부분을 보시면, 다른 부분과 색깔이 좀 다르죠? 뇌 조직이 변성된 것 같은데, 종양도 아닌 것 같고요. CT만으로 정확한 건 알 수 없지만 좀 이상하네요."

"그게 어떤 부위인가요?"

"변연계인데요, 여러 가지 기능을 합니다만 특히 기억과 감정에 관련되는 부위로 알려져 있습니다. 운전 중이었다고 하니 일상생활에 큰 지장은 없었던 것 같은데요, 그래도 감정조절이나 기억 등에 문제가 있었을 수도 있습니다."

"혹시 뇌 수술의 흔적은 없나요? 뇌에 전극을 연결했다던가."

"글쎄요, 두개골에 그런 흔적은 안 보입니다. 요즘 워낙 미세한 전극도 활용되고 있어서 CT에 안 나타났을 수 있습니다."

민규가 취조실을 나오며 머리를 저었다.

"미치겠네. 두 시간째 아무 말도 안 하네. 폴리그래프[25]를 달고 유도 질문을 해도 전혀 반응이 안 나타나."

뒷자리에 있었던 사람과 송신 장치는 리튬이온 배터리의 높은 열로 인해 완전히 재가 되어 버렸다. 과학자들과 과학수사대가 불타다 남은 세라믹 소재의 부품 몇 개를 찾기는 했으나, Q-웨이브 송신 장치의 구조를 알아내는 데는 도움이 안 됐다. 그나마 의식이 돌아온 운전자가 입을 열기를 기대했으나 시간 낭비였다.

"표정도 전혀 안 변하던데요. 뇌가 정상이 아니라면서요. 그래서 그런 것 아닐까요?" 지혜가 말했다.

"아무래도 Q-웨이브의 영향일 것 같은데, 김 박사님, 어떻게 생각하시나요?"

"지난번 고양이 사건 때 그곳에 있다가 뇌를 다쳤을 수도 있을 것 같고요," 뇌 단층촬영 사진을 보던 소연은 사진의 일부분을 확대하며 말을 이었다. "자세히 보면 그때 현장에서 사망하거나 쓰러져있던 사람의 뇌하고는 변성된 형태가 좀 다른데요. 이건 색깔이 좀 더 연하기도 하고 나

---

25. polygraph. 거짓말탐지기.

이테처럼 여러 겹으로 층이 진 것이 보여요. 확실히는 알 수 없지만, 강한 Q-웨이브에 노출되었다가 아물었다가를 여러 차례 반복한 흔적이 아닐까 싶은데요."

"그러니까 그 고양이 사고 전에도 여러 차례 실험했고, 이 사람도 실험 대상이었다는 거군요?" 민규가 물었다.

"그랬을 수도 있고요. 치료와 실험을 반복했던 기록도 있거든요. 그런데 이 사람은 피험자가 아니라 자기네 조직원이잖아요. 어쩌면 과학적 실험이 아닌 다른 목적이 있었는지도 몰라요."

"다른 목적이라니요?"

"환각이나 감정이 한순간에만 작용하는 것이 아니라, 신호가 사라져도 지속하는 영향을 남길 수도 있지 않을까요? 예를 들면 조직원의 충성심을 강화하는 일종의 세뇌 같은 거요. 그 과정에서 감정 중추가 과다한 신호에 영구적인 손상을 입은 것일 수 있고요. 또 저 사람이 저렇게 무표정한 것과 관련 있을 수도 있고요."

"그게 어떻게 관련될 수 있나요?"

"강한 Q-웨이브 신호에 여러 차례 노출되다 보니, 그 신호에 반응하는 뉴런의 민감도가 떨어지거나 손상을 입어 자연적인 수준의 감정에는 반응하지 않게 되어버리지 않았을까, 그런 말이에요. 지나치게 큰 음량으로 음악을 많이 들으면 청각이 손상되어 작은 소리를 못 듣게 되는 것처럼. 나쁜 짓을 하면서 무감각해질 수도 있고, 또 자신이 송신 장치 들고 다니며 쏘는 신호에 스스로 영향도 덜 받게 되고."

"그러고 보니, 역삼동 사고 현장의 건물 관리인도 넥스트 소사이어티에 대해 이상하다 싶을 정도로 계속 좋게 얘기하던데요." 지혜가 말했다. "자기네 조직원이나 주변 사람들에게 Q-웨이브를 사용해서 조직에 대한 충성심이나 호감도를 적극적으로 조작할 수도 있겠죠."

"그러니까 우리가 지금 광신도가 되어 조직에 충성하도록 뇌가 구워진 놈들을 쫓고 있는데 주변 사람들조차도 이 조직을 의심하지 않도록 브레인워시되었다는 거야? 지금까지 우리가 전통적인 방식으로 수사해서 성과가 없었던 이유도 전부 설명이 되네. 주변 누구도 의심하지 않고, 필요한 사람은 다 도와주도록 만들 수 있고, 조직원 중 아무도 배신하지 않으니." 그가 말했다.

그는 취조실에 앉아 있는 감정 없는 남자를 창문으로 쳐다보며 불쌍해해야 할지, 두려워해야 할지 혼란을 느꼈다. 이번 사건은 여러모로 지금까지 그가 겪었던 사건과는 달랐다. 스위치만 켜면 주변 사람들에게 좋은 인상이 심어지고 필요한 만큼 목숨 걸고 충성할 부하들을 뚝딱 만들어 낼 수 있는 조직을 어떻게 상대해야 할까. 이들이 이용하고 있는 Q-웨이브는 눈에 보이지도 않고 아무런 장치로도 감지할 수 없으며, 강도를 적당히 조절하면 의식적으로도 못 느끼는데 잠재의식은 영향을 받는다. 그나마 지금까지 성과를 본 방법이 인터넷 게시판의 글들을 광범위하게 모니터링하는 것이었다. 그는 그런 일을 도맡아 해낸 수진의 실력과 열정에 탄복하고 감사했지만 혼자 감당하기엔 벅차 보였고 사무실에 마주 앉아 있는 그녀는 피곤한 기색을 드러낼 때가 많았다. 그러나 또다시 일을 부탁해야만 했다. 지금으로서는 다른 뾰족한 방법이 없었다.

배신

 박진우의 표정은 어두워 보였다. 최동석은 강력한 Q-웨이브에 감정 중추가 손상되기 전에도 사람의 표정에 민감한 편이 아니었으나 지금 박진우의 표정은 바로 알아볼 수 있었다. 사장실에 몰래 설치해 놓은 카메라의 영상을 얼굴 미세 표현 분석기에 걸어 볼 필요도 없었다.
 "제기랄. 경찰 놈들이 어떻게 알고 쫓아왔을까. 우리가 무슨 일을 하고 있는지 몰랐을 텐데." 박진우가 말했다.
 "우리가 주식 수익 세탁에 활용하는 위장 회사 명의로 된 차량이잖아요. 역시 거래가 추적된 거라니까요."
 "그럴 리가 없는데…. 참 아까운 놈들이었는데 말이야."
 불타버린 차량에 타고 있었던 두 사람은 박진우가 최동

석과 다른 과학기술자들을 영입해서 Q-웨이브 기술을 본격적으로 개발하기 전부터 데리고 있던 심복들이었다. 처음부터 최동석은 그들이 마음에 들지 않았다. 박진우에게 주가조작으로 자금을 조달하자고 했던 것도 그들이었다. 최동석은 금융 범죄에 대해서는 잘 모르지만 거래 추적을 통해서건 Q-웨이브 신호에 유난히 민감한 사람에 의해서건 들통날 수도 있지 않냐며 반대했었다.

"그러면 어떡하자고! 최 박사 당신이 그런 사고를 치지만 않았어도 자금은 계속 들어오고 있었을 테고, 더 급하게 기술을 완성하거나 새 장비와 인력에 돈을 쓸 필요도 없었을 것 아냐."

"그 점은 알고 있습니다만, 아직 실험이 충분하지 못한 Q-웨이브를 그런 식으로 사용하는 것은 위험하다는 말씀입니다."

"아니, 그만한 돈과 시간을 들여 만든 기술을 이럴 때 안 쓰면 언제 쓰려고? 이런 게 당신이 해야 한다고 했던 필드 테스트 아냐? 그게 사업가인 나하고 과학자인 당신이 다른 점이야, 최 박사. 당신이 기술을 더 완성도 있게 만들어서 언젠가 더 거창한데 쓰고 싶은 것은 알겠는데, 나는 현금 흐름도 챙겨야 하고 필요하면 현재의 위험도 감수하는 결정을 내려야 하는 거야. 최 박사가 요즘 사업을 좀 이해하나 싶었는데, 아직도 멀었어."

또 나를 어린애 취급하는군. 과학기술로 세상을 바꿔보겠다면서 정작 그 과학과 기술에 대해선 아무것도 모르는 주제에. 그는 박진우가 호통을 쳐도 감정적으로 반응하지 않았다. 더 정확하게는, 감정적인 반응이 일어나지 않았다. 그저 상황을 분석하고 최선의 결정을 내리면 되는 것이다. 그는 정부 조사단의 컴퓨터를 해킹해서 스파이웨어를 심고 사무실을 도청하고 있다는 것을 굳이 박진우에게 알리지 않았다. 경찰이 데이터 마이닝에 의해 주가조작 사실을 발견하고, Q-웨이브 송신 차량을 추적하기 시작했다는 것을 알게되었을 때도 박진우에게 알리는 대신, 송신 장치와 차량의 리튬이온 배터리에 원격 발화 장치를 몰래 부착했다. 물론 이런 일은 이제 그를 절대적으로 따르는 조직원들을 통해 이뤄졌다. 박진우의 두 부하가 경찰에게 쫓기다 붙잡힐 가능성이 커졌을 때, 송신 장치를 완전히 재로 만들기 위해 차의 배터리를 발화시킨 것은 넥스트 소사이어티의 소중한 영업 비밀을 지키기 위한 과학적이고 합리적인 사업적 결정이었을뿐더러 동시에 박진우의 세력을 약화시킬 수 있는 효율적인 방법이기도 했다.

이제 슬슬 다음 단계를 준비할 때였다.

박진우가 투자자를 물색할 때 만났던 중국 기업이 있었다. 언제나처럼 기술에 관한 설명과 시연은 최동석의 몫이었다. 아무래도 중국 사람들은 신뢰하기 힘들다며 박진우가 결국 다른 투자자를 받아들였지만, 최동석은 미팅 때 받은 연락처를 아직 가지고 있었다.

"안녕하십니까, 넥스트 소사이어티의 최동석입니다. 몇 년 전에 저희 회사를 방문하셨을 때 제가 기술 소개를 했었는데요, 기억하실지 모르겠습니다."

"물론 기억하고 있습니다, 최 박사님. 잘 지내시나요? 뉴스를 보니 최근에 아주 흥미로운 사건이 있었는데, 그때 개발하시던 그 기술 맞죠?"

화상 통화 서비스의 화면 하단에는 실시간으로 번역된 내용이 자막으로 나왔다. 자막을 보느라 상대방의 눈에 시선을 못 맞추는 것을 신경 쓸 필요는 없다. 어차피 눈 위치에 카메라가 있는 것도 아니니까. 요즘은 소프트웨어가 얼굴의 3D 모델을 재구성해서 저쪽 편 사람과 시선을 맞춰 렌더링해 준다. 추적당하거나 기록이 남을 염려가 없는 사설 통화 서비스에도 그 정도 기능은 기본이었다.

"그렇습니다. 저희가 아니면 누가 그런 일을 할 수 있겠습니까?"

"그렇겠죠. 그때 뵈었던 박 대표님도 잘 계시나요?"

"네, 뭐, 그럭저럭 잘 지내십니다."

"설마 그 사건이 의도적으로 기획한 공개 시연이었다고 주장은 안 하실 거죠? 사건 이후에 귀사도 상당히 난처한 상황이 된 것을 우리도 알고 있습니다. 그래도 의도

한 실험이건 사고이건 간에 그 규모와 효과는 우리 당의 높은 분들에게도 상당히 강렬한 인상을 줬다고 말씀드릴 수 있습니다."

이들은 형식적으로는 회사의 형태를 하고 있으나 당의 투자와 지시를 받는, 사실상 국가 기관이라고 박진우가 말했었다.

"저희에게 상황의 변화가 생긴 것은 맞습니다. 하지만 기술은 완성 단계에 이르렀고 말씀하신 대규모 실험으로 송신 장치의 최대 출력과 사람에 대한 효과가 입증되었습니다."

"그렇군요. 그런데 최 박사님이 제게 직접 연락을 주시다니, 의외입니다. 이런 일은 박 대표가 담당하지 않으셨던가요?"

"그렇습니다만, 그 부분에도 좀 변화가 필요하지 않을까 싶어서 연락 드린 것입니다."

"그렇습니까? 말씀 계속하시죠."

"그 실험 이후로 박 대표가 조급해하면서 판단력이 좀 흐려졌습니다. 고출력 Q-웨이브에 바로 옆에서 노출되었기 때문이라고 저는 보고 있습니다. 어쨌거나 지금 대표로서 권한을 가지고 있는 데다 원체 다른 사람의 의견을 잘 듣지 않는 스타일이어서, 제가 이 기술을 좀 더 가치 있게 만들기보다 시장에서 사기 치면서 푼 돈 버는 데 시간을 허비해야 하는 상황입니다."

"허허, 그러면 안 되죠. 겨우 그런데 쓰려고 만든 기술이 아니지 않습니까?"

"그래서 다른 옵션을 알아보려 연락드렸습니다."

"그러시군요. 무슨 말씀이신지 알겠습니다. 위원 동지와 얘기해봐야 합니다만, 일단 저는 관심 있습니다."

"언제 한번 직접 뵙고 좀 더 긴밀하게 얘기를 나눴으면 합니다만."

중국인이 갑자기 웃음을 터뜨리자 3D 렌더링 된 모습이 아닌 실제 영상이 보이면서 얼굴의 각도와 시선이 순간적으로 어긋났다가 다시 돌아왔다.

"하하하, 최 박사님. 그 기술의 실제 시연을 보고 나니, 또 기술이 완성 단계에 이르렀다고 하시니 제가 물리적으로 가까이서 뵙는 것은 좀 불편하네요. 설마 저를 Q-웨이브로 어떻게 하지는 않으실 것으로 믿지만, 우리 쪽에서도 그 기술을 통제할 수 있게 될 때 직접 뵙고 맛있는 식사도 대접하겠습니다. 지금은 이 채널도 충분히 보안성이 있으니까 이렇게 계속 얘기하시죠"

"역시 기술의 활용 가능성을 잘 파악하고 계시는군요. 말이 통하는 분과 얘기하니 좋습니다."

"우리도 내부적으로 논의를 좀 해봐야 하니, 3일 후 같은 시간에 다시 연락하면 어떠실까요? 그리고 최 박사님이 뭘 원하시는지 구체적인 조건을 내일 중으로 주실 수 있으신가요?"

"3일 후 같은 시간 좋습니다. 조건도 그 전에 보내드리겠습니다. 감사합니다."

역시 혁신적인 기술은 그 기술의 가치를 알아보고 스케일 큰 투자를 할 수 있는 투자자를 만나야 한다. 최동석은 재정적인 투자 조건과 함께, 중국 측에서 준비해줘야 할 항목 리스트를 작성했다. 그동안 미리 생각해둔 것이라 오래 걸리지는 않았으나 바로 보내면 너무 고민하지 않은 것처럼 보일 터이니, 문서를 예약 전송했다. 이제 다음 단계를 준비할 차례였다. 이건 꽤나 더 복잡하고 위험한 일이었다. 그러나 그가 이다음으로 나아가기 위한 최선의 방법이었다.

미국인

"국정원에서 우리한테 뭘 요구하기라도 했나요?"

수진이 정훈에게 물었다. 아침 회의를 주재하던 정훈은 휴대폰 메시지를 확인하더니 국정원 때문에 골치가 아파지겠다고 했다. 정훈을 통해 국정원으로부터 인터넷 모니터링 관련하여 도움을 받았던 그녀는 국정원이 대신 뭔가를 요구하지 않을까 걱정하던 차였다.

"일단 전화 먼저 해 보고요."

전화 통화를 하고 온 정훈의 표정은 더 굳어 있었다. 정훈은 뭔가 불편한 얘기를 해야 할 때면 자꾸 머리를 손으로 쓸어 넘기는 버릇이 있었다. 지금도 그랬다.

"지난번 국정원에 도움을 요청했을 때 그쪽에서 지원해 주는 조건으로 일일 보고를 해 달라고 했었는데요."

정훈은 물을 한 모금 마시고 말을 이었다.

"그거야 뭐 제가 조금 수고만 하면 되는 일이었는데, 좀 난감한 요청을 또 하네요. 이번 환각 사건에 관심이 있던 미국 측에서 국정원을 통해서 압력을 행사한 모양입니다. 자기네 사람들을 이번 조사에 끼워주고, 자료도 공유해 달라는 요청이 들어왔다고 합니다."

"뭐라고요?" 노트북만 들여다보고 있던 소연이 고개를 들며 물었다.

"Q-웨이브에 대한 자료를 미국에 넘겨주라는 말인가요?"

"네. 저도 그게 말이 되냐고 했는데, 미국 쪽 압력이 강한 것 같습니다. 외교부를 통해서도 강하게 요청하고 있다고 하고요. 국정원으로서는 거절하지 못하는 이유가 있는 것 같아요. 어떻게 아는지 모르지만, 미국도 이미 어느 정도는 파악하고 있는 눈치라고 합니다. 그들 논리는 이번 사건이 한국뿐만 아니라 세계적으로도 정치, 안보에 큰 영향을 줄 가능성이 있기 때문에 자기네가 관여해야 하고, 또 도움을 줄 부분도 있다고 했답니다."

"그래서 어떤 사람들이, 언제 참여한다고 하던가요?" 수진이 물었다.

"행안부 장관님이 안 된다고 버티다가 결국 국정원과 외교부 압력에 못 이겨 두 사람을 참관인 자격으로 받기로 했다고 합니다. 이미 비행기 타고 오는 중이고, 오늘 오후 늦게 도착한다고 합니다. 한 사람은 우리를 미국의 여러 관계 기관과 연결해줄 리에종[26]인데, 국정원 얘기로는 미국 정보기관 소속일 거라고 하고요, 또 다른 분은 과학자라고 합니다."

"자료를 다 제공해야 하나요? 소스 코드나 데이터 파일도?"

"아니요, 일단은 최소한으로 회의 참관만 시키고 애매한 부분은 제게 문의해주세요."

"그러면 이제 회의는 영어로 해야 하나요?"

"아닙니다. 우리 회의는 하던 대로 하고, 미국인들이 실시간 통역기를 사용하기로 했습니다. 여기 계신 분들이야 영어를 웬만큼 하시겠지만, 그래 가지곤 우리가 힘들어서 일 못 하죠."

큰 여행 가방을 끌고 미국인 두 명이 사무실로 들어왔다.

---

26. liaison (officer). 연락 담당관. 서로 다른 기관이 원활히 협력할 수 있도록 연결해주는 역할을 하는 사람.

"안녕하세요, 저는 게리 프리드만입니다."

체구가 건장한 백인 남자가 먼저 손을 내밀며 영어로 작게 중얼거리자 목에 두른 장치에서 한국어가 나왔다. 요즘 국제회의에서 쓰이기 시작했다는 실시간 통역기인 모양인데, 옛날 넥밴드 이어폰과 비슷한 형태였다.

"안녕하세요, 저는 채-수-진이라고 합니다."

"반갑습니다. 진."

기계가 잘 알아들을지 몰라서 이름을 한 자 한 자 말했더니 '수'는 중간 이름으로 통역된 모양이었다. 악수하는 손아귀 힘이 셌다.

"안녕하세요, 저는 크리쉬 쿠마르입니다."

크리쉬는 갈색 피부의 인도 태생으로 중간 키에 덩치는 꽤 있는 편이었다. 그가 게리를 따라 들어오며 인도 억양의 영어로 중얼거리자 통역기가 실제 그의 목소리와 닮은 소리를 냈다. 그녀는 자신의 말도 목소리를 유지하면서 통역되는지 궁금했으나 한-영 통역은 그들의 귀에 꽂힌 이어폰으로만 나오고 있어서 들어볼 수 없었다.

"자, 합동 조사단에 합류한 것을 환영합니다. 피곤하시겠지만 바로 브리핑을 시작하겠습니다."

정훈이 두 미국인을 회의실로 안내하고, 제일 앞쪽 자리에 앉도록 했다. 미국인들이 자기네 노트북이나 휴대폰에 한국 정부의 보안 소프트웨어는 절대로 설치할 수 없다고 고집하는 바람에, 그들의 노트북과 휴대폰을 보안 장비에서 예외처리하느라 회의는 잠시 지체되었다. 상호 간단한 자기소개로 시작된 회의에서 통역기는 생각보다 잘 작동했다. 지난 회의록과 관련 문서를 미리 입력받아 음성 인식과 통역에 활용하는 덕분에, 'Q-웨이브' 같은 고유명사나 전문용어도 잘 통역하고 말이 완전히 끝나기 전에도 통역이 시작되었다. 그래도 한국어와 영어의 어순이 달라서 생기는 지연은 어쩔 수 없어 회의 진행을 느리게 만들었다. 고양이 환각 사건의 발생에서부터 일당 중 한 명을 체포하기까지의 과정을 민규가 설명하는 동안 두 사람은 고개를 끄덕이며 듣고만 있었다. 소연이 Q-웨이브의 개념을 설명하기 시작하자 크리쉬는 숨 한번 크게 안 쉬고 집중해서 듣더니 이것저것 물어보기 시작했다.

"피험자들의 뇌에 어떤 장치가 부착되어 있었나요?"

"나노튜브 소재의 고밀도 전극이 주로 시각피질의 V2, V4 영역 및 편도체에 삽입되어 있었습니다."

"어떤 자극으로 실험했나요?"

"다양한 이미지와 감정 자극으로 실험한 기록이 있으나, 완전한 리스트를 갖고 있지는 않습니다."

"얼마 동안, 몇 명이나 실험했는지요?"

"3년 전에 설립된 회사이기 때문에 기간이 그보다 길지는 않을 테고, 피험자 수는 알 수 없습니다."

소연은 통역 지연이 답답했는지 때때로 통역기를 거치지 않고 영어로 직접 답변했다. 게리는 거의 질문을 하지 않고 팔짱 끼고 기대앉아 크리쉬가 질문할 때만 답변에 집중하는 모습이었다. 수진의 차례였다. 환각 목격 글의 위치 정보를 활용하여 신호의 발원지를 파악한 방법을 설명하자 크리쉬는 눈을 크게 뜨고 고개를 끄덕여가며 노트북에 뭔가를 입력했다. 이어서 그녀가 송신 장치용 패턴을 생성하는 프로그램에 대한 설명을 시작하자 크리쉬가 질문을 쏟아내기 시작했다.

"질문드리겠습니다. 제가 제대로 이해하고 있다면, 넥스트 소사이어티는 원하는 감정과 이미지로부터 송신 장치의 나노 소자 어레이용 패턴을 만들어내는 기술을 개발했다는 거죠?" 크리쉬의 통역기가 물었다.

"송신 장치의 하드웨어는 제가 잘 모르지만 송신 장치를 구동하는 소프트웨어를 최근까지 실험해가며 최적화했던 기록이 있고 거의 완성한 것으로 보입니다."

"그 소프트웨어를 갖고 있나요?"

그녀는 정훈을 쳐다봤다. 정훈은 조용히 고개를 끄덕였다.

"서버 디스크를 복구해서 상당한 분량의 학습 데이터와 이 데이터로 학습된 변환 모델, 그리고 이에 필요한 소스 코드를 확보했습니다. 송신 장치가 없어서 실제로 테스트

해 볼 수는 없었습니다."

"아까 서브리미널 신호를 송신하던 조직원을 체포했다고 했는데요, 그때 송신 장치가 있지 않았나요?" 그동안 아무 말도 하지 않던 게리가 물었다. 역시 내용을 놓치지 않고 있었다.

"차량 화재로 전소되었습니다." 민규가 대답했다. 게리는 미간을 찌푸리며 민규와 정훈을 쳐다봤다.

"서버 디스크와 복구된 소스 코드를 받았으면 합니다. 저희 쪽에서 더 많은 자료를 복구할 수 있을지도 모릅니다." 크리쉬가 수진에게 말했다.

"그건 좀⋯. 게다가 메모리 소자와 디스크 컨트롤러가 한국 제품이어서, 경찰 디지털 포렌식팀에서 제조사의 지원을 받아 일반 소프트웨어로는 접근 못 하는 레벨에서 복구했다고 들었습니다. 미국이라고 더 잘할 것 같지 않은데요."

"수사 과정에 미국이 옵저버로 참석하는 것까지는 우리가 동의했지만, 자료를 공유하는 문제는 아직 합의가 안 되었다고 알고 있습니다. 외교부와 협의해보겠습니다." 정훈이 말했다.

크리쉬는 아쉬워하며 조금이라도 더 알아내려고 이것저것 질문 했다. 수진은 더 말해줄 수 있는 것이 없었고, 게리는 다시 무표정한 모습으로 돌아갔다. 잠시 회의를 쉬기로 하면서 미국인들은 다른 회의실로 들어가 유리 벽의 블라인드를 내렸다.

"크리쉬가 생각보다 바로바로 이해하는 것 같더군요." 정훈이 말했다.

"이 분야에 전문성이 있는 사람이라는 것은 분명하고요, 국정원 통해서 우리 보고서가 전달되었으니 미리 공부를 좀 한 것 같아요." 소연이 말했다.

"박사님들은 다 그러신가요? 우리 보고서가 그다지 자세하지는 않았을 텐데, 그걸 가지고 열심히 유추해가면서 미리 공부했다? 너무 모범생 아닌가요? 저 같으면 그냥 회의할 때 듣고 물어보려고 했을 것 같은데요." 민규가 말을 계속하려는 순간, 게리가 다시 회의실로 들어왔다.

"제 상관하고 얘기했습니다. 기술 자료는 정식 경로를 통해 다시 요청드리겠습니다. 오늘 회의는 이것으로 충분합니다. 저희는 저녁 약속이 있어서 내일 다시 오겠습니다."

회의실을 나서는 수진을 민규가 붙잡았다.

"국정원의 인터넷 모니터링 시스템이 어디까지 커버하나요? 주식 말고도 감정 조작으로 쉽게 돈을 벌 수 있는 금융 상품들이 여러 가지 있는데요, 그런 쪽도 모니터링되는 건가요? 예를 들면 암호화폐라던가."

"국정원 시스템은 상당히 포괄적으로 인터넷을 모니터

미국인 ——

148

링하고 있으니까 웬만한 곳은 다 커버될 텐데요. 제가 다시 한 번 확인해볼게요. 도메인에 따라 용어나 표현도 달라지기 때문에, 감시 키워드하고 분류기를 좀 튜닝해야 할수도 있어요. 그런데 그러다가 한번 잡혔으면서 또 비슷한 일을 벌일까요?"

"자기네가 왜 꼬리가 밟혔는지 모를 겁니다. 넥스트 소사이어티의 박진우가 예전에 암호화폐로 돈을 좀 벌었거든요. 범죄자들도 자기 하던 일 쉽게 안 바꿉니다. 아무튼 매번 수진 님 신세 지는 게 좀 미안하긴 한데요, 그래도 저로서는 이렇게 능력 있는 분하고 함께 일하니 좋네요."

수진은 한편으로는 언제나 여기 일을 마무리하고 회사로 복귀할 수 있을지, 이곳에서 보낸 시간이 자신의 경력에 도움이 될지 걱정되기도 했다. 그러나 수진의 마음속에서는 회사에서 하던 일이 얼마나 가치 있는 일이었을까 하는 의문도 함께 자라나기 시작했다. 회사에서 그녀는 수많은 엔지니어 중의 한 사람이었을 뿐이었고, 남보다 더 성과를 내고 인정받는 것만이 목표였다. 회사가 관리하는 숫자, 즉 방문자 수나 클릭률 같은 것을 조금이라도 올리기 위해 데이터 분석하고 서비스 개선하고…, 그런 일들이 정말 중요하다고 믿었다. 하지만 사람들이 쓸모없는 잡담을 한 번 더 들여다보고 그러다 광고 한 번 더 클릭하게 만드는 것이 이 세상에 무슨 가치가 있을까? 마음속 한편에 항상 가지고 있으면서도 한 번도 솔직하게 답을 생각해보지 않았던 질문이었다. 수많은 사람이 피해를 입었고 또다시 발생할 수도 있는 사건을 해결하기 위해 자신의 능력을 알아주고 믿어주는 사람들과 한 팀으로 일하는 것. 또 지금까지 세상에 없었던 기술로 엄마와 다른 시각 장애인들을 도울 방법을 찾는 것. 수진은 생전 처음으로 자신이 하는 일의 가치에 대해 의심하지 않을 수 있었다.

미국인

양평

"그것 봐. 역시 수사는 감으로 하는 거야." 민규가 경찰 지휘 차량에 탑승하며 지혜에게 으스댔다.

이번에도 그의 예측이 적중했다. 암호화폐와 관련된 게시판에서 서브리미널 신호의 영향으로 보이는 글들이 포착되었다. 주로 강남 일대에서 Q-웨이브가 사용되고 있다는 것을 알아낸 후, 강남경찰서의 경찰들을 동원해서 주가조작 때와 같은 방법으로 차량을 찾아냈다. 이번에는 처음부터 직접 차량을 쫓는 대신 CCTV와 얼마 전 경찰에 도입된 중고도 장기체공 드론을 이용해 추적했다. 차량은 경기도 양평에 있는 한 외진 창고로 들어갔다.

민규는 양평으로 가면서 합동 조사단에 전화했다. 정

훈은 회의실에 모두 모여 있고 스피커폰으로 연결했다고 말했다.

"지금 막 경기남부청 기동대가 창고를 포위했다고 연락받았습니다. 저는 수사 TF의 형사들과 함께 현장으로 출동하는 중입니다. 조사단분들은 강남경찰서 상황실에서 원격으로 현장을 보면서 Q-웨이브 송신 장치로 보이는 것이라던가 다른 주의해야 할 사항이 있으면 알려주세요. 실수로 제 얼굴의 환각이 전 국민 머릿속으로 방송되거나 하면 곤란하겠죠. 하하."

"민규 님, 조심하세요." 수진이 말했다.

"우리도 함께 그쪽으로 가겠습니다. 무슨 일이 있을지 모르는데 현장에 같이 있어야 합니다." 게리의 스피커 소리였다.

"저도 Q-웨이브 장비와 실험실 모습을 한시라도 빨리 보고 싶어요." 소연도 말했다.

"저들이 무장했을 수도 있습니다. 위험하니까 거기 계시다가 상황이 종료된 후에 오시는 것이 좋겠습니다." 그가 말했다.

"김 형사님, 미국은 이번 사건의 모든 조사 과정에 참관할 권리를 약속받았습니다. 저는 현장에서 무슨 일이 일어나는지, 어떤 장비나 자료가 획득되는지 봐야 합니다."

다시 통역기 소리였다. 통역기가 감정까지 전달하지는

못하는 것으로 알고 있었지만, 민규에게는 게리의 스피커에서 나오는 소리가 억지로 권위를 세운 듯 들렸다.

"미스터 게리, 우리가 미국에 뭘 숨기기라도 할 거라는 말인가요?"

민규도 목소리에 권위를 실어 말했다. 아차, 성이 아니라 이름 앞에 '미스터'를 붙여도 되나? 통역이 어떻게 되든, 게리는 자신의 한국말에 실린 감정을 느낄 수 있을 것이다. 자동 통역될 시간이 지났는데도 게리의 통역기는 조용했다. 그는 전화 저편에 있는 사람들의 표정이 궁금했다.

"다 함께 가서 안전한 곳에 대기하겠습니다. 현장에서 보시죠."

정훈이 결론을 냈다. 민규는 대답하지 않고 전화를 끊었다.

현장 지휘소로 쓸 수 있도록 소형 버스를 개조한 차량에는 원격 회의나 감시 카메라의 영상을 볼 수 있는 디스플레이와 여러 통신 기기가 설치되어 있었다. 보수해야 할 때가 한참 지난 도로를 몇 백 미터 째 달리는 동안 전자기기들이 연신 덜컹거렸다. 드론의 망원 카메라가 보여주는 창고의 모습을 보며, 민규는 최첨단 기술을 개발하는 과학자, 기술자들을 데리고 어떻게 이런 외진 곳에 은닉했을까 잠시 의아해했으나, Q-웨이브로 브레인워시되어 있었던 조직원에 생각이 미치자 바로 이해가 됐다.

차량은 목표 지점을 100미터쯤 못 미쳐 포위망 바깥에 정지했다. 그는 차에서 내려 창고 방향을 쳐다봤다. 나뭇가지 사이로 멀리 언덕을 등지고 있는 창고가 보였다. 진입 도로와 마찬가지로 낡은 모습이었지만 도로의 새로 난 바퀴 자국과 건물의 어두운 내부에서 새어 나오는 불빛은 겉모습과 달리 폐건물이 아님을 드러내고 있었다.

그는 주변을 통제하고 있던 젊은 경찰에게 합동 조사단이 도착하면 자신이 타고 온 지휘 차량 안에 머물게 하라고 지시했다. 조금 떨어진 곳에 기동대 차량과 기동대원들이 보였다. 민규는 기동대 차량에서 방탄조끼와 헬멧을 꺼내 착용하고 헬멧에 부착된 카메라로부터 영상과 소리가 지휘 차량 내부의 모니터로 잘 전송되는지 확인했다.

"움직임이 좀 있나요?" 민규가 기동대장에게 다가가 물었다.

"아직 별다른 움직임은 보이지 않습니다. 내부 소리를 듣고 있는데 오디오 상태가 썩 좋지는 않아서 간헐적으로만 들립니다. 우리가 온 것을 눈치 챈 것 같습니다."

"그 오디오를 제 헬멧으로도 들을 수 있죠?"

"물론입니다."

기동대장은 민규의 헬멧 리시버를 조작했다. 바람 소리

같은 잡음이 강도와 음색이 계속 바뀌며 들렸다. 기동대장이 하늘을 가리키며 말했다.

"드론의 레이저 마이크[27]가 포착한 소리입니다. 거리가 멀다 보니 창문의 반사광을 자꾸 놓쳐서, 어차피 발각된 것 같으니 더 근접해서 비행해달라고 요청했습니다."

민규는 쌍안경으로 창고를 봤다. 열려있는 문 안쪽으로 추적한 차량이 커다란 트럭 몇 대와 함께 보였다. 사람의 모습은 보이지 않았다.

"혹시 인질을 데리고 있지는 않을까요? 이들의 역삼동 사무실에는 인체 실험의 피험자들이 여럿 있었습니다."

"그건 여기서 확인할 방법이 없습니다. 오디오로 인질과 관련된 얘기는 듣지 못했고, 창문으로는 내부가 잘 안 보입니다. 그런데 뭐 불법 실험하고 그런 회사라면서 경찰청에서 왜 이렇게 조심하라고 하는지 모르겠네요. 그냥 들어가 보죠. 건물밖에 경비도 없어요."

민규의 반대에도 불구하고 경찰청에서는 기동대에게 그들이 포위한 집단의 정체를 제대로 알려주지 않았다. 어차피 내부에 진입하면 알게 되지 않을까? 하긴 전자기기

---

27. 멀리 떨어진 물체에 레이저를 반사시켜 그 물체의 미세한 떨림을 측정함으로써 물체 주변의 소리를 도청하는 장치

나 의료 장비를 목격한다고 해도, 모니터에 고양이 사진이 띄워져 있지 않은 이상 그걸 환각 사건과 연결 짓기는 쉽지 않을 것이다. 합동 조사단과 수사 TF가 넥스트 소사이어티에 대해 밝혀낸 사실은 놀랍게도 아직까지 비밀이 유지되고 있었다. 이상한 느낌을 받으면 즉시 보고하라는 수상쩍은 지시를 받았던 경찰들은, 업무상 비밀을 누설했다가 국정원 인터넷 모니터링 시스템으로 추적돼 구속된 경찰이 있다는 얘기를 믿는 모양이었다. 그건 경찰청에서 일부러 흘린 헛소문이었는데.

"광신도 집단입니다. 조심해서 나쁠 건 없죠."

광신도 집단이라는 표현은 물론 거짓말이 아니었다. 이 정도 얘기하면 기동대가 알아서 조심할 것이다. 그런 집단이라면 설령 무장을 안 했더라도 섣불리 접근했을 때 무슨일이 벌어질지 모른다. 더군다나 이들은 위험한 장비를 가지고 있다. 지난번 환각 사건 때도 수백 건의 사고가 발생했고 백 명 넘게 희생됐다. 그런 일이 다시 발생해선 안 된다. 그러나 저들이 이미 경찰이 도착한 것을 알아차렸다면 미친 짓을 준비할 시간을 주지 않고 바로 진입하자는 기동대장의 의견이 더 나은 선택일 수 있었다.

"진입합니다." 기동대장의 목소리가 헬멧에서 들렸다.

민규는 기동대원들과 함께 열린 창고 문을 지나 천천히 용의 차량으로 접근했다. 차량이 서 있는 창고 내부는 어두웠고 짙게 선팅한 차량의 내부는 잘 보이지 않았다. 더 가까이 다가갔다. 차량은 비어 있었다. 옆에 있던 트럭에도 사람은 없었다. 주위를 살펴봤다. 차고와 창고의 나머지 공간은 가벽으로 막혀 있고 벽의 한쪽 귀퉁이에는 내부로 들어가는 문이 있었다. 민규는 기동대와 함께 문으로 다가갔다. 기동대가 문을 부쉈다. 문이 부서지는 소리와 함께 대화 소리가 몇 초 후 드론을 통해 헬멧으로 들렸다.

"…우리 인력으로는 역부족 …중무장하고…"

"… 최 박사랑 새로 온 놈들은 다 어디…"

"…안 보입니다 …항복해야 합니다."

"제기랄"

기동대장의 손짓에 따라 대원 한 명이 부서진 문을 밀쳐 열었다. 다른 대원들은 총을 겨누고 있었다. 기동대장이 확성기를 들었다.

"항복해라. 너희들은 포위되었…"

* * *

비록 영화에서 봤던, 각종 첨단 감시 장비가 한쪽 벽을 꽉 채운 그런 모습은 아니었어도, 지휘 차량의 모니터는 헬멧 카메라에서 전송되는 영상을 꽤 좋은 해상도로 보여주고 있었다. 조사단 동료들과 함께 각종 전자 장비가 즐비한 경찰 지휘 차량으로 옮겨 탄 수진은 기동대가 진입하는 상황을 모니터로 지켜보고 있었다. 그런데 아까부터 무의식이 보내오는 경고 신호의 의미는 무엇이었을까? 이번에는 모든 일이 예상대로였다. 지난번 주가조작을 발견했을 때 준비했던 시스템, 경찰의 신고를 활용하는 방식이 모두 그대로 활용됐다. 민규는 자신의 예상이 맞았다고 우쭐거렸다. 이들이 어쩌다 자기네 차량이 추적되었는지 이유를 몰랐더라도 조금 더 조심했어야 하지 않았을까?

정훈은 거의 말을 하지 않았으나 고양이 환각 사건이 이제 마무리 단계에 들어설 거라는 기대감을 숨기지 못했다. Q-웨이브 송신 장치와 그 외의 기술을 한시라도 빨리 확인하고 싶어 하는 소연도 마찬가지였다. 게리는 무표정한 모습으로 모니터를 지켜보며 가끔 어딘가로 전화를 했는데, 통역기를 꺼놓고 작은 목소리로 중얼거리는 통화 내용을 알아들을 수는 없었다. 크리쉬는 한국에는 처음이라며 양평으로 오는 동안 창밖을 연신 내다보며 수진과 소연에게 이것저것 물어보다가 지휘 차량으로 옮겨 타고부터는 게리 옆에서 긴장한 모습으로 모니터만 쳐다보고 있었다.

기동대의 목소리가 모니터에서 들렸다.

"항복해라. 너희들은 포위되었…"

말이 채 끝나기 전에 갑자기 시야가 흐려졌다.

무서웠다.

마음속 깊은 심연으로부터 가장 원초적인 공포가 흘러나와 의식을 가득 채웠다. 팔과 목 뒤에는 소름이 돋고 심장은 터질 듯 뛰기 시작했다. 등 뒤에 누군가 있는 것 같은 느낌이 들었지만 차마 돌아볼 수 없었다. 모니터의 스피커에서 연달아 총소리가 들리고, 약간의 시차를 두고 지휘 차량의 창문을 통해서도 둔탁한 소리가 들렸다. 맞은편에 앉아 있던 게리는 굳은 표정으로 어느새 총을 빼 들고 주위 사람들을 차례로 겨냥했다. 차량의 뒤쪽에 있던 정훈과 소연은 문을 열고 뛰쳐나갔다. 크리쉬는 게리 바로 옆에 있었고 몸이 둔했다. 게리가 총을 겨누자 크리쉬는 새하얘진 얼굴을 손으로 감싸며 뒤로 물러서다 열려있던 문밖으로 발을 헛디디며 떨어져 버렸다. 게리보다 안쪽에 있었던 수진은 달아날 수 없었고 크리쉬가 다치지 않았을지 걱정할 여유도 없었다. 게리는 그녀를 뚫어지게 노려봤고, 그녀는 먹잇감을 막다른 곳에 몰아붙인 늑대의 눈빛을 한 게리를 쳐다보며 몸이 굳었다.

그가 총구를 내리며 그녀에게 다가오기 시작했다. 그녀의 생존 본능은 지금 말고는 기회가 없다고 소리쳤다. 그녀는 옆에 있던 노트북을 집어 들며 굳어 있던 몸을 억지로 일으켜 세웠다. 뭔가 딱딱한 모서리에 뒤통수를 부딪치며 따뜻한 액체가 목 뒤로 흘러내리는 것이 느껴졌다.

다시 바깥에서 총성이 들렸다. 아까보다 더 큰 소리였고, 스피커를 통해 들리는 소리와의 시차도 거의 없었다. 그는 다가오기를 멈추고 그녀를 잠시 쳐다보더니 밖으로 뛰쳐나갔다. 그녀는 힘이 빠져 털썩 자리에 주저앉았다. 모니터의 영상이 그녀의 눈에 들어왔다. 민규의 헬멧 카메라가 전송하는 영상에는 지면이 수직으로 서 있었다. 그녀는 비틀거리며 바닥으로 쓰러졌다. 모니터에 최동석 박사와 다른 사람들의 모습이 보이는 것 같았다. 잠시 후 두려움과 고통에 압도된 그녀의 마음은 더 이상 의식을 유지할 수 없었다.

* * *

"정신이 드시나요? 무슨 일이 있었는지 기억하세요?"

수진 앞에 서 있던 경찰이 몸을 숙이며 말했다. 그녀는 들것에 누워있었고, 머리가 어지러웠다. 메케한 냄새가 느껴지고 눈이 매웠다. 주변에는 검은 재가 눈처럼 날리고 있었다.

"무슨 일이 있었죠?"

"머리는 조금 찢어지기만 한 것 같습니다. 그래도 다행입니다."

그녀는 그제야 뒤통수가 아프다는 것을 느꼈다. 피에

젖은 셔츠가 등에 달라붙어 축축했다.

"여기가 어디죠? 범인들은 잡혔나요?"

"일부는 사살되었고, 나머지는 달아났습니다. 총격전이 벌어졌고 화재도 발생해서 경찰도 피해를 많이 입었습니다."

민규의 헬멧 카메라 영상이 생각났다.

"김민규 형사님은 괜찮은가요? 다른 사람들은요?"

"잠시만요, 조사단분들 중에는 크게 다친 분은 없고요, 기동대와 형사님들 중에는 사상자가 있었는데, 한번 확인해보겠습니다."

경찰이 다른 쪽으로 갔다. 기다리는 동안 그녀의 심장이 쿵쾅거리며 가슴과 머리를 울렸다. 게리는 어디에 있을까? 아직도 이 근처에서 먹잇감을 찾아 배회하고 있을까? 제대로 생각 할 수 없었다. 주위를 둘러봤다. 다른 들것에 크리쉬가 누워있었다. 그의 다리는 부목으로 고정되어 있었고 머리에는 붕대가 감겨 있었다.

"크리쉬, 괜찮아요?"

크리쉬는 그녀를 돌아보고는 고개를 끄덕였지만 고통스러운 표정이었다. 통역기는 작동하지 않고 있는 것 같았다. 경찰이 돌아왔다.

"김 형사님도 다리에 총상을 입어 실려 갔습니다. 생명에는 지장이 없을 거라고 합니다."

"그래요? 그나마 다행—, 아, 머리가 너무 아파요."

그녀는 머리에 대충 감겨 있는 붕대에 손을 가져갔다.

"머리의 상처보다는 아마 그 환각 가스 때문일 겁니다."

"환각 가스라고요?"

하마터면 'Q-웨이브가 아니고요?'라고 말할 뻔했다. 수사 TF를 제외한 경찰은 아직 수사 내용을 모른다며 주의할 것을 여러 차례 당부 받았다.

"네, 저는 늦게 와서 잘 모르지만 무슨 환각 가스가 사용되었다고 합니다. 현장에 있던 모든 사람들이 끔찍한 공포심과 피해망상을 느꼈고, 그때 총격전이 벌어졌습니다. 심지어는 경찰 기동대나 저쪽 조직원들이 각자 편에게 총을 쏘기도 했다는 얘기를 들었습니다. 좀 떨어진 곳에 있었던 사람들도 다 영향을 받았고요."

"아… 예상했어야 했는데."

"이런 걸 누가 예상할 수 있었겠습니까. 다들 충격을 많이 받으셨습니다. 구급차가 중상자부터 병원으로 이송 중이고요. 불편하시더라도 잠시만 누워서 쉬고 계세요. 달아난 자들도 있기는 해도, 그래도 우두머리가 사살되었으니 이 사건도 이제 곧 마무리되겠네요."

수진의 무의식은 다시 경고를 보내고 있었다. 쓰러지기 직전 모니터에서 봤던 최동석 박사의 얼굴이 기억났다. 이 사건은 이제 마무리되는 것이 아니라 본격적으로 시작하고 있었다.

프로젝트 Q

조성호는 집무실에서 나와 복도를 걸어갔다. 코너를 두 번 돌아 복도 끝 문 앞에 섰다. 방 번호가 없는 문에는 대신 '프로젝트 Q'라고 손으로 쓰인 포스트잇이 붙어 있었다. 인터넷 모니터링 시스템을 비밀리에 기획할 때 워룸으로 사용했던 회의실이었다. 출입 카드와 홍채를 인식시키자 잠금장치가 철컥거리며 열렸다. 큰 테이블에 앉아 있던 사람들이 조성호를 알아보고 일어섰다.

"됐어, 됐어, 그냥 앉아들 있어."

회의실에는 창문이 하나도 없었다. 허름하기는 해도 전망은 좋은 집무실에 주로 머무르는 조성호는 이 방에 올 때마다 갑갑함을 느꼈다. 그래도 국정원 내에서도 특히 보안이 유지되어야 하는 일이 있을 때는, 이렇게 창문도 없고 물리적으로 다른 사무실들과 멀리 떨어진 이곳에 사람들을 모아놓고 일하도록 하는 것이 최선이었다.

조성호는 테이블의 한쪽 끝에 앉았다. 테이블에는 오늘 보고 받을 내용이 정리된 보고서와 음료수가 놓여 있었다. 차 실장으로부터 미리 구두로 보고 내용에 대한 설명은 들었다. 그래도 그는 보고서를 들고 첫 페이지를 펼쳐 들여다보기 시작했다. 자신이 이렇게 꼼꼼히 들여다본다는 것을 가끔 확인시켜줘야만 한다. 그렇지 않으면 문서의 질은 떨어지고 보고 내용에는 거짓말이 섞이게 된다. 조성호가 보고서를 읽는 동안 기다리던 차 실장이 말했다.

"원장님, 오늘은 지난번에 지시하셨던 대로 그동안 넥스트 소사이어티의 핵심 인물에 관해 조사한 내용과 어제 있었던 경찰의 체포 작전, 그리고 NSA와의 협조 건에 대해 보고 드리겠습니다."

발표는 이동근 과장이 했다. 이 과장은 작년부터 눈여겨봤다. 조직에서 뭘 요구하는지 잘 파악하고 깔끔하게 일을 진행하는 데다, 조직에서 인정받는 것에 대한 욕심까지 있는 친구였다. 차 실장이 TF 후보자 명단을 가지고 왔을 때 조성호가 주저하지 않고 이 과장을 지목했고, TF를 실질적으로 리드하고 있었다. 이 과장의 발표에 따르면, 넥스트 소사이어티의 대표인 박진우는 미국 샌프란시스코 베이 지역에서 IT 분야의 벤처 사업을 이것저것 시도했으나 재미를 못 봤다. 이후 한국에 들어와서 암호화폐와 관련된 사업으로 돈을 좀 벌었는데, 겉으로는 첨단 기술을 표방하면서 사실 탈세가 주된 용도인 서비스였다. 결국, 불법성이 문제가 되어 사업을 접게 되었으나 이미 본인은 상당한 이익을 챙긴 후였고, 이는 넥스트 소사이어티를 설립하고 최동석 외 과학기술자들을 영입하기 위한 자금의 원천이 되었다. 암호화폐 사업에서 함께 재미를 봤던 직원들은 박진우를 계속 따르며 넥스트 소사이어티에도 참여했으나 그중 다수가 어제 양평 작전 때 박진우와 함께 현장에서 사망했다.

"여기까진 대충 다 아는 거고, 뭐 새로운 것은 없는 거야?" 조성호가 보고서를 덮으며 말했다.

"아마 이 내용은 좀 흥미 있으실 것 같은데요, 넥스트 소사이어티가 비상장 기업이라서 그동안 무슨 일을 했는지는 경찰이 두 번에 걸쳐 현장에서 확보한 자료 외에 외부에 드러난 것이 별로 없습니다만, 저는 박진우가 정기적으로 미국에 가서 뭘 했는지 알아봤습니다."

다음 슬라이드에는 미국 지도의 동부와 서부 지역에 여러 마크가 표시되어 있었다.

"출입국 및 항공기 탑승 기록, 로밍폰의 통화 메타 데이터, 신용카드 해외 사용명세와 현지 휴민트[28]를 분석하고 활용했습니다. 베이 지역에 갈 때는 주로 팔로알토의 포시즌스 호텔에 묵었는데 실리콘밸리의 투자자 물색 및 엔지니어 구인 때문에 방문했었던 것으로 보입니다. 동부에서는 워싱턴DC와 볼티모어 쪽의 호텔 기록이 여러 번 나오고 있습니다."

이 과장은 동부 지역 지도를 확대해 보여준 후 조성호를 바라보며 말을 멈췄다. 지도에는 몇몇 호텔과 부근 식당에서 신용카드를 사용한 기록이 표시되어 있었다.

"NSA를 만났을 거라는 말이지?" 조성호가 말하자 이 과장이 고개를 끄덕였다. 자신이 모든 결론을 말하지 않고 상사가 말하도록 유도하는 요령도 가진 친구였다. 이 과장은 슬라이드를 다시 앞으로 넘겨, 박진우가 미국에서 설립했던 회사 중 하나를 지목했다.

"시큐크립이라는 회사가 있었는데요. 당시 주변의 업계 사람들에 의하면 정보 보안 관련 기술을 개발하고, NSA에 근무했던 인사를 영업 대표로 영입해서 미국 정부에 이 기술을 공급하려 했었다고 합니다. 그러나 제품 경쟁력의 문제와 회사가 외국계라는 약점 때문에 실제 사업이 성사

---

28. HUMINT. Human Intelligence의 약자. 정보원 혹은 인적 네트워크를 통해 정보를 얻는 것

되지는 않았고 회사는 곧 정리되었습니다."

"사업은 잘 안 됐어도 그때 보안 기술의 도입 검토를 했었을 NSA와 관계를 맺게 되었을 거다, 그런 얘기인가?"

"그랬을 것이라 추정되고요. 넥스트 소사이어티 초기에는 베이 지역에 자주 가다가 근래에는 거의 정기적으로 동부 쪽으로만 가고 있었던 걸로 보아 NSA와 모종의 일을 진행하고 있었던 것 같습니다. 박진우가 생포되었더라면 심문에서 더 많은 것을 알아낼 수 있었을 텐데, 아쉽습니다. 다음은 어제 도주한 것으로 파악되는 최동석 박사입니다."

화면에 중년 남자의 사진이 나타났다. 경력에 특별한 것이 없고, 약 5년 전 Q-웨이브에 관한 첫 논문을 발표했으나 학계에서 무시당했고, 3년 전 수석 과학자로서 박진우와 함께 넥스트 소사이어티를 창업했다. 인상도 경력만큼이나 특별한 것이 없었다. 어쩌다 이런 사람이 세기의 발견을 하고, 박진우 같은 사람하고 얽히게 되었을까.

다음은 경찰의 양평 작전에 대한 보고였다. Q-웨이브가 감정에도 영향을 줄 수 있을 거라는 추정은 이미 하고 있었고 주가조작으로도 입증되었다. 그러나 훈련받은 사람들에게조차 극단적인 행동을 유발할 정도의 강한 영향을 줄 수 있으리라고는 예상하지 못했었다. 경찰과 넥스트 소사이어티 일당 모두 피아 구분 없이 무차별적으로 총을 쏴대는 바람에 인명피해가 컸다.

"그런데 현장의 경찰은 다 무력화되었다면서, 최동석 박사와 일부 조직원은 어떻게 그 와중에 달아날 수 있었던 거지?" 조성호가 말했다. 최동석 박사같이 책상머리나 지키던 사람이 그런 공포를 이겨내고 나머지 조직원들을 이끌고 달아난다? 아까 봤던 사진의 이미지와 너무 매치가 안 됐다.

"그 부분이 좀 석연치 않습니다. Q-웨이브에 자주 쏘여서 내성이 생겼을 수도 있고, Q-웨이브를 차폐하는 방법을 갖고 있을지도 모릅니다. 고양이 환각 사건 때는 전 방향으로 동일한 효과가 나타났었지만, 어쩌면 특정 방향으로만 발사하는 것이 가능할지도 모릅니다. 경찰의 수사를 더 지켜봐야 할 것 같습니다." 이 과장이 대답했다.

"Q-웨이브를 이런 식으로 사용하는 것은 정신 착란 가스와 비슷한 효과 아닌가?"

"그렇지 않습니다. 효과가 훨씬 즉각적이고 특정 감정에 집중되며, 화학적 잔류물 등의 증거가 전혀 남지 않는다는 등 장점이 많습니다."

"NSA가 투자할 만하군."

"그렇습니다. 그런데 NSA가 박진우에게 투자했다는 추정이 맞더라도, 지금 우리 조사단에 자기네 사람을 꽂아 넣은 것은 NSA와 박진우 간의 관계에 변화가 있다는 것을 의미합니다."

당연하다. 고양이 환각 사건의 배후에 NSA가 있다고 밝혀지면 미국과 NSA는 무척 곤혹스러울 것이다. NSA는 박진우와 관계를 끊고 일단 한국 정부가 사태를 수습하도록 놔두지만, 상황은 계속 모니터링하려고 할 것이다. 자기네 인력을 우리 조사단에 굳이 합류시킨 것도 그 때문이고.

"미국이 우리 합동 조사단에 파견한 사람이 두 명인데요."

이 과장이 다시 슬라이드를 넘겼다. 두 사람의 얼굴 사진과 기초 인적 자료가 나란히 나타났다.

"이 중에서 게리 프리드만은 한국 경험이 좀 있는 NSA 요원이라는 것 이상은 알아내지 못했습니다만, 이 역시 NSA와 박진우가 관련이 있을 거라는 추정을 뒷받침하는 근거가 될 수 있습니다. 어제 작전을 현장에서 직접 참관해야 한다고 강하게 주장했다고 합니다. 어쩌면 NSA와 관련된 증거물이 나오는지 보고자 했을 수도 있는데, 화재로 건물이 다 타버렸기 때문에 어차피 상관없게 되었습니다. 또 한 사람은 크리쉬 쿠마르라는 인도계 미국 과학자인데, 이론 물리학으로 박사학위를 받은 후 캘리포니아에 있는 로렌스 리버모어 국립 연구소에서 양자역학과 나노기술 분야의 연구를 해왔고 주로 정부 지원금에 의존하여 연구팀을 운영해온 것으로 파악됩니다. NSA가 박진우를 지원했었다면, 최종 결과물을 확보하기 위해 전문성 있는 사람을 파견한 것이라고 볼 수 있습니다. 회의록을 보면 Q-웨이브를 초반부터 잘 이해하고 구체적인 질문을 하고 있습니다."

NSA는 뒷수습을 위해 두 사람을 파견했다. 양평 아지트가 다 불타버렸어도 고양이 환각 사건의 배후에 NSA가 있다는 증거는 더 있을 것이고 이 증거가 드러날 때 NSA는 한국 정부와 타협을 시도할 것이다. 자신들의 흔적을 지우고 투자의 최종 결과물을 회수하기 위하여. 그때가 바로 국정원이 이 게임에서 지분을 확보할 기회다. 하지만 아직은 가지고 있는 카드가 부족하다. 지금까지 국정원은 그저 지켜만 보고 있었으나, 세상에 공짜는 없는 법이다. 한-미 관계에서도 그렇고, 대통령도 명분 없이 마냥 국정원의 손을 들어줄 수는 없다.

"차 실장, 지난번에 합동 조사단의 인터넷 모니터링을 지원해줬다고 했지? 우리 국정원이 조사단 활동에 좀 더 관여하고 실질적으로 역할을 확대할 방법을 좀 찾아봐. 이 과장은 NSA와 박진우의 관계를 좀 더 파헤쳐서, 그들이 배후에 있다는 확실한 근거를 확보해. 경찰 수사가 진척되는 것도 계속 살피고."

조성호는 국정원이 Q-웨이브가 가져올 변화의 주역이

되어야 한다고 믿었다. 이제까지 막연하기만 했던 목표로 향하는 길이 슬슬 보이기 시작했다.

분석

 민규는 화면을 보면서 이를 악물었다. 당시 상황을 떠올리는 것만으로도 공포심이 되살아났다.
 "이건 드론에서 촬영된 영상하고 그때 레이저 마이크가 잡은 오디오인데요." 지혜가 말했다.
 "넥스트 소사이어티 놈들이 투항하려는 분위기였거든요. 그런데 갑자기 총격전이 시작되었고요."
 지혜는 다른 비디오 파일을 클릭했다. 민규와 다른 기동대원의 헬멧 카메라 영상이었다. 그때의 기억에 따라오는 공포가 한층 더 선명해지며 모니터를 바로 바라보기 힘들었지만, 지혜 앞에서 그런 모습을 보이기는 싫었다. 자신도 모르게 온몸에 힘을 주다가 붕대를 감은 허벅지에 칼로 찌르는 듯한 통증이 느껴져 순간적으로 신음이 나왔다.

"여기 화면 구석에 보이세요? Q-웨이브 영향을 받아 다들 괴로워하면서 아무 데나 총을 쏘고 쓰러지고 난리가 났는데, 갑자기 멀쩡한 사람들이 나타났잖아요. 이 사람들이 아직 움직이고 있는 사람들에게 조준 사격을 하고는 짐을 잔뜩 들고 나가는 거예요."

지혜는 다시 드론의 비디오를 재생했다.

"그 후에 차 몇 대가 달아나는 것 보이죠? 그리곤 화재가 발생한 거예요. 창고 저쪽 구석에서. 다행히 사람들이 쓰러져 있던 곳과는 거리가 좀 있었고, 드론 오퍼레이터가 바로 가까운 경찰서와 소방서에 연락해서 망정이지, 드론 오퍼레이터도 현장 가까이 있었으면 선배도 지금 여기 없을 뻔했어요."

"다시 달아난 사람들 얼굴 보이는 장면 보여줘 봐."

지혜가 헬멧 캠의 영상을 다시 틀고 얼굴이 나타난 장면을 확대했다.

"저 사람, 최동석 박사 맞지?"

"네, 그렇네요. 그런데 저도 이 장면을 다시 보니까 좀 이상한 게 있는데요."

지혜가 비디오를 앞뒤로 움직이다가 한 장면에서 멈추고 화면을 확대했다.

"보이세요? 자기네 사람을 쏘는 게?"

"그렇게 말하니까 각도가 그런 것 같네."

"저 사람은 멀쩡해 보이는데도 자기네 편을 쏘잖아요. 내분이 일어난 걸까요?"

"경찰이 덮치니까 그걸 기회 삼아 갑자기 반란을 일으켰다고? 그런 우연이 어디 있어? 그리고 쟤네들은 왜 멀쩡해? 총 안 맞은 사람들도 다들 괴로워했고, 100m 떨어진 곳에서도 영향을 받았는데."

"선배는 항상 우연을 믿지 말라고 했잖아요. 오컴의 면도날이라고."

둘은 말없이 서로를 쳐다봤다.

"송신 장치도 없고, 현장에 별 게 안 남아 있다고 했었지?"

"네, 화재로 타다 만 것 중에도 별것은 없었어요. 지난번 역삼동 때보다 깨끗하게 치웠어요."

그는 아무 말도 하지 않고 종이와 볼펜을 가져다 글을 써서 지혜에게 보여줬다.

'정보가 새고 있음. TF장님 직접 만나서 사이버 수사대와 과학수사대 협조 요청해줘'

지혜는 말없이 고개를 끄덕였다.

민규는 강남경찰서를 나와 수진의 병실을 찾아갔다.

"수진 님, 좀 어때요?"

그녀는 몸을 일으켜 세워 베개에 기대앉았다. 창백하게 굳은 얼굴이었다.

"괜찮아요. 자기 혼자 머리 박은 사람은 누워있는데 총 맞은 사람이 문안 오시니 창피하네요."

"Q-웨이브에 대한 민감도가 사람마다 다른가 봐요. 저야 뇌가 단순하고 단단해서 그런 것에 별로 영향 안 받지만, 수진 님 같은 천재들 뇌는 아무래도 민감하겠죠."

"민규 님도 영향 많이 받으셨네요. 저더러 천재라고 하시는 걸 보니."

그녀의 입술이 살짝 미소를 보이다가 금세 굳게 다물어졌다.

"수진 님 덕분에 저들의 본거지도 찾았으니 천재 맞아요."

"다리는 좀 어떠세요?"

"아, 이건 아무것도 아니에요. 그냥 스친 건데 빨간약 발랐으니까 괜찮아요."

그녀는 그를 빤히 쳐다봤다. 뭔가를 망설이는 표정이 잠시 스쳐 지나갔다.

"그건 그렇고, 함정이었죠?"

"어, 어떻게 아셨어요? 아무래도 내부 정보가 새는 것 같아서 조사 시작했어요."

"그냥 느낌이. 너무 쉬웠잖아요. 지난번 방법 그대로. 제가 눈치 챘어야 했는데."

"그런 거야 경찰인 제가 알았어야죠. 괜히 수진 님 까지 고생하고."

그녀가 시선을 떨궜다.

"사실은요, 차마 다른 분들에게는 말도 못 했는데, 아까 암호화폐 게시판에서 검출됐던 글들을 다시 살펴봤거든요. 그중에는 중복 IP가 꽤 있었어요. Q-웨이브에 정말로 영향 받은 것도 있었겠지만, 그냥 사람이나 로봇을 동원해서, 우리가 행여 놓치지 않도록 검출될만한 글들을 일부러 잔뜩 올린 거였어요. IP 주소건 위치건 원천 데이터를 봤으면 알 수 있었던 건데, 그냥 통계치만 보느라 놓쳤어요. 제 잘못이에요."

그녀가 울먹였다. 그는 그녀의 손을 잡았다. 따뜻한 손이 떨고 있었다.

"아닙니다. 우리가 뭘 하고 있는지 저들이 알았기 때문에 저들이 우리를 속일 수 있었던 겁니다. 수진 님 실수가 아니에요. 수사하다 보면 속을 때도 많은데, 그때마다 어떻게 책임지겠어요."

'책임'이라는 단어는 쓰지 말 걸 그랬다. 그녀의 얼굴에 눈물이 흘러내렸다. 그녀는 아무 말 없이 그가 잡았던 손을 빼고 얼굴을 떨궜다. 그는 뭐라 말해야 할지 몰랐다. 그의 시야도 흐려지고 있었다.

"쉬고 계세요. 다시 올게요."

"철저하게 당했던데요."

사이버 수사대 직원이 민규에게 말했다. 그는 큰 화면에 검은 바탕의 창을 여럿 띄워놓고 유난히 딸깍거리는 소리가 크게 나는 키보드를 빠른 속도로 연신 두드리며 말했다. 화면에는 민규가 이해할 수 없는 내용이 계속 흘러갔다.

"강남서 쪽은 별문제가 없었는데, 합동 조사단은 완전히 당했습니다. PC 여러 대가 스파이웨어에 감염되어 있었고, 오디오도 보안 패치가 안 된 구형 스마트 스피커를 통해 도청되고 있었습니다."

민규는 책상을 주먹으로 내리쳤다.

"아 제기랄. 나쁜 놈들. 그럴 줄 알았다니까."

"참 세상 편해졌죠. 굳이 마이크를 여러 군데 숨겨 설치하지 않아도 온 방 안의 소리를 고음질로 도청할 수 있으니. 조사단 분들이 양평 현장에 들고 갔던 노트북도 곧 검사하겠습니다만, 아마 그것들도 감염되어 있을 겁니다."

"아니, 그런데 어떻게 그렇게 허술하게 당한 거죠?"

"행정망 컴퓨터들은 인터넷과 분리되어 있고 보안 정책도 강하게 적용되어 있는데요, 조사단이 사용하는 공유 사무실은 지난번에 보안 조치를 하긴 했어도 그 정도는 아니었어요. 특히 외부에서 오신 전문가 분들의 컴퓨터는 인터넷 여러 사이트에 접속도 해야 하고 보안 규정도 예외를 허용해 줄 수밖에 없다 보니, 좀 더 취약했던 것 같습니다."

"그래도 감염 경로 같은 것이 있지 않나요? 누가 포르노 사이트라도 접속했나요?"

"이렇게 특정 조직을 타겟해서 해킹할 때는 그런 식으로 하는 것이 아니고요."

사이버 수사대 직원은 말을 잠시 멈추고 민규를 쳐다봤다.

"정말 다 알고 싶으세요? 광역수사대 TF장님은 그냥 지금 얘기한 부분까지만 보고서에 쓰라고 하던데요. 저도 저희 팀장님하고 얘기해봐야 하고요."

"네. 더 아는 것 있으시면 알려주세요. 수사에 도움이 될지도 모르니까."

"저한테서 들었다고 하시면 안 됩니다. 저는 모르는 일이라고 할 거예요."

이 친구는 스스로 얘기를 하고 싶어 하는 타입이다. 조금 부추겨 주기만 하면 된다.

"그건 걱정하지 마세요. 제가 설명 듣는다고 제대로 기억이나 할 수 있겠어요? 그냥 요즘 해킹 기법이 얼마나 발달했는지, 그런 걸 다 어떻게 알아낼 수 있는지 궁금해서 그래요."

"여기서부터는 알아내기가 좀 어려웠습니다. 스마트 스피커가 감염된 경로가 분명 있었을 텐데, PC에서 발견한 스파이웨어에는 그런 기능은 없었거든요. 스피커 자체는 조사단 네트워크에 보안 정책이 적용된 이후에는 인터넷 연결이 끊겨 있었고요."

"그래서요?"

"왜 그 현장에서 입수한 코드를 분석하고 실행하던 컴퓨터 있죠? 그게 일반 사무용 PC는 아니고 운영체제로 리눅스를 쓰는 머신 러닝 개발용 서버인데요, 그게 루트킷에 감염되어 있었습니다."

"리눅스가 더 취약한 건가요? 누가 해킹한 건가요?"

"아니요, 일반적으로는 더 안전하죠. 그리고 합동 조사단의 네트워크도 외부 인터넷으로의 아웃바운드 접속[29]은 선별적으로 열려있었지만 인바운드[30]는 방화벽에서 다 막혀 있었으니까 외부에서 직접 취약점을 포트 스캔[31]해서 공격한 건 아니고요."

"제가 좀 알아들을 수 있게 설명을—"

---

29. outbound. 내부망에서 외부 서버로 접속하는 것
30. inbound. 외부로부터 내부망의 컴퓨터로 접근하는 것
31. 해커가 목표로 정한 컴퓨터의 취약점을 찾기 위해 어떤 네트워크 포트가 열려있는지 확인하는 작업

"외부로부터 서버에 접속하여 해킹한 것이 아니라 그 서버가 스스로 외부에서 악성 코드를 다운로드받은 겁니다."

"네? 어떻게 그럴 수가 있죠? 내부에 스파이가 있었다는 말인가요?"

"포렌식팀에서 지난번에 뒤늦게 현장에서 찾은 USB 저장장치를 엔지니어분에게 전달해주셨죠?"

"네, 채수진 연구원에게 전달한 것이 있습니다."

"거기에 교묘하게 숨어 있었습니다. 이건 포렌식팀도 놓친 건데요, 악성 코드 자체가 USB 저장장치에 들어있었던 것은 아니고요, 정상적인 소스 코드가 있었는데 이걸 빌드해서 실행시키려면 외부의 패키지 저장소로부터 필요한 여러 가지 소프트웨어 패키지를 다운로드 받게 되어 있었습니다. 그게 이 동네에선 일반적으로 하는 방식이고요, 그 저장소나 패키지 이름이 많이 사용되는 것이면 딱히 의심할 필요가 없습니다."

사이버 수사대 직원은 웹 페이지를 하나 열었다. 머신 러닝 알고리즘을 구현한 패키지라는 설명과 다운로드할 파일의 링크, 버전, 저작권 등 여러 가지 정보가 나타났다.

"이런 것 수십, 수백 가지를 자동으로 다운로드 받거든요. 그런데 다운로드 될 패키지 중의 하나에, 목록에 명시된 그 패키지 이름에 눈에 보이지 않는 유니코드 문자가 하나 끼어 있었습니다. 사람 눈에는 같은 패키지 이름으로 보이지만, 사실은 다른 패키지였던 거죠. 패키지 저장소에는 해커가 미리 그 유니코드를 포함한 이름으로 악성 코드가 삽입된 패키지를 올려놓았을 테고요. 그래서 습관적으로 필요한 패키지들을 다운로드 및 설치하는 명령어를 별 의심 없이 실행시키다 악성 코드가 설치된 겁니다."

사이버 수사대 직원은 민규를 쳐다보며 우쭐한 표정을 지었다. 민규는 곤혹스러운 표정을 돌려줬다.

"이렇게 설치된 악성 코드가 서버의 GPU 드라이버의 최신 취약점을 이용해서 관리자 권한을 취득한 후 루트킷을 설치하고 모든 흔적을 없앴습니다. 저는 정기 백업 테이프를 검사하다가 델타 백업[32]인데도 동일한 패키지가 두 번 백업된 것이 수상해서 두 파일을 비교해 봤고, 먼저 백업된 패키지 파일로부터 악성 코드를 찾아냈습니다. 뭐 제가 이 분야에선 나름 경험 있는 전문가니까요."

그러고 보니 경찰 사이버 수사대에서 꽤 이름 있는 화이트 해커를 특별 채용했다는 내부 뉴스를 봤던 기억이 났다. 그 친구였다. 의외로 외모는 영화 속의 해커 같지 않고 평범했다.

"뭔 말인지 하나도 모르겠는데, 이게 막을 수 있었던 건

---

32. 마지막 백업 이후 바뀐 파일 혹은 부분만을 저장하는 방식

가요? 그쪽 같은 전문가가 아니더라도?"

"누군가에게 책임을 지워야 하는 상황이라면, 엔지니어가 왜 충분히 주의하지 않았냐라고 할 수 있겠죠. 네트워크 보안의 예외 허용 절차도 너무 허술했다고 문제 삼을 수도 있고요. 하지만 일반적인 소프트웨어 개발 관행으로는 사실상 당할 수밖에 없었을 겁니다."

민규는 한숨을 쉬었다.

"이 사실을 누가 또 아나요? 채 연구원한테는 이 얘기를 하지 말아 주셨으면 합니다."

"사실 포렌식팀도 곤혹스러워하고 있습니다. 자신들도 책임이 없다고 할 수 없거든요. 아실 텐데 저희 옆 팀이에요. 공식적으로는 PC가 감염된 원인은 불명인 것으로 보고서가 나갈 겁니다. 그렇게 되면 방금 얘기는 알고 있는 분이 적을수록 좋기는 합니다. 그런데 그 엔지니어분에게는 얘기해주려고 생각하고 있었는데요."

"어떻게 좀 안될까요?"

"왜 그분이 몰라야 하는데요? 본인도 책임이 전혀 없지는 않고, 앞으로 같은 방식으로 또 당하면 안 되잖아요."

"경찰 보고서에 일부러 누락시킨 내용이 있다는 것을 인터넷 회사 다니는 외부인이 알아서 좋을 게 있겠습니까."

"그렇기는 하네요. 음, 그러면 뭐 좀 귀찮기는 한데, 제가 리눅스 서버의 디스크는 미리 떠 놓고, 루트킷 삭제하고, USB 저장장치의 내용도 수정하고 뭐 대충 그렇게 마무리하겠습니다. 다시 외부 USB가 반입되지 않는 이상 같은 방식으로는 감염 되지 않을 겁니다. 원래 제가 이런 일까지는 안 하는데 말이죠."

"신세 많이 졌습니다. 정말 감사합니다. 아 참, 그러면 그 스파이웨어하고 도청이 USB 저장장치 전달한 직후부터 동작한 건가요?"

"그랬을 겁니다. 그냥 USB에 들어있던 코드를 복사하고 빌드만 하면 딱 감염되는 거였으니까."

주가조작을 발견하기도 전부터 이미 도청되고 있었다는 것은, Q-웨이브 송신 차량을 추적하는 동안에도 저들 내부에 이미 그것을 알고 있는 세력이 있으면서도 그대로 뒀다는 것을 의미했다. 최동석과 나머지 달아난 조직원들은 양평 작전보다 훨씬 전부터 내부 반란을 준비했고, 박진우를 해치우는 데 경찰을 이용했다. 민규는 최동석이 그저 사회에 불만을 가진 괴짜 과학자일 거라고만 생각했는데, 박진우 밑에서 몰래 오랜 기간에 걸쳐 반란 세력을 조직해 온 작자였다. 양평에서 찍힌 비디오에 나타난 그의 표정이나 다른 조직원들과의 상대적인 위치, 제스처 같은 비언어적 신호를 보면 그가 반란 세력의 수장인 것이 틀림없었다. 민규는 그런 쪽으로는 예리한 감을 가지고 있었다. 몇 시간 전까지만 해도, 저들이 막판에 Q-웨이브로 일종의 자폭을 하는 바람에 경찰도 불가피하게 피해가 크긴 했어도 그만한 값어치가 있었고 이제 거의 다 왔다고 생각하고 있었다. 그러나 경찰은 이용당하다 희생된 것이었고 최동석과는 이제 시작일 뿐이라는 것을 깨달은 민규는 분노가 치밀어 올랐다. 허벅지가 다시 아파 왔다.

자책

 병원에서 준 항우울제도 소용없었다. 밤새 복도에서 발걸음 소리만 들려와도 게리가 방문을 밀치고 들어올 것 같은 두려움에 수진은 잠을 설쳤다. 병실로 찾아왔던 게리는 그가 경찰 지휘 차량에 그녀와 단둘이 남았을 때 그녀 머릿속 두려움의 중추가 어둠 속에서 어떤 끔찍한 상상을 만들어냈는지 전혀 모르는 것 같았다. 그는 총을 꺼내 위협했던 것을 사과하면서 자신은 극한적인 상황에서도 피아를 구분하고 민간인을 보호하는 훈련을 받았기에 그나마 그 이상의 실수를 하지 않은 것 같다고 했다. 그녀는 이제 괜찮다고 말했지만, 사실은 게리의 얼굴을 마주 보는 것조차 힘들었다.

그녀는 아직 추가적인 안정과 관찰이 필요하다는 병원의 권고를 무시하고 퇴원했다. 지난 몇 년을 살아온 집이었는데도 불안한 마음에 문과 창문의 잠금장치부터 확인했다. 하나 남은 수면제마저 두려움에 예민해진 감각과 자책의 목소리를 잠재우지 못했고 새벽 일찍 떠진 눈은 다시 감을 수 없었다. 아침을 대충 먹는 둥 마는 둥 하고 사무실로 나왔다. 현장에서 경찰이 챙겨다 놓은 그녀의 노트북에는 '점검 완료'라는 스티커가 붙어 있었다. 넥스트 소사이어티가 조사단의 컴퓨터들을 해킹해서 자료나 회의록을 다 들여다보고 스마트 스피커를 통해 도청도 하고 있었다는 얘기를 병원에 있는 동안 들었다. 어쩌다 해킹을 당했을까. 점검 완료된 노트북의 OS는 초기화되어 있었다. 다행히 데이터 파일들은 그대로였다. 필요한 소프트웨어를 다시 설치하고 개발 환경과 계정을 다 다시 설정해야 했다. 떠올리기 싫은 일이 있을 때는 단순하고 시간 걸리는 일에 집중하는 것도 괜찮은 방법이었다.

수진은 회의실에 모인 사람들의 모습을 보면서 그녀만 아직 회복하지 못한 것은 아니라는 것을 알 수 있었다. 소연은 충혈된 눈으로 회의 시간이 다 되어서야 사무실에 힘없이 나타났고 지난밤에 거의 못 잤던 것이 분명했다. 부목과 목발을 하고 절룩거리며 나타난 크리쉬는 수진에게 이 정도로 Q-웨이브의 효과가 강력할 줄은 몰랐다며 경찰의 피해 규모를 물은 후 굳은 얼굴로 아무 말도 하지 않았다. 정훈도 표정은 어두웠으나 그나마 제일 바쁘게 움직이고 있었다.

"먼저, 지난 작전 중에 희생되신 분들을 위해 잠시 다 함께 묵념하겠습니다."

정훈이 침울한 표정으로 말하고 고개를 숙였다.

"경찰분들은 오늘 회의에 참석하지 못하셨습니다. 작전 과정을 재점검하고 조직을 정비하는 내부 회의가 있다고 들었습니다. 그리고 이미 아시겠지만, 사이버 수사대의 점검 결과 우리 컴퓨터 다수가 해킹된 상태였고 도청도 당하고 있었습니다."

"혹시 어떤 경로로 해킹되었는지 얘기 들으셨나요?"

그녀가 물었다.

"사이버 수사대에서는 보안상의 이유라며 자세한 얘기를 해주지 않고 단지 이제는 안전하다고 했습니다. 방화벽과 보안 설정도 강화했고요. 그동안 보안 예외 허용 받으셨던 것도 일단 모두 취소되었습니다. 번거로우시겠지만 하나하나 다시 신청해서 승인받으셔야 하고 이번에는 더 까다로울 겁니다. 그보다 다들 보셔야 할 심각한 문제가 있습니다. 어제 광역수사대로 전달된 동영상입니다."

스크린에 고양이 얼굴이 나타났다. 환각으로 보였던 그 고양이였다. 고양이가 말을 시작했다.

"우리는 넥스트 소사이어티다. 너희의 무자비한 공격으로 박진우 대표와 여러 동료가 희생되었다."

성별이 애매한 중성적인 목소리였다. 고양이의 표정과 입술 모양은 음성과 자연스럽게 립싱크 되었다.

"그러나 인간의 원시적인 본능을 기술의 힘으로 통제하여 더 나은 세상을 만들겠다는 우리의 원대한 목표는 바뀌지 않았다."

"완전 자아도취 사이코패스네요." 소연이 수진에게 속삭였다.

"… 우리의 피해에 대한 보상을 제공하고, 정부는 환각 사건의 조사가 성과 없이 종료되었다고 발표하고 조사단을 해체해라. 이 요구를 들어주지 않을 경우, 이후에 일어나는 모든 일에 대한 책임은 너희들한테 있다."

"경찰이 영상의 내용과 전달된 과정을 분석 중입니다만, 중요한 단서를 건질 수 있을 거라고는 기대하지 않는 눈치입니다. 경찰은 이걸 관계 기관과 공유했고, 이들이 다시 어떤 일을 벌일 수 있을지 여러 가지 시나리오를 작성하는데 저희 도움을 요청하고 있습니다. 이번 일과 관련하여 의견 있으신가요?"

게리가 손을 들었다. 팔에는 깁스를 하고 있었다. 수진은 그가 어제 병실에 왔을 때도 깁스를 하고 있었는지 명확히 기억나지 않았다.

"의견을 말하기에 앞서, 이번 작전에서 희생되신 분들에게 미국 정부를 대표해서 조의를 표하고자 합니다. 그리고 여기 계신 분 중에도 고통을 당하신 분들이 있습니다. 제가 현장에 가야 한다고 주장해서 일어난 일입니다. 진심으로 사과드리겠습니다."

"그건 경찰에서 반대했지만 제가 다 함께 가자고 결정해서 일어난 일입니다. 제 책임입니다." 정훈이 단호한 목소리로 말했다. 게리는 정훈을 향해 고개를 끄덕였다.

"저는 이들이 공개적으로 Q-웨이브를 사용하여 테러를 할 이유는 없다고 생각합니다. 이 의견을 경찰에도 전달하겠습니다만, 이들이 비밀리에 기술을 개발하고 있었던 것은 다른 목적이 있었기 때문일 것입니다. 게다가 조직의 수장과 조직원 다수가 죽었는데, 단시일 내에 어떤 극단적인 일을 벌이지는 못할 겁니다."

게리가 말을 채 마치기도 전에 이때까지 계속 굳은 표정으로 있던 크리쉬가 말을 시작했다.

"저는 이번에 두 가지 점에서 놀랐습니다. 첫째, Q-웨이브가 의식의 경계 수준에서 영향을 미칠 수는 있어도 이렇게 강렬한 감정을 유도할 수 있을 줄은 몰랐습니다. 고양이 환각 사건 때 이들이 먼 거리까지 영향을 미치는 강력한 Q-웨이브를 만들어낼 수 있다는 것은 알았지만, 그걸 뇌가 얼마나 강한 감정으로 받아들이는지는 또 다른 문제인데, 그 부분에서도 상당히 최적화를 한 것 같습니다. 또 하나 놀란 점은, 이들이 단지 불법 실험으로 사고를 일으키고 잠적한 정도가 아니라, 잔인한 방법으로 사람들을 해쳤다는 점입니다. 이 조직이 이런 기술을 가지고 있으면 안 됩니다. 미국 정부는 이들을 잡는 데 도움이 될 수 있는 모든 정보와 수단을 한국에 제공해야 합니다."

크리쉬는 마지막 문장을 또박또박, 힘줘 말하며 게리를 쳐다봤다. 다른 생각을 하고 있던 수진도 통역이 되기 전에 알아들을 수 있었다. 게리도 한동안 크리쉬를 쳐다보더니, 일어서 회의실을 나가며 크리쉬에게 따라오라는 손짓을 했다. 둘은 조용히 사무실을 나갔다.

"크리쉬가 한 말이 무슨 뜻이죠? 미국이 우리에게 없는 정보나 수단을 갖고 있다는 말인가요?" 소연이 놀란 표정으로 말했다.

"글쎄요, 국정원은 처음부터 미국이 뭔가 더 알고 있는 것 같다고 말했어요." 정훈이 말했다. "만약 크리쉬가 게리를 설득하면 그게 뭔지 알게 되겠죠."

"채 연구원님, 아직도 많이 힘드시죠?"

회의가 끝나고 사람들이 자리에서 일어서는데 정훈이

그녀에게 잠시 남으라고 눈짓을 준 후, 말을 꺼냈다.

"네? 이제 괜찮은데요."

"오늘 회의 때 아무 말씀도 안 하시길래. 얼굴도 안 좋아 보이시고요."

"제가 딱히 할 얘기가 없었어요."

그녀는 정훈을 똑바로 바라볼 수 없었다. 정훈은 다 알고 있는 것 같았다. 그래도 민규에게 했던 얘기를 정훈에게도 해야 할까. 이미 민규가 정훈에게 얘기한 것일까.

"혹시라도, 채 연구원은 자신이 지난 작전 중의 피해에 대한 책임이 있다고 생각하시나요?"

그녀는 아무 말도 못 하고 고개를 숙였다.

"채 연구원이 아니었더라면 우리는 거기까지도 못 갔을 겁니다. 함정을 눈치 채지 못했던 것을 누구 한 명의 책임이라고 할 수 없어요."

"제가 게시판 글 분석한 것도 저들이 다 보고 있는 상황에서 놀아난 거잖아요. 적어도 암호화폐 때는 데이터를 조금 더 자세히 들여다봤더라면 함정이라는 것을 눈치 챌 수도 있었어요. 제가 조사단에서 지난 몇 주 동안 중요한 일을 하고 있다는 생각에 우쭐하기도 했었는데, 사실은 저들이 보기에 제일 만만한 바보 멍청이였어요. 창피해 죽겠고, 제 잘못으로 사람들이 희생되었다는 생각에 미칠 것 같아요."

정훈에게 얘기해버렸는데도 마음은 편해지지 않았다. 아직도 모두 다 털어놓은 것은 아니었기에. 그때, 민규가 회의실 문을 열고 들어왔다.

"이 과장님, 미국이 우리에게 숨기고 있는 것이 있다고요? 크리쉬가 그랬다면서요. 아니 수진 님, 얼굴이 왜 그래요?"

"저는 좀 먼저 일어날….'

그녀가 일어나다가 몸을 가누지 못하고 비틀거렸다.

"조, 조심하세요!"

민규가 뛰어와서 그녀를 부축했다.

"일단 좀 앉으세요. 괜찮아요?"

"네, 그냥 좀 어지러워서. 요즘 잠을 잘 자지 못해서 그런가 봐요."

"어휴, 큰일 나겠네요. 일단 좀 앉아서 쉬세요."

민규는 그녀를 의자에 앉히고, 다시 정훈에게 따지듯 물었다.

"저는 처음부터 미국이 뭔가 숨기고 있는 것 같았어요. 국정원도 그렇게 말하면서도 미국 사람들을 우리 조사단에 포함시키라고 압력 넣은 거로 봐서, 미국이 뭘 숨기고 있는지 알고 있었을 수도 있어요. 그런데 둘 다 우리한테는 아무 정보도 주지 않고, 굳이 현장에 함께 가자고 해서 이렇게 사람들도 위험하게 만들고―"

"현장에 간 것은 제 결정이었습니다." 정훈이 말했다.

"두 분 계속 말씀 나누세요. 저는 몸이 안 좋아서 먼저 좀 들어가 볼게요." 수진이 천천히 일어나며 말했다.

"아, 잠깐만요, 수진 님. 제가 모셔다드릴게요. 경찰차로다가. 우리 최고로 중요한 인적 자원이 쓰러지게 생겼는데 그 정도는 해드려야죠."

"괜찮아요, 안 쓰러져요. 가볼게요."

"김 형사님은 급한 일 없으시면 채 연구원님 좀 챙겨주시면 좋겠습니다. 제가 보기에도 채 연구원님 지금 불안하네요. 들어가 푹 쉬세요."

한동안 조용히 운전하던 민규가 그녀를 흘낏 쳐다보더니 말을 꺼냈다.

"그나저나, 그놈들도 참 웃기는 놈들이에요. 그렇게 고양이 사진 갖고 실험하다가 초대형 사고를 쳐놓고서, 협박 동영상에 또 그 고양이 사진을 써먹었잖아요. 최동석 박사가 고양이를 무지 좋아하나 보죠? 그런데요, 저도 예전에 동영상 만든다고 좀 해봤는데, 그렇게 사진 하나만으로 그런 동영상 만드는 게 그리 어렵지는 않더라고요. 그거 다 해주는 프로그램이 있어요. 저 같으면 창피해서라도 그런, 뭐라고 했더라, 뭐 인류의 원대한 미래가 어쩌고 하는 유치한 내용으로 녹음은 못 할 것 같지만."

"민규 님."

"네?"

"왜 그러셨어요?"

"뭘요? 여자들이 이렇게 물어보면 십중팔구 혼나는 건데."

"제 실수로 스파이웨어에 감염된 사실을 얘기하지 말라고 사이버 수사대에 요구한 거요."

민규가 차량의 반자동 운전 기능을 켜고 수진을 돌아봤다.

"어떻게 아셨어요? 그 녀석이 얘기하던가요? 아 참, 그렇게 안 봤는데 입이 싼 놈이네요."

"제 노트북이 감염된 걸 알고 나서 제가 쓰는 개발용 서버도 한번 점검해 봤거든요."

"그런데요? 그 컴퓨터는 감염되어 있지 않았을 텐데요."

"역시 다 아시는군요. 네, 감염되어 있지 않았어요. 그런데 누군가 건드린 흔적이 있었어요. 저만 쓰고 있었는데. 처음에는 해킹 흔적인 줄 알았는데, 잘 보니까 해킹된 것을 복구하고 흔적을 지운 것이었어요. 그분이야 보안 전문가고 저는 데이터 엔지니어니까 그 정도 덮어놓으면 제가 모를 거라고 생각했겠지만, 저도 개인정보 보안 사건을 겪으면서 그쪽 경험이 좀 있거든요. 그러고도 보안에 소홀

했으니 더 책임이 있는 거고요. 그래서 제가 좀 추궁했더니 실토하시더라고요. 민규 님이 말하지 말라고 했다고."

"그 USB 저장장치를 제가 수진 님께 드렸잖아요. 저하고, 먼저 그걸 봤던 포렌식팀의 책임입니다. 수진 님은 책임 없어요. 그 친구도 그랬어요. 안 당할 수 없는 상황이었다고. 괜히 마음만 불편하실 것 같아서 제가 얘기하지 말라고 했었어요."

"제가 그 프로그램을 빨리 실행해보고 싶은 욕심이 앞서서 그렇게 된 거예요. 사실 수사에 그다지 필요한 것도 아니었는데."

"저는 기술이야 잘 모르지만, Q-웨이브를 이해하는 건 어쨌거나 수사에 도움이 되겠죠. 그래서 김소연 박사님도 그렇고 수진 님도 그렇고 열심히 연구하고 계신 거잖아요."

"민규 님도 사실은 아시잖아요. 소연 박사님은 과학자로서 노벨상도 노려볼 만한 건이고요. 저는 엄마 때문에 욕심이 났던 거예요."

"어머님 때문이라고요?"

"엄마가 시각 장애인이신데 지난 환각 사건 때 환각을 보셨거든요. Q-웨이브 기술을 이용하면 앞을 흐릿하게라도 보여주는 장치를 만들 수 있을 것 같아서 사실은 그쪽으로 더 집중하고 있었어요."

그녀의 눈시울이 축축해졌다.

"수진 님 어머님이 그러신 줄 몰랐네요. 그런데 그것도 수많은 사람에게 도움이 되는, 정말 대단한 일이잖아요, 수진 님 어머님뿐만 아니라."

"그건 그렇지만 천천히 해도 되는 일인데, 그러다가 정작 수사 돕는 일에 소홀해서 함정도 눈치 못 채고, 그래서 많은 분이 희생되고…."

"나쁜 놈들이 작정하고 속이려 든 건데 어떻게 안 속아요? 수진 님만 속은 것도 아니고."

"앞으로 그러지 마세요. 괜히 저 감싼다고 그러는 거. 그러다가 김 형사님까지 곤란해질 수도 있잖아요."

차가 아파트 앞에 섰다. 그녀는 아무 말 없이 차에서 내려 아파트로 들어갔다.

추앙신

 서쪽으로부터 바다를 건너온 미세먼지는 붉어야 할 노을 대신 회갈색 안개 뒤로 지는 해를 뿌옇게 보여줬다. 그래도 수천 마리의 철새 무리가 낙조를 배경으로 바다 위를 날아가는 광경은 여전히 장관이었다. 최동석이 어릴 때 살던 바닷가에서는 이런 철새 무리를 쉽게 볼 수 있었다. 어릴 적 그저 멋있다고 생각하며 구경하던 철새의 군무를 그가 과학적으로 연구하기 시작할 무렵에는 이미 서해안을 거쳐 가는 철새의 수가 많이 줄어들어 있었다. 호주에서 날아온 새들은 이제는 새만금에서 쉬지 못하고 압록강까지 올라가야 했다. 그가 10년만 늦게 태어났더라면 수만 마리의 새 무리가 어떻게 서로 통신을 하길래 동시에 방향을 바꾸는지 연구하다가 Q-웨이브를 발견하는 일도 일어나지 않았을 것이다. 그는 Q-웨이브를 연구하고 활용해서 세상을 바꾸는 것이야말로 세상이 그에게 부여한 임무라고 믿었다.

최동석이 탄 배의 외관은 빛을 거의 반사하지 않아서 추앙신[33] 9호라는 이름이 붙어 있는 부분을 제외하면 눈의 초점이 잘 맞지 않았다. 추앙신 9호는 위장을 위한 이름이었다. 아무도 이 배의 원래 이름이나 이렇게 개조된 이유를 몰랐고, 굳이 알 필요도 없었다. 그가 연구와 실험을 계속하기 위한 안전한 장소를 제공해 달라고 요구하면서도 중국으로 오라는 제안은 거부했을 때, 중국은 대안으로 한국과 중국 사이의 공해를 제안했고, 여객선을 개조하여 환경 연구 탐사선으로 위장한 이 배를 제공했다. 비록 추앙신의 선체와 엔진은 낡았으나, 선체의 외판에는 다중벽 탄소나노튜브[34] 폴리머 복합재가 코팅되어 있어 레이다에 실제 크기보다 훨씬 작게 나타났고, 넥스트 소사이어티의 실험 장

---

33. 创新. 혁신.
34. multiwall carbon nanotube. 직경이 서로 다른 나노튜브가 중첩된 구조로서 여러 파장의 전자기파를 흡수하는 성질이 있다.

비와 고성능 컴퓨터가 필요로 하는 전력을 감당할 수 있는 대용량 연료전지도 탑재되어 있었다. 최동석은 부하 직원들과 함께 자신들이 한동안 머무를 본거지를 구축하느라 열심히 일하는 중이었다.

최동석의 휴대폰이 미팅 일정을 알렸다. 그는 선교의 회의실로 들어와 문을 잠갔다.

"안녕하십니까, 최 박사님. 아, 이제 최 대표님이라고 해야겠네요."

"안녕하십니까."

"이제 이사 정리는 어느 정도 되셨습니까?"

통신 위성을 거치는 화상 전화는 아무래도 시간 지연이 느껴진다. 보안 때문에 일부러 마이너 업체의 서비스를 사용하다 보니 회선 품질이 안 좋은 데다 서버를 몇 대 경유하느라 더 그렇다. 어차피 실시간 통역 자막을 봐야 하는데, 차라리 텍스트 채팅을 해도 될 것을 저쪽에선 항상 얼굴을 보며 얘기하길 원했다. 화면에는 상대방이 E2E[35] 변조 방지 옵션을 켰다는 것이 표시되었다. 이렇게 되면 시선의 방향을 보정하거나 표정을 지우는 등, 카메라 영상을 어떤 식으로건 변형하는 것이 차단되고 원본 영상이 그대

---

35. end-to-end.

로 상대방에 전달된다. 하지만 얼굴을 아무리 자세히 관찰해봐야 고양이 환각 사건 때 감정 중추가 다 익어버린 그의 얼굴에 미세 감정 표현 따위는 나타나지 않는데 아직도 그 사실을 눈치 채지 못한 것일까.

"네, 대부분 정리되어 갑니다. 다만, 연료전지의 인버터가 아직 불안정해서 컴퓨터를 풀 가동 하지 못하고 있습니다."

"저런, 제가 도와드릴 수 있는지 한번 확인해보겠습니다. 그러면 시연 일정에는 차질 없습니까? 저는 지난번 고양이 환각과 양평 사건으로 충분히 봤습니다만, 그걸로 제 윗분들한테 넥스트 소사이어티의 가격을 납득시키기는 좀 어렵습니다."

"알고 있습니다. 휴대용 송신 장치의 감마 버전이 거의 준비되어 가고 있습니다. 시연 계획이 잡히는 대로 다시 연락드리겠습니다. 단, 시연 후에는 가격이 바뀔 수 있다는 점을 미리 말씀드립니다."

"그게 무슨 말인가요? 가격과 그 외의 조건을 다 합의해서 지금 계신 선박도 제공해 드렸잖습니까?"

"그 조건에는 시위 진압용 추가 기능 얘기가 없었습니다."

"그래서 지금 그 비용을 합의된 가격에 추가로 얹겠다는 말씀이신가요?"

"비용의 문제가 아니라, 합의된 내용에 없었던 것 아닙니까. 그리고 일단 공개 시연을 하고 나면 관심 가지는 곳이 많을 것이라는 말씀입니다."

"그래서 최고가 입찰이라도 하겠다는 건가요? 최 박사님이 어떻게 지금 이 상황을 확보했는지, 그리고 우리 도움 없이 그게 유지될지 한번 생각해보시죠."

"너무 걱정하지 마십시오. 독점 공급 기간을 줄이는 대신 가격을 낮추거나 동시 공급하되 최호혜 조건을 보장해드릴 수도 있으니까요."

그는 통신을 끊었다. 상대방의 반응은 예상했던 대로였다. 어차피 그를 전적으로 신뢰하고 있지 않다는 것은 알고 있었다. 신뢰했더라면 추앙신 9호에 도청 장치와 원격 조종 장치를 숨겨 놓은 채로 제공해주지 않았을 것이다. 화난 목소리는 협상용이고, 저들 내부적으로는 얼마까지 더 쓸 수 있는지 논의를 시작할 것이다. 이런 게임이 저쪽에서 굳이 화상 회의를 고집하는 이유 중 하나였겠지만 이 또한 최동석에게는 통하지 않았다. 감정이 억제되고 나니, 쓸데없이 상대방과 함께 덩달아 흥분하거나 의도적인 감정 조작에 놀아나는 일 없이 차분히 상황을 판단할 수 있었다. 이성이 감정을 지배하고, 집단 감정도 사회적인 필요에 따라 제어될 수 있을 때 비로소 인간이 동물의 단계를 벗어나 그다음 단계로 도약할 수 있는 것이다. 그가 증

오했던 박진우의 주장이었으나, 그 생각만큼은 동의했다.
 그는 연구실로 내려갔다. 예전 같았으면 자신이 항상 지내던 곳이었으나 이제는 직원들에게 대부분의 연구개발 업무를 위임해놓았기 때문에 지금처럼 자주 진행 상황을 체크하는 것은 일종의 습관이었다. 사실 그는 다른 조직의 관리자들처럼 직원들이 열심히 일하는지 수시로 감시할 필요가 없었다. 이 역시 Q-웨이브의 효과였다. 보통의 인간 사회는 조직의 규모가 커질수록 규모에 의한 효율성을 내부 커뮤니케이션과 관리 오버헤드가 상쇄하기 마련이지만 넥스트 소사이어티의 직원들은 지금 그들의 머리 위를 날아가는 철새 떼처럼 한 방향으로 일사불란하게 움직였다. 개인 간, 팀 간의 이해관계 상충이나 조직에 대한 충성심 같은 것을 걱정할 필요가 없었다. 넥스트 소사이어티는 그의 목표를 달성할 수단이면서 첫 번째 테스트 베드이기도 했다. 침대 밑에 설치된 소형 송신 장치가 밤마다 렘(REM)수면 사이클에 맞춰 각자에게 보낼 신호를 결정하고 장치를 세팅하는 것만큼은 아직도 그가 직접 처리하는 매일 저녁 일과였다. 그는 항상 조직원들을 두 그룹으로 나눠 서로 다른 신호를 쏘인 후 다음 날 각 그룹의 반응이 어떻게 달라지는지를 비교하면서 수면 학습 과정을 최적화해 나갔다.
 "그래, 권 소장. 이제 연구 환경은 다 셋업 된 거지?"

"네, 아직도 전압이 좀 불안정해서 임시방편으로 비상 전원 장치를 통해 동작할 수 있도록 해 두었습니다."

"그러면 개발 일정은 얼마나 지연된 건가? 두 주?"

"그보다 조금 더 지연되기는 했습니다만 따라잡는 중입니다. 휴대용 송신 장치는 소프트웨어 버그만 잡으면 되고요, 말씀하신 터릿 타입도 며칠 내로 완료될 예정입니다."

"알았어. 그리고 이제 실험 환경이 준비되었으니 중국에서 요구한 추가 기능도 테스트해야지."

"네, 그게 아시다시피 구현하는 것은 간단한데, 피험자가 더 필요해서 뭍으로 직원들을 보낼 생각이었습니다."

"그렇게 해. 송신 장치를 들고 가니 괜찮겠지만 그래도 힘 좀 쓸 수 있는 친구들을 보내고. 돈이 좀 더 들더라도 젊고 팔팔한 사람 위주로, 남녀 성비도 적당히 맞추고."

"알겠습니다."

일은 차근차근 진행되고 있었다. 필드 테스트가 조금씩 지연되긴 했어도 상용화에 필요한 최소한의 검증을 하나씩 밟아 나갔다. 중국의 지원은 받되 종속되지는 않는 것이 가장 어려웠다. 박진우가 NSA에 휘둘렸던 것도 이제 보니 이해가 되었고, 최동석은 그 전철을 따르지 않기 위해 조심했다. 그래도 바다 한복판에서 정밀한 계측기와 전자 부품, 대용량의 머신 러닝용 컴퓨터, 다양한 피험자가 필요한 실험을 계속하면서 경찰이나 주위를 지나는 다른 배들의 눈길을 끌지 않는 것이 쉬운 일은 아니었다. 바다 생활에 익숙하지 않은 조직원과 피험자들의 일상생활도 문제였다. 조직원들의 성욕은 수면 Q-웨이브로 억제할 수 있었다. 그러나 실험에 영향을 주지 않으면서 피험자들을 안정시키는 것은 정교한 관찰과 관여가 필요했다. 다행히 권 소장을 위시하여 간부급 직원들의 충성도는 의심할 여지가 없었고 최동석은 Q-웨이브에 의존하지 않는 리더십 스킬을 조금씩 배워가고 있었다. 그래도 아직은 시간이 더 필요했다. 양평 사건 이후 해킹과 도청이 발각되면서 더는 경찰과 정부 합동 조사단의 활동을 직접 모니터링 하지 못하게 되었고, 포섭한 경찰을 통해 대략의 진척 상황만 전해 듣고 있었다. 그들은 예상보다 빨리 Q-웨이브를 파악하고 여러 방법으로 추적을 좁혀오고 있었다. 이대로 두면 곧 이곳까지 위험해질 수도 있다. 최동석에게 아직 남아 있는 감정 중추는 희미한 초조함을 느꼈다.

수신 장치

수진은 민규와 눈이 마주쳤다가 이내 회의실 테이블 위에 놓여 있는 기계로 시선을 돌렸다. 그녀의 죄책감을 민규에게 얘기한 이후로 그를 대하는 것이 불편했다. 하지만 한 시간 전 크리쉬가 밝힌 사실 때문에 지금은 그런 것에 신경 쓸 정신이 없었다.

"그동안 제가 숨겼던 사실이 있습니다. 저와 미국의 저희 팀 멤버들은 지난 몇 년간 넥스트 소사이어티와는 별개로 Q-웨이브를 연구해왔습니다."

크리쉬는 미국 정부로부터 연구비를 받아 양자 통신 등 보안과 관련된 기술을 개발하는 팀을 운영하고 있었다. 어느 날 처음 보는 정부 관리가 나타나 검은색 마커로 내용의 일부가 가려진 문서를 내밀며 이 연구를 더 발전시켜볼 수 있겠냐고 했다. 처음에는 그 문서가 주장하는 내용을 믿기 어려웠다. 그 관리는 문서의 실험을 일단 재현해 보자고 제안했고, 크리쉬는 실험 결과가 나온 후 혹시 실수가 있지는 않았는지 몇 번이나 재검토해 본 후에야 결국 그 내용을 믿게 되었다. 그는 그 문서 이후로는 전달받은 것이 없었고 최근까지도 넥스트 소사이어티의 존재는 모르고 있었다. 그는 물리학자들을 팀원으로 데리고 있었고, 이들과 함께 Q-웨이브를 이론적으로 규명하는 데 집중해왔다.

"그때 전달받은 자료에서 힌트를 얻었고, 거기서부터 시작해서 철새의 두뇌 간에 전해지는 신호를 감지할 수 있는 센서를 개발하는 데 성공했습니다. 넥스트 소사이어티가 계속 사람과 동물의 두뇌에 전극을 꽂아서 실험하고 있었던 것에 비해 저희가 더 앞선 부분입니다."

소연은 얼굴이 벌게져 있었다. 크리쉬에게 Q-웨이브에 관하여 자신이 추측한 이론을 열심히 설명했는데 크리쉬는 계속 모른 척하고 있었던 것에 모욕감을 느꼈을 뿐더러, 어쩌면 노벨상을 탈 수도 있지 않을까 기대했던 이론적 연구를 크리쉬 팀이 이미 많이 진행했다고 하니 그럴 만도 했다. 크리쉬도 눈치를 챘는지 연신 미안하다는 말을 반복했다.

크리쉬가 보여준 사진에는 커다란 방열판이 부착된 전자회로 기판에 미세한 패턴이 새겨진 얇은 투명 필름이 부착되어 있었고, 그 끝에는 검은색의 납작한 상자가 달려 있었다.

"이 검은색 박스 내부에 센서가 있습니다. 상온에서 동작하는 첫 번째 모델이고, 이 센서의 신호 처리 및 입출력 기능을 담당하는 수신 장치의 프로토타입도 함께 개발했습니다. 인간 두뇌의 미약한 Q-웨이브도 검출할 수 있어서, 넥스트 소사이어티가 발생시키는 강력한 Q-웨이브는 훨씬 먼 거리에서도 검출할 수 있을 것입니다."

"언제 사용할 수 있나요?" 민규가 물었다. 크리쉬는 검은색 가방을 열고 사진에서 본 장치를 테이블 위에 꺼내 놨다.

"여기 한 대의 샘플을 제가 가지고 왔고, 바로 시연을 보여드리겠습니다. 추가 샘플을 미국에서 가져오는 중입니다."

"그래서 데모는 잘 봤는데요, 이게 넥스트 소사이어티의 테러를 막는 데 무슨 도움이 됩니까?"

민규가 수신 장치에 연결된 헬멧을 벗어 놓으며 말했다. 그는 한국과 미국이 Q-웨이브와 관련하여 각자 가진 정보를 전면적으로 공유하기로 합의했다는 얘기를 들은 후 누가 그런 밑지는 협상을 했냐며 기분 나빠하고 있었다.

"이걸로 누굴 붙잡을 수 있어야, 그리고 잡힌 놈이 무슨 말이라도 해야 아무리 기막힌 거짓말탐지기라도 써먹을 데가 있지."

민규가 크리쉬를 쳐다보며 흥분한 목소리로 말했다. 크리쉬는 짜증나는 표정으로 대답했다.

"거짓말탐지기는, 물론 그 자체로도 기존의 폴리그래프보다 훨씬 성능이 좋아서 효용 가치가 크지만, 수신 장치의 신호처리 기능을 보여주기 위한 데모 애플리케이션일 뿐입니다. 수신 장치의 센서와 증폭 앰프는 매우 민감해서, 머리에 쓴 헬멧이 아니라 멀리 떨어진 곳에서 발신되는 Q-웨이브를 감지할 수 있습니다. 그리고 용도에 따라 여러 가지 알고리즘으로 그 신호를 처리할 수 있는 강력한 DSP[36]를 내장하고 있고요."

"그러면 그걸로 넥스트 소사이어티의 Q-웨이브를 도대체 얼마나 멀리서 탐지할 수 있는데요?" 민규가 물었다.

"넥스트 소사이어티가 쏘는 Q-웨이브 신호의 시그너처를 미리 알 수만 있으면, 제 추정으로는 수백 미터 이상 떨어진 곳에서도 탐지할 수 있습니다. 신호의 시그너처를 모

---

36. Digital Signal Processor. 디지털 신호 처리 계산에 특화된 프로세서.

르는 경우, 수신이 되더라도 가까운 곳에서 발생하는 잡음과 구분할 수 없습니다." 크리쉬가 대답했다.

"신호 패턴을 만드는 소프트웨어는 가지고 있어요. 하지만 신호 패턴을 만들 때 사용한 파라미터를 모르는 데다, 그건 송신 장치용 패턴 데이터인데, 송신 장치가 우리에게 없으니 어떤 수신 신호의 시그너처를 찾아야 할지 알 수 없을 것 같은데요." 수진이 말했다. 크리쉬는 그녀를 바라보며 고개를 끄덕였다.

"이 기술을 잘 이해하고 계시는군요. 송신 장치와 수신 장치의 나노 어레이가 정확히 같은 형태와 순서로 배열되어 있지 않은 이상, 그 신호 패턴의 텐서값은 서로 다를 수밖에 없습니다."

"그러니까 송신 장치가 없고, 무슨 신호를 사용할지도 모르는 상황에서는 전혀 쓸모없는 거네요. 전국에 수신 장치를 수백 미터 간격으로 쫙 깔 수도 없고요." 민규가 말했다.

'수신 장치를 전국에 깔 수 없다…' 그녀의 머리에 뭔가 떠올랐다. 만약 전국에 설치할 수 있다면…. 그녀의 마음은 어렴풋이 떠오른 실마리를 잡았다. 정훈이 곤혹스러워하며 말했다.

"자, 자, 그러면 오늘은 여기서 일단 정리하기로 하고요, 수신 장치를 활용하는 방안에 대해서는 각자 아이디어를 좀—"

"잠깐만요. 어쩌면 수신 장치를 활용할 수 있을 것 같아요." 그녀가 말했다.

"우리가 수신 장치를 촘촘히 설치할 수만 있으면, 인위적으로 강하게 송신되는 신호는 여러 수신 장치에 동시에 잡힐 거예요. 각 수신 장치에는 주변의 자연적인 신호와 인공적인 신호가 섞여 수신될 텐데요. 여러 수신 장치에 수신되는 신호를 교차 상관[37] 분석하면, 상관관계가 없는 주변의 약한 신호들은 배제하고 하나의 강한 신호를 찾아낼 수 있지 않을까요? 일단 그 신호를 분리해내면, 각 장치의 위치와 수신 강도를 이용해서 삼각측량을 할 수 있고요."

크리쉬는 팔짱을 끼고 한참을 골똘히 생각하더니 말했다.

"이론적으로 가능하지만, 기술적으로는 해결해야 할 과제가 많습니다. 말씀하신 대로 하나의 신호를 복수의 수신 장치에서 동시에 수신할 수 있을 만큼 수신 장치가 촘촘히 설치되어 있어야 합니다. 또, 같은 신호가 포함되어 있는

수신 장치 ―

37. cross-correlation. '상호 상관'으로도 불림. 서로 다른 신호 간의 상관성 (correlation)의 척도.
38. raw data. 센서에서 읽힌, 가공하지 않은 데이터

지 알려면 각 수신 장치의 센서에서 읽히는 원시 데이터[38] 간의 교차 상관분석을 해야 합니다."

크리쉬는 수없이 많은 사인파가 조금씩 비틀린 각도로 겹쳐 있는 그림을 스크린에 띄웠다.

"Q-웨이브는 초미세 영역에서 다차원 공간으로 진동하는 파동입니다. 지금 우리가 찾아내야 하는 Q-웨이브 신호는 텐서, 다시 말해 다차원의 데이터로 변조되어 있습니다. 물론 이 그림이 정확하지는 않습니다. 다차원 공간을 2차원 화면에 제대로 보여줄 수 없으니까요. 아무튼, 그게 이미지처럼 큰 정보량의 신호가 한 번에 전달될 수 있는 이유입니다."

크리쉬는 다시 수신 장치와 센서의 사진을 스크린에 띄웠다. 센서의 전자 현미경 사진에는 끝없이 사방으로 이어지는 격자가 보였다. 예전에 봤던 메모리 칩의 전자 현미경 사진과도 비슷했으나, 메모리 칩과 달리 사진의 각 셀은 모양이 조금씩 달랐다.

"이 구조를 본 사람은 전 세계에 수십 명밖에 없습니다. 센서가 신호를 변조한 텐서값을 읽어내기는 하는데, 센서에서 읽히는 원시 데이터의 크기가 상당히 커서 DSP로 교차 상관분석을 실시간으로 할 수 있는지 계산량을 따져봐야 하겠지만…."

크리쉬는 잠시 말을 멈추고 눈을 깜빡였다.

"어림계산으로는 어려울 것 같습니다. 또 그보다 더 근본적인 문제가 있는데요, 수신 장치 간에 원시 데이터를 어떻게 실시간으로 주고받을지의 문제입니다. 데이터를 한곳으로 모아야 교차 상관분석을 할 수 있으니까요. 무선 데이터망의 대역폭으로는 어렵습니다. 6G 네트워크라도 피크 대역폭이 항상 보장되지는 않으니 전용 광케이블이라도 연결해야 할 텐데 케이블 설치하는 데 드는 비용과 시간이—"

"이렇게 하면 되지 않을까요?"

그녀는 화이트보드에 철탑 모양의 기지국 안테나 그림을 몇 개 그렸다. 각 안테나를 중심으로 동심원을 서로 겹쳐지게 그린 후 다른 색 마커로 각 안테나를 연결하는 타원을 그렸다.

"만약 이동통신사의 기지국에 Q-웨이브 수신 장치를 설치한다면요? 전국적으로 촘촘하게 기지국이 설치되어 있고, 거기에는 안정적인 전원도, 원시 데이터의 전송 용량을 감당할 수 있는 백본망의 광케이블도 다 들어와 있잖아요. 게다가 최근에는 텐서 연산을 빠르게 수행할 수 있는 엣지[39] AI 가속기[40]도 기지국에 설치되어 있다고 들었어요. 통신사에다 Q-웨이브 관련하여 협조를 얻으면서도 보안을 유지하는 문제가 남아 있지만."

"기술적으로만 가능하다면, 통신사에 협조를 받는 문제

는 제가 알아보겠습니다." 정훈이 말했다.

"삼각측량이 된다고 하면 송신 위치를 얼마나 정확하게 알 수 있을까요? GPS만큼 정확한가요?" 민규가 질문했다. 그녀는 민규가 기술을 잘 모르면서도 대화를 쫓아가며 중요한 질문을 할 수 있다는 점에 자주 놀랐다.

"GPS하고는 방식이 달라서 그만큼 정확할 수는 없어요. 수신 장치 간 간격에 따라 달라질 텐데요, 인구 밀집 지역은 기지국 간격이 상당히 좁거든요. 도심에서는 아마 일, 이백 미터 정도의 정확도로 위치를 알 수 있지 않을까 싶은데, 물론 실제로 해 보기 전에는 알 수 없어요." 수진이 말하며 크리쉬를 쳐다봤고, 크리쉬는 고개를 끄덕였다.

"그 정도면 상당히 도움이 되겠네요."

"아직 확인해야 할 것이 많아요. 미국이 수신 장치를 빨리 양산할 수 있는지, 센서의 원시 데이터를 기지국의 광케이블과 AI 가속기로 전송할 수 있는지, 또—"

"지금까지 수진 님이 기술적으로 될 것 같다고 하면 다

---

39. edge (computing). 기존에 중앙 데이터센터(클라우드)에 있던 컴퓨팅 장치를 사용자, 단말과 가까운 네트워크의 끝단에 배치하여 통신 지연 시간과 백본망의 부하를 줄이는 아키텍처
40. AI accelerator. 인공지능(주로 딥러닝)에 필요한 연산에 최적화된 컴퓨팅 하드웨어

되더라고요. 저는 믿습니다."

크리쉬는 자신의 팀이 보유하고 있는 수백 대 분량의 센서로 금방 수신 장치를 생산해 제공할 수 있다고 했다. 민규는 수사 TF로 돌아가서 Q-웨이브 테러 가능성이 높은 우선 감시 지역을 선정했다. 정훈은 과기부, 국정원 관계자들과 함께 Q-웨이브 수신 장치를 이동통신사의 기지국에 설치하는 문제에 대한 부처 간 협의를 했다. 국정원에서는 수신 장치를 이미 자신들이 구축했던 인터넷 모니터링 시스템의 기능 확대를 위한 모바일 네트워크 감청 장치로 위장하자고 제안했다. 그래야만 최소한의 법적 근거를 가지고 이통사의 협조를 받으면서도 이 장치의 실제 기능이 이통사나 일반인들에게 알려지는 것을 막을 수 있다는 논리였다.

"이번 수사 활동 기간에 국한해서 한시적으로만 운영하는 조건으로 논의 중입니다. 그나마 아직 결정된 것도 아니고요."

이런 시스템을 국정원 손에 맡기는 것은 생선을 가시까지 발라서 고양이한테 맡기는 꼴이라며 민규가 흥분하자 정훈이 걱정하지 말라고 했다.

"시작이야 그렇게 하겠죠. 그러다가 효과와 필요성이 입증되면 국정원은 이번에 구축하는 탐지 시스템을 확장하고 상시 시스템화하겠다고 할걸요? 테러 예방이라던가, 과격 시위 조짐 탐지라던가 명분은 얼마든지 갖다 붙일 수 있을 겁니다. 앞으로 Q-웨이브 분석 기술이 발전하면, 몇 사람이 모여 대통령을 욕하기만 해도 국정원이 알게 될지도 몰라요."

"김 형사님도 Q-웨이브 수신 장치를 통신사 기지국에 설치하자는 채 연구원 제안에 동의하셨잖아요. 저도 자꾸 국정원이 개입하는 게 내키지는 않지만, 국정원의 제안이 현재로선 최선입니다. 채 연구원님, 일단 기술적인 준비는 시작해주시죠."

수진은 민규의 우려가 지나치다고 생각했다. 앞으로 분석 기술이 더 발전한다고 해도, 기지국의 수신 장치가 멀리 떨어진 사람 머릿속의 생각을 읽는 것은 현실적으로 불가능할 것이다. 소연도 추상적 사고나 언어는 전달되기 어렵다고 말했었다. 수진의 아이디어는 어디까지나 강력하고 인공적인 Q-웨이브 신호가 홀로 존재하는 것을 찾아내기 위한 것이다. 물론, 과거 국정원이 했던 일들을 생각하면 아직 잠재력이 어디까지인지 모르는 기술을 국정원 손에 쥐여 주기 두려워하는 것도 이해가 되기는 했다. 그녀 역시도 국정원의 도움을 받으며 찜찜한 느낌을 완전히 지울 수는 없었다. 하지만 지금의 국정원은 예전보다 견제도 많이 받고 있고 힘도 약해졌고, 당장 넥스트 소사이어티를 찾고 테러를 막는 것이 급선무였다. 이미 활용되고 있는 인터넷 모니터링 시스템처럼, 함부로 악용되지 않도록 제도적 장치를 보완하면 되는 것이다. 새로운 기술을 활용하는 경쟁에서 기다리면 안 된다는 것이 그녀가 그동안 회사에서 배워 온 것이었다.

일의 규모가 커짐에 따라 그녀는 더 이상 혼자서는 소프트웨어의 개발과 시스템 구축, 운영을 감당할 수 없었다. 회사에다 일 잘하는 직원들을 파견해 달라고 요청할까 생각도 잠시 해봤다. 그녀와 손발을 맞춰 가며 일했던 동료나 후배들이라면 즉시 많은 도움이 될 수 있었다. 그러나 그녀 자신도 언제나 이 일이 끝나고 회사로 복귀할 수 있을지, 그때 그녀의 자리가 남아 있기나 할지 알 수 없는 상황에 회사 동료들을 끌어들이는 것이 부담스러웠다. 대신, 기왕에 관련된 일을 하고 있던 국정원과 크리쉬의 팀으로부터 엔지니어들을 파견 받아 조사단 내에 작은 기술팀을 꾸렸다. 국정원에서는 더 많은 엔지니어를 보내주겠다고 했지만, 그녀는 소수 정예를 선호했다. 비밀 유지나 국정원에 자꾸 의존하는 것이 부담스럽기도 했거니와, 이번처럼 전례가 없는 일일수록 소수가 각자 최대한 많은 몫을 해내는 편이 빠르게 실행할 수 있기 때문이었다.

그녀는 자신이 막을 수도 있었던 해킹 때문에 경찰들이 함정에 빠져 희생되었고, 그 사실을 민규와 몇몇이 덮어주고 있는데도 스스로 책임을 말하지 못하는 자신의 비겁함에 괴로웠다. 지금은 문제 해결에 매진할 때고, 언젠가 모든 것을 밝히고 그녀 몫의 책임을 질 수 있을 때가 생길 거라는 생각도 스스로에 대한 구차한 변명으로 느껴졌다. 하지만 지나간 일에 대한 책임감을 덜어내는 것보다 앞으로 해야 할 일을 책임지고 해내는 것이 더 중요하다고 믿기로 결심했다. 그녀는 Q-웨이브 테러의 피해를 조금이라도 줄여줄지도 모를 탐지 시스템을 빨리 구축하기 위해 자신과 팀원들을 한계까지 채찍질했다.

청와대

민규는 대통령이 주재하는 회의라면 참석자가 이보다는 많을 것으로 생각했다. 지금 봐서는 자신이 앞으로 다섯 번쯤 승진해도 여전히 원탁에 앉아 있는 10명 중에서 제일 아랫자리 일 것 같았다. 수사 TF장이 Q-웨이브 후유증에서 빨리 회복하기만 했어도 자신이 청와대까지 와서 불편한 제복 입고 대타로 앉아 있지는 않았을 것이다. 물론 이런 경험은 언젠가 술자리에서 좋은 자랑거리가 될 수 있겠지만 이 사건의 비밀이 해제되는 것은 요원해 보였다.

"그러면 이어서 넥스트 소사이어티의 최동석이 협박 메시지를 보낸 이후, 그들이 자신들의 소행이라고 주장한 사건들을 보고 드리겠습니다. 그 전에 먼저, 이 사건들이 벌어진 형태를 보면 넥스트 소사이어티가 관여했을 가능성이 커 보이는 것은 사실입니다만, Q-웨이브가 실제로 사용되었는지 직접 확인할 방법은 없기 때문에 100% 확실한 것은 아니라는 점을 말씀드립니다, 대통령님."

김태권 행안부 장관이 뜸을 들였다. 훈수만 두면 되는 과기부와 기회를 모색하는 국정원에 비해 행안부는 이번 사건에 대한 가장 직접적인 해결의 책임을 지고 있었기에 지금 상황에서 어려운 입장일 수밖에 없었다.

"먼저, 폭력 행위가 수반된 집회의 건들입니다. 개별적인 건은 이미 서면 보고 받으신 것으로 알고 전체적으로만 말씀드리겠습니다. 총 7건의 집회에 대해 넥스트 소사이어티가 Q-웨이브를 사용했다고 주장하였으며 시위자와 경찰 모두 합해서 사망자가 12명, 중상 46명을 포함하여 부상자가 373명 발생했습니다. 집회의 성격에는 공통점이 없었습니다."

공통점이 전혀 없었던 것은 아닌데, 라고 민규는 생각했다. 이 집회들은 모두 참가자가 수백 명 안쪽이었다. 집회의 크기에 비해 폭행에 가담하거나 부상당한 사람의 비율이 높은 편이었고 회를 거듭할수록 매번 더 높아졌다. 넥스트 소사이어티는 자신들이 개입했다는 것을 명확히 보여주면서도, 아직은 전면적으로 사회를 혼란에 빠뜨리는 수준까지는 가지 않고 있었다. 가지고 있는 카드를 하나씩 까면서 협상력을 높여나가는 수법이었다.

"그다음은 K팝 공연과 스포츠 응원 건들입니다. 좀 특이한 점들이 있었는데요, 먼저 K팝의 경우 일부러 외국 관광객이 많은 공연을 선택했던 것으로 보이며 아마도 Q-웨이브가 인종에 따라 영향이 어떻게 나타나는지 보려 했던 것이 아닌가 하고 과학자들은 추측하고 있습니다. 스포츠 경기의 경우에도 특이성이 있는데, 지난 한일 축구에서는 우리나라가 1대3으로 졌음에도 불구하고 응원하던 사람들이 열광하고 기뻐하는 이례적인 현상이 발생했습니다. 이와 같은 일련의 사건들을 봤을 때, 협박이 목적이 아니라 Q-웨이브의 다양한 사용 가능성을 테스트했던 것일 수도 있다고 생각됩니다."

이제 나이트클럽 사건 차례였다. 이 끔찍한 사건 때문에 오늘의 회의가 급하게 소집되었다. 넥스트 소사이어티가 벌인 일 중에서 고양이 환각 사건 이후로 가장 뉴스에 크게 보도된 건이었지만 언론에서는 두 사건을 연결 짓지는 못하고 있었다.

"마지막으로 그저께 자정 무렵에 발생한, M 나이트클럽 사건입니다. 사건 당시 300여 명이 클럽에 있었는데, 갑자기 남녀 손님들이 성적으로 흥분하면서 CCTV에 확인된 것만 그 자리에서 23건의 성행위와 성폭행, 57건의 일반 폭행 사건이 발생했습니다. 처음에는 물이나 주류에 모종의 흥분제가 대량으로 투여된 것은 아닌가 의심 했으나 아무 흔적도 발견하지 못했고, 어제 넥스트 소사이어티가 자신들의 행위라고 주장했습니다."

"그래서 넥스트 소사이어티가 요구하는 것이 뭐라고 했지요?" 대통령이 김태권 장관을 쳐다보며 물었다.

"환각 사건에 대한 조사가 성과 없이 종료되었다고 공개적으로 선언할 것과 10만 비트코인을 요구했습니다. 요즘 환율로 대략 2천억 원이 좀 넘는 금액입니다."

"미친놈들이구먼. 그래서, 수사는 어떻게 되어갑니까, 김 장관?"

"송구스럽게도 지난번에 양평에서 우두머리 박진우를 비롯한 일당을 사살한 이후 달아난 잔당에 대한 수사는 아직 진행 중입니다. 해외로 본거지를 옮겼을 가능성도 고려하여 인터폴과도 협력하고 있습니다."

민규는 얼굴이 화끈거렸다. '달아난 잔당'이라고 했지만 최동석이 박진우를 경찰과 함께 함정에 빠뜨리고 새로운 우두머리가 된 것이 분명했고, '아직 진행 중'이라는 말은 진전이 없다는 의미였다. 대통령이나 국정원장도 다 알고 있을 터였다.

"자, 그러면 이 자리에 그 요구를 들어주자는 분은 없지요? 한번 대책들을 얘기해보세요."

김태권 장관이 먼저 대답했다.

"요구한 조건은 별 의미 없어 보입니다. 말씀드렸듯이, 저들의 목적은 기술에 대한 테스트 및 잠재 고객에 대한 시연일 가능성이 큽니다. 그렇더라도 이렇게 계속하도록 놔둘 수는 없는 노릇입니다. 저는 이제 국민들에게 진상을 알리고 공개수사로 전환할 때가 되었다고 생각합니다. 현재로서는 수사의 구체적인 과정뿐만 아니라 넥스트 소사이어티와 Q-웨이브에 대한 일체의 사실이 비밀로 유지되어야 하다 보니, 수사에 더 많은 자원을 투입할 수도 없고 수사 방법에도 많은 제약이 있습니다. 언젠가 국민들이 알게 될 일을 계속 비밀로 해두는 것은 추후에도 여러모로 부담될 수 있습니다."

"지금과 같이 수사에 진전도 없고, Q-웨이브가 사람들에게 이런 영향을 미치는 것을 막을 뚜렷한 대책도 없는 상태에서 이대로 공개하는 것은 절대로 안 됩니다. 국민들의 알 권리도 중요하지만, 대책 없이 알리는 것만으로 지금까지 넥스트 소사이어티가 저지른 것보다 훨씬 더 큰 혼란이 일어날 것이 분명합니다. 공개를 하더라도, 이 문제를 해결하기 위한 대책과 로드맵이 먼저 준비되어야 합니다."

노규식 청와대 비서실장이 즉각 반대했다. 대통령 앞에서 하는 회의는 이렇게 관련 부서 간에 사전 논의했던 내용을 복기만 하는 건가? 노규식이 반대할 것을 김태권도 알고 있었음은 물론이거니와, 행안부 내부 회의에서는 똑

같은 이유로 김태권 본인이 공개는 절대로 불가하다고 했었다. 김태권은 단지 수사가 쉽지 않은 이유를 말하고 싶었던 것이다.

"제가 한 말씀 드리겠습니다."

드디어 국정원장이었다. 민규는 침을 꿀꺽 삼키고 조성호가 하는 말에 귀를 기울였다.

"그동안 합동 조사단과 광역수사대가 저들의 아지트를 찾아내 박진우를 처치하는 성과를 냈고, Q-웨이브에 관한 연구도 상당히 진척된 것으로 알고 있습니다. 참 고생들 하셨고요. 그런데 이렇게 역사상 유례없는 기술을 활용한 범죄가 여전히 일어나고 있는 상황에서 우리도 그만큼 상황이 요구하고 있는 특단의 대응을 해야 합니다."

슬슬 하고 싶은 얘기를 꺼내는군. 특단의 대응이란 물론 법적 근거가 없다는 뜻이겠지.

"사실 경찰 사이버 수사대나 뇌 연구원에도 훌륭한 IT 전문가, 뇌과학자들이 있습니다만, 이번 사건에서 실제로 저들을 추적하는데 성과를 낸 것은 민간 기업 출신의 엔지니어와 국정원에서 구축했던 인터넷 모니터링 시스템이었습니다. 유연한 아이디어와 빠른 실행력이 준비된 플랫폼과 결합하여 시너지를 냈던 것이지요. 앞으로 Q-웨이브가 또다시 사용될 때 신속하게 탐지할 수 있는 새로운 시스템이 개발되고 있습니다만, 부처 간 이견 때문에 아직 실행

단계로 들어가지 못하고 있습니다."

"조 원장, 내가 그 건에 대해 보고를 받기는 했는데, 무슨 말인지 잘 이해가 안 가더군. 다시 한 번 설명해 주게."

"네, 대통령님. 국정원에서는 처음부터 박진우에 대한 정보와, 이게 우리 대한민국에 국한된 문제가 아니라는 인식을 가지고 미국 정보기관과 탄탄한 협력관계를 구축했습니다. 그렇게 해서 미국으로부터 제공받은 Q-웨이브 센서에 우리 엔지니어들의 좋은 아이디어와 기술력을 더해서, 이통사의 기지국에 이 장치를 쫙 깔면 전국적으로 Q-웨이브의 무단 사용을 탐지해낼 방법이 있습니다. 다만, 아직 이런 기술을 활용하는 것에 대한 법적 근거가 없다고 일부 부처에서 조심스러워하고 있는데, 이게 뭐 국민들의 개인정보를 들여다보거나 하는 것도 아닙니다. 단지 통신사 시설에 추가적인 장치를 설치하는 것이 문제인데, 이미 구축한 인터넷 모니터링 시스템의 특별법을 좀 융통성 있게 해석하면 문제 될 것이 없다는 게 우리 국정원의 입장입니다."

어느새 수진까지 '우리 엔지니어'라고 퉁쳐 부르며 마치 국정원이 모든 일을 다 하는 것처럼 표현하고 있었다. 아니, 조사단의 최정예 인재인 수진 님을 누가 함부로 우리 엔지니어라고 불러?

"원장님, 국정원에서 초기부터 조사단을 지원해서 좋은

성과를 냈던 것은 잘 알고 있습니다. 하지만 그 뭐냐 Q-웨이브 탐지 시스템인가요? 그게 단지 설치가 문제가 아니라, 장차 여러 가지로 활용될 가능성이 있는 시스템인데 법적 통제 장치 없이 국정원이 비공개적으로 운영하려고 하는 것이 문제로 지적되고 있다는 걸로 알고 있는데요?"

노규식이었다. 김태권은 노규식에게 시선을 돌리고 있었다. 민규가 막 던진 문제들을 정훈이 잘 정리해서 예상되는 질문-답변 형태로 김태권에게 보고했고 이게 다시 노규식에게 사전에 전달된 것이었다. 노규식 자신의 생각이 아님을 눈치 챈 조성호는 김태권을 힐끗 보고는 말을 이었다.

"물론 기술이 발전함에 따라 여러 활용 가능성이 새로 열릴 테고 규제가 필요해질 수도 있겠지만, 그때까지 무한정 기다릴 수는 없지 않습니까. 넥스트 소사이어티가 더 큰 사고를 치기 전에 잡으려면 빠른 대응이 필요합니다. 최선의 방법은 Q-웨이브에 대한 기술적인 대응을 효율적으로 할 수 있는 전문화된 조직을 현 조사단에서 분리해서 구성하는 것입니다. 이 전담 조직은 기존 인터넷 모니터링 시스템과의 연계성을 고려해서 국정원 산하로 하는 것이 효율적이고요. 사실 지금도 거의 한 몸처럼 일하고 있습니다만, 하루빨리 탐지 시스템을 전국적으로 깔아서 더 이상의 위험을 막아야 합니다, 대통령님."

"제가 한 말씀 드려도 되겠습니까? 저는 이번 광역수사대 환각 사건 수사 TF의 김민규 형사입니다. 저희 TF장님을 대신해서 참석했습니다."

그는 국정원이 Q-웨이브 이슈를 장악하고 수진을 데려가겠다는 얘기를 듣자마자 반사적으로 끼어들었다. 대통령과 장관들 앞에서 뭐라고 말해야 설득력이 있으려나. 경찰청장도 감히 아무 얘기 못 하고 듣고만 있었는데. 청장은 지금 막 눈이 커졌다.

"얘기해보게, 김 형사. 고생이 많다고 들었네."

"제가 뭐 정치적인 거나 중장기적인 부분에 대해서는 잘 모릅니다. 지금까지 당장 수사를 진행하면서도 조사단에서 구축한 환각 게시글 분석 시스템의 도움을 많이 받았고, Q-웨이브 탐지 시스템에 대해서도 많은 기대를 하고 있습니다. 그런데 이런 시스템이 한 번에 설계되어 그대로 만들어지는 것이 아니라 저희 수사팀과 엔지니어분들이 함께 고민하고 사용해보면서 만들어 가는 것입니다. 그래서 정보 수집 활동만 하게 되어 있는 국정원에 이 기능을 분리해서 넘기기보다는 현 체제가 지금으로서는 최적이 아닌가, 그렇게 생각합니다."

대통령이 그를 말없이 쳐다봤다. 국정원이 법적으로 정보 수집 활동만 할 수 있다는 점을 강조하긴 했지만 스스로 생각해봐도 별로 설득력 없는 얘기였다. 나중에 비밀이 해제되어 술자리에서 무용담을 자랑할 때도 이 부분은 빼야겠다.

"이렇게 합시다. 일단 넥스트 소사이어티가 언제 무슨 일을 벌일지 모르니, Q-웨이브 탐지 시스템은 기다리지 말고 빨리 구축, 가동합시다. 그러나 이견과 우려가 있는 점을 감안하여, 지금의 조직, 역할은 일단 유지하고 국정원은 필요한 지원을 적극적으로 해주세요. 노 실장도 부처 간에 원활하게 협력이 될 수 있도록 잘 조율해주고요. 그 이후의 일은 넥스트 소사이어티를 잡고 나서 다시 얘기합시다. 수고들 부탁해요."

민규는 자신도 모르게 '후'하고 숨을 크게 내쉬었다. 일단 모든 것이 국정원으로 넘어가는 최악은 피했다. 김태권이 그를 돌아보고 고개를 끄덕였다. 그도 김태권에게 고개를 끄덕이려다 보니 옆자리의 경찰청장이 따갑게 노려보는 시선이 느껴졌다. 그는 지혜에게 메시지를 보냈다. 이럴 땐 자리를 피하는 게 상책이다.

'오늘 오후 경찰서는 못 들어감. 조사단 방문해서 개발 진도 체크 예정. 수고!'

영동대로

수진과 새로 합류한 그녀의 팀원들은 처음에는 호흡이 잘 맞지 않았다. 인터넷 회사, 국정원, 미국 국립 연구소에서 각자 일해 온 스타일도 달랐고, 소속 기관의 입장을 대변하다 보니 생각이 다를 때가 많았으며 통역기가 있다고는 해도 언어 장벽은 여전히 존재했다. 시간이 지나면서 호칭을 수진이 익숙한 '님'으로 통일하는 등 서로 일하는 방식에 익숙해졌고, 업무의 우선순위도 합의했으며 언어 문제도 조금씩 나아지고 있었다. 가장 결정적으로 그들을 단합시킨 것은 넥스트 소사이어티가 저지른 일들이었다. 정말 돈을 받아내려는 것이 목적인지 아니면 Q-웨이브를 다양한 조건으로 실험하고 있는 것인지 분명하지 않았다. 하지만 일이 터질 때마다 그들은 자신들이 막을 수도 있었던 불행을 또 한 번 지켜볼 수밖에 없다는 책임감을 느꼈다. 비록 수진의 팀에 완전히 합류하지는 않았어도 크리쉬와 그의 미국 팀도 가깝게 일하며 많은 도움을 줬다.

"제가 직접 겪고 나니, 이건 조직이나 국가를 떠나 어떻게든 빨리 해결해야 하는 문제라는 생각에 게리와 그의 상관을 설득했습니다. 요즘 벌어지는 일들을 보니 역시 그게 옳았습니다." 크리쉬가 수진에게 말했다. 수진과 팀원들은 크리쉬의 미국팀으로부터 수신 장치의 연동 규격과 펌웨어 소스 코드를 전달받은 후 관련된 설명을 듣는 화상 회의를 막 마치고 일어나던 중이었다.

"박사님한테 Q-웨이브 자료를 주고 연구를 요청한 사람이 게리였나요?" 수진은 다른 사람들이 회의실에서 나갈 때까지 기다렸다가 작은 목소리로 물었다. 크리쉬는 아무 말도 하지 않고 고개를 살짝 끄덕였다.

"처음에는 지난번에 데모 보여드렸던 거짓말탐지기나, 도청 안 되는 통신 수단을 만들 수 있겠다는 생각만 했습니다. 넥스트 소사이어티가 한 일을 보고는 솔직히 놀랐습니다. 그렇게 정보량이 많은 신호를 멀리까지 전송하고, 사람들의 마음에 강한 영향을 줄 수 있으리라고 생각하지 못했습니다. 이런 식으로 쓰일 줄 알았더라면 이 연구를 애초에 맡지도 않았을 겁니다."

"그래도 이런 걸 미리 연구해 놓으신 덕분에 탐지 시스템도 구축할 수 있었죠."

"수진 님이 이동통신 기지국 활용해서 교차 상관 분석하자는 아이디어를 내놓은 덕분이죠. 저는 사실 막연히 뭐라도 도움을 줘야겠다는 생각에 우리가 가진 기술을 제공하겠다고 하면서도, 구체적으로 어떻게 써야 할지는 몰랐거든요. 그 자리에서 바로 그런 아이디어를 생각하시는 것을 보고 놀랐습니다. 그래서 말인데, 이번 일 끝나면 미국에 와서 저하고 함께 일하지 않으시겠어요? 재미있는 일이 많을 겁니다."

갑작스러운 제안에 일단 "생각해볼게요. 감사합니다."라고 대답했으나 수진은 미국에 와서 일하라는 제안에 솔깃하지 않을 수 없었다. 지금 직장도―언제 돌아갈 수 있을지 모르겠지만―꽤 좋은 곳이기는 했다. 하지만 조사단에서 일하면서 좀 더 새롭고, 보람 있는 일을 해 보고 싶다고 생각하던 차였고, 예전부터 미국 생활을 한번 경험해보고 싶다는 생각도 종종 했었다. 그때마다 항상 엄마가 걸렸다. 앞도 못 보는 분을 놔두고 하나뿐인 자식이 외국에 나갔다가, 평소에는 큰 문제가 없더라도 지난번 녹내장처럼 무슨 일이라도 생기면 옆에 없었던 것을 후회하게 될까 두려웠다. 보이지도 않는데 말마저 안 통하는 곳으로 데리고 갈 수도 없고.

"오늘도 야근하세요? 좀 쉬어가면서 하시라니까. 제가 그럴 줄 알고 커피 사 왔어요."

민규가 그녀를 바라보며 테이크아웃 커피를 내밀었다. 한동안 민규와의 대면이 불편했었다. 그와 태연히 다른 얘기를 하는 것만으로도 그녀 스스로 책임을 잊고자 하는 것으로 느껴졌기 때문이었다. 탐지 시스템 개발 일로 머리를 꽉꽉 채워 다른 생각이 들어설 자리를 없앤 후에야 민규가 주는 커피를 웃는 얼굴로 받을 수 있었다. 예전 같았으면 커피는 피해야 할 시간이었지만, 밤낮없이 일하다 보니 더는 그런 걱정을 안 했다.

"이거 보셨어요? 양산형 수신 장치의 샘플이 나왔어요. 미국의 설계도와 센서를 받아 우리나라 업체에 넘겼더니 크기도 훨씬 작아지고, USB로 휴대폰도 연결할 수 있게 만들어냈어요. 앞으로 감시 영역 확대할 때는 이걸 쓸 거예요."

민규는 작은 도시락 크기의 금속 상자를 들고 이리저리 살펴봤다.

"휴대용으로 쓸 수도 있을 것 같은데요."

"그런 사용도 고려해서 만든 것이기는 해요. 자체로는 화면이 없어서 휴대폰을 연결해야 하는데, 지금은 디버깅 콘솔로만 볼 수 있어서 아직은 사용하기 어려우실 거예요. 나중에 여유 있을 때 전용 앱도 만들게요. 그리고 한 가지 더 중요한 것이 있는데요. 조금 전에 통합 테스트가 성공했어요. 아직 얼기설기 짜놓은 코드라서 고쳐야 할 부분이 많고, 또 진짜 신호 대신 가상의 신호 데이터로 시뮬레이션한 것이기는 한데요, 그래도 기지국 간에 센서의 원시 데이터를 교환하며 삼각측량 알고리즘이 동작하는 것까지는 확인했어요."

그녀가 컴퓨터 화면을 민규에게 보여줬다. 국정원의 시스템에 연결된 가상 데스크톱의 콘솔에 여러 가지 기호와 숫자가 출력되며 화면이 계속 스크롤 되고 있었다. 그녀는 키를 눌러 스크롤을 멈췄다.

"아직 보기 좋은 그래픽 인터페이스는 못 만들었어요. 여기 앞에 -45.7 데시벨이라는 것이 신호 강도, 그다음 숫자 두 개가 삼각측량으로 추정된 발신지의 위도, 경도를 나타내는 거예요."

"언제 실제로 사용할 수 있을까요?"

"미국에서 받은 수신 장치 200대는 지난번에 알려주신 우선 감시 지역에 이미 설치했고 네트워크 연결까지 됐기 때문에 업데이트 스크립트만 병렬로 돌리면 DSP와 AI 가속기 소프트웨어는 한 시간 내로 설치되고요, 지금 생산 중인 장치를 전국적으로 확대 설치하는 것은 몇 주는 더 걸릴 텐데 그사이에 통합 모니터링 시스템을 만들 거예요."

"잘됐네요. 안 그래도 저희 수사 TF에서는 오늘 저녁

광화문 집회에 넥스트 소사이어티가 또다시 개입하지 않을까 예측하고 있는데, 그때 탐지 시스템을 써볼 수 있을까요?"

"아직 GUI가 없어서 제가 직접 로그를 눈으로 봐야하지만, 가능해요."

"어휴 이렇게 고생하시는데 주말 저녁까지 남아서 직접 모니터링까지 해 달라고 하긴 죄송하네요. 다른 사람이 할 수는 없나요?"

"다른 분들은 저보다 더 지쳐서, 일찍 퇴근들 하라고 했어요. 시스템이 전체적으로 잘 동작하는지도 봐야 하는데, 그나마 제가 전반적으로 알고 있고요, 실제 신호의 교차 상관 계산하는 코드도 제가 작성한 건데 계산 결과를 직접 봐야 해요."

"그러면 저녁은 제가 살게요. 광화문에는 다른 친구들이 나가 있을 테니 저하고 식사하면서 모니터링하다가 혹시라도 뭐가 나타나면 그 친구들한테 연락하면 되겠네요."

민규가 사겠다던 저녁은 배달 음식이었다. 배달을 기다리는 동안 그녀는 탐지 시스템에 접속해서 일정 수준 이상의 상관 값을 보이는 신호를 프린트하게 했다. 가끔 순간적으로 탐지되는 신호는 바로 사라지곤 했다. 그녀는 식사하면서 틈틈이 탐지 시스템 화면을 바라봤다.

"광화문에 사람이 많이 모이니까 비슷한 신호들이 순

간순간 나타나기 하는데, 별다른 징후는 보이지 않아요."

"그냥 신경 쓰지 말고 식사하세요. 거긴 오늘 안 나타날 거예요. 제 생각엔."

"왜요?"

"집회 성격이 지난번하고 거의 비슷하거든요. 제가 보기엔 저들이 점차 다양한 케이스에 대해 실험을 하고 있는 것 같았어요."

"광역수사대 TF의 다른 분들은 거기가 가능성이 크다고 했다면서요?"

"그분들은 원래 근무지가 광화문 쪽이잖아요. 평소에 거기서 벌어지는 여러 집회를 보며 성격이나 규모를 더 세심하게 구분하게 되었을 거예요. 근데 저한테는 예정된 집회의 제목들이 다 비슷해 보였어요. 넥스트 소사이어티도 강남에 쭉 있었으니, 광화문 집회를 판단하는 기준도 저랑 비슷하지 않을까요? 그리고 어차피 거기서 뭔가 사고가 생길 분위기면 저한테도 연락이 오게 되어 있어요. 그때 잡히는 신호가 있는지, 위치가 어디인지 확인하면 돼요. 제가 간만에 수진 님이랑 오붓하게 식사하는데 컴퓨터만 보고 있으면 분위기 망치잖아요."

"사무실에서 배달 음식 시켜 먹는 분위기요? 컴퓨터 안 보면 뭐 하게요?"

"오랜만에 개인적인 얘기도 좀 하고…. 수진 님은 이번

영동대로

일 끝나고 회사로 돌아가면 뭐 하세요?"

오늘은 '이번 일이 끝나면,'이라고 묻는 사람이 많았다. 탐지 시스템만 구축하고 나면 넥스트 소사이어티를 쉽게 잡을 거라고 생각들 하는 것일까?

"모르겠어요. 이미 제가 하던 업무는 다른 사람들에게 다 넘어갔고, 제 책상이나 남아 있을지. 이번 일을 하다 보니 Q-웨이브를 좋은 쪽으로 활용하는 일을 해 보면 좋겠다는 생각도 들고요."

"시각 장애인을 위해서요?"

"그걸 기억하시네요." 그녀는 얼굴이 화끈거렸다. 민규에게 털어놓았던 죄책감이 떠올랐기 때문이었을까, 아니면 조금 전까지도 엄마에게 그런 장치가 있으면 내 삶이 좀 더 자유로워질 텐데, 라고 생각하고 있었기 때문이었을까. 아마 둘 다였을 것이다.

"당연히 기억하죠. 사실 저는 과학자들이 도대체 왜 이런 위험한 연구를 하는지, 남의 머릿속을 헤집는 기술에 좋은 쓸모가 있을 리 없다고 생각했는데, 그때 수진 님이 어머님에 대해 말씀하시는 거 듣고 머리를 한 대 얻어맞은 느낌이었어요. 아, 역시 난 상상력이 너무 부족하구나, 하고요."

"저는 인터넷 회사에서 새로운 기술과 서비스를 개발하는 일을 하고 있잖아요. 물론 아주 작은 부분이지만. 그런데 저 같은 월급쟁이들은 기술이 사회에 미치는 영향 같은 건 깊이 생각 안 해요. 어차피 나올 기술은 내가 아니면 남이 내놓을 거고, 부작용이 있으면 또 누군가 규제할 거고. 모든 사람이 모든 문제를 고민할 수는 없잖아요."

"그 말씀도 맞기는 한데, 대부분의 사람들은 새로운 기술을 봐도 어떤 가능성이 있는지 모르니까, 저처럼요. 반면에 국정원 같은 기관에서는—"

"잠깐만요. 여기 영동대로 부근에도 수신 기기를 설치해뒀었잖아요."

"네, 그랬었죠. 우선순위가 5위였던가…."

"여기 이 앞에서 신호가 잡혀요."

"설마. 바로 여기서요?"

"네, 위치가…."

그녀는 노트북 화면과 창밖을 번갈아 봤다. 신호는 영동대로가 지하화 되면서 지상에 조성된 공원을 가리키고 있었다.

"저쪽 어디쯤인데요, 위치가 정확하게 안 잡히네요."

그녀는 휴대폰 카메라로 영동대로 공원 쪽을 보면서 줌을 최대로 설정했다. 어두운 저녁에 망원 렌즈를 사용하니 노이즈가 많았지만 걸어 다니는 사람들의 대략적인 모습은 파악할 수 있었다.

"지금 저 부근엔 특별한 것이 없어 보이는데. 역시 시뮬

레이션하고 실제하고는 다른 건지…. 잠깐만요, 그게 아니라 고도가 틀린 것 같아요."

"네? 고도요?"

"삼각측량 알고리즘 구현할 때 발원지를 그냥 평지로 가정하고 위도, 경도만 계산했거든요. 급하게 만드느라. 그런데 아마 발원지가 지하인 것 같아요. 저기 영동대로 밑의 환승 센터 지하 공간이요. 그래서 신호가 잡히기는 하는데 위치 계산에서 계속 오차가 발생해요."

"저기가 지하 7층까지 있잖아요. 대충 몇 층 어디쯤인지 알 수 있나요?"

"지금 이것만 보고는…. 프로그램을 고쳐야 하는데 당장은 어렵겠는데요."

"됐습니다. 바로 앞이니까 제가 직접 가볼게요. 여기서 신호 상태에 변동 있으면 저한테 전화 주세요. 아니 우리가 뭐 로이스와 클락도 아니고 둘이 좀 오붓하게 있기만 하면 사건이 벌어지네요."

"아니 그 넓은 데서 어떻게 찾으려고—"

그녀가 말을 채 마치기도 전에 민규가 무선 이어폰을 귀에 꽂으며 뛰어나갔다. 그녀는 노트북 화면을 계속 들여다보면서 더 정확하게 위치를 파악할 방법이 없을까 생각했다. 탐지 시스템은 아직 제대로 된 모니터링 화면을 못 갖췄고 디버깅 로그에 좌표가 찍히는 것만 보고 지도에서 눈으로 찾아야 하는데, 그마저도 위치 오차가 큰 상태에서 아마도 송신 장치를 가방 속에 숨겼을 사람을 정확히 지목할 방법이 없었다. 한 가지 방법은 물리적으로 가까이 가는 것인데….

그녀는 신형 수신 장치에 배터리 팩과 그녀의 휴대폰을 연결했다. 부근의 기지국에서 공통적으로 수신된 신호의 시그너처를 휴대폰으로 옮겨 디버깅 인터페이스를 통해 수신 장치의 DSP에 다운로드했다. 휴대폰의 디버깅 콘솔에는 필터링 된 신호의 수신 강도가 낮게 출력되고 있었다. 사무실을 뛰어나가며 전화했다.

"민규 님, 지금 어디세요? 제가 휴대용 수신 장치를 들고 그쪽으로 갈게요. 이걸 가지고 가까이 가면 정확히 알 수 있어요."

"지금 … 여기는 위험해요. … 지하도 입구에서 만나 … 주세요."

민규의 헐떡이는 목소리는 주위 잡음 때문에 알아듣기 어려웠다.

"안 돼요. 지금은 제 휴대폰하고만 연결되고요. 제가 직접 봐야 해요. 제가 그쪽으로 갈게요."

"아 … 그럼 최대한 조심해서 … 사람들 조심하고요."

사무실을 나와 환승 센터 방향으로 뛰어가며 사람들을 조심하라는 말의 의미를 알게 되었다. 지하도에서 수많은 사람들이 뛰쳐나오고 있었다. 머리가 헝클어지거나, 옷이 찢어진 사람도 있었고 무릎에서 피를 흘리고 있는 사람도 있었다.

"지하에 불났어요!"

그녀를 지나치던 사람이 외쳤다. 그녀는 경고를 무시하고 올라오는 사람들을 밀치며 지하도로 내려갔다. 휴대폰 화면에 출력되는 신호 강도가 점점 강해짐에 따라 서서히 두려움이 몰려왔다. 시야의 가장자리에 붉게 넘실대는 화염과 뿌연 연기가 나타났다. 그녀는 환각임을 알면서도 무심결에 화염을 정면으로 바라보려고 시선을 돌렸다. 화염은 여전히 시야의 가장자리에 머물렀다. 원래 망막의 가장자리는 시신경의 밀도가 낮아서 이미지의 디테일은 두뇌가 상상으로 채운다는 점을 이용한 것이었다. 중앙 대합실로 가까이 갈수록 생사의 위험을 경고하는 공포는 더 강해졌다. 화재경보가 울리지도, 스프링클러가 작동하지도 않고 있었지만, 하부층의 광역철도에서 내린 사람들은 필사적으로 뛰쳐나오고 있었다. 생명 보존의 본능을 억누르고 상상의 연기와 화염 속으로 뛰어들기 위해서는 그녀가 가지고 있는 모든 정신적 에너지를 발걸음 하나하나에 실어야만 했다.

"진짜 화재가 아니에요. 진정하세요."

사람들의 비명에 묻혀 아무도 못 들으리라는 것을 알면

서도 자신에게 스스로 확신을 주기 위해 외쳤다. 게이트를 열고 통과하려는 사람, 아래로 기어 나오는 아이와 위로 뛰어넘으려는 사람이 뒤엉켜 넘어졌다. 넘어진 사람들을 계단에서 떠밀려 올라온 사람들이 타고 넘었다.

"멈춰요! 아이가 깔렸어요!"

그녀는 아이가 깔린 게이트 쪽으로 뛰기 시작했다. 갑자기 옆에서 누가 거칠게 그녀의 팔을 붙들었다.

"수진 님. 이럴 시간 없어요."

"민규 님, 저기 애가 넘어져서—"

"저 애는 다른 사람이 구할 거예요. 우리는 범인을 잡는 게 우선입니다. 그래야 이 상황이 끝나요."

그가 옳았다. 아이를 구하지 않는 죄책감과 이성을 마비시키는 공포를 무시하고 신호 발원지를 찾아야 한다. 그녀와 민규는 개찰구 옆 비상 출입구를 통해 플랫폼으로 내려갔다. 휴대폰에 표시되는 신호는 한층 더 강해지고 있었다. 플랫폼의 반대쪽 끝으로 뛰어가며 계속 신호 강도를 살폈다. 숫자가 조금씩 오르락내리락하며 전체적으로 올라가던 신호가 떨어지기 시작했다. 그녀는 민규의 손을 잡아 세웠다.

"지금 막 지나쳤어요."

둘은 주위를 돌아봤다. 이미 플랫폼에는 사람들이 다 달아나고 거의 남아 있지 않았다.

"저기요!"

그녀가 외쳤다. 철로 건너편 플랫폼에서 한 남자가 검은색 여행 가방을 끌고 휴대폰을 보며 천천히 걸어가고 있었다. 민규가 철로로 뛰어내렸다. 남자도 민규를 흘낏 보더니, 가방을 들고 뛰기 시작했다. 경적 소리와 함께 방송이 들렸다.

"지금 들어오는 열차는 비상사태로 인하여 이 플랫폼에 정차하지 않고 지나치는 열차이니, 승객 여러분은 플랫폼 안쪽으로 물러서 주시기 바랍니다."

열차는 빠르게 다가왔다. 그녀는 민규가 열차에 부딪힐까 봐 너무 무서워 몸이 얼어버렸다. 민규는 아슬아슬하게 건너편 플랫폼으로 올라가 남자를 쫓았다. 열차는 뒤늦게 급제동을 시도했다. 금속이 마찰하는 소리가 요란하게 플랫폼을 가득 채웠고, 열차는 플랫폼 끝 어두운 터널 속으로 수십 미터 정도 들어가 정지했다. 잠시 후 열차의 뒷문으로 사람들이 쏟아져 나오기 시작했다. 그녀는 민규를 도우러 가야 한다는 생각이 들었으나 플랫폼으로 기를 쓰고 기어 올라오는 사람들이 아니더라도 도저히 철로로 뛰어들 자신이 없었다. 그녀는 계단을 통해 대합실로 올라가서 다시 건너편 플랫폼으로 내려갔다.

'탕, 탕.' 두 번의 총소리가 들리고 갑자기 머릿속의 화염의 환각과 두려움이 일시에 사라졌다. 그러나 그 즉시 진짜 두려움이 비어 있는 마음을 가득 채웠다. 새로운 두려움은 미묘하게 느낌이 달랐다. 갑작스러운 감정의 변화에 집중하며 계단을 내려가다 발을 헛디뎌 굴렀다. 계단 아래에서 그녀는 정신이 아득해지는 고통 속에서 자신의 무릎과 팔꿈치가 부러졌는지 확인하는 것보다 민규가 쫓아간 방향을 쳐다보는 것이 더 두려웠다.

"민규 님! 민규 씨!"

대답이 없었다. 그녀는 비틀거리며 겨우 일어났다. 아직도 너무 아팠지만 움직일 수는 있었다. 멀리 있는 계단 뒤편, 흰 연기가 보이는 곳으로 절룩거리며 뛰어갔다. 두 남자가 쓰러져 있는 옆에는 검은색 여행 가방이 열린 채 불타고 있었다.

"괜찮아요? 민규 님."

그녀는 쓰러져 엎드려있는 민규에게 뛰어갔다. 그의 몸에서는 연기가 나고 있었고 바닥에는 피가 흥건했다. 그녀는 민규를 천천히 돌려 눕혔다. 그는 검게 그을린 손에 조그만 금속 상자를 꽉 붙잡고 있었고 셔츠 위로 피가 배어 나왔다. 그가 눈을 뜨고 희미한 목소리로 말했다.

"송신 장치… 확보 했어요…."

"아무 말도 하지 마세요. 제가 도와줄 사람들을 부를게요."

그녀는 계속 피가 나오는 곳을 손바닥으로 눌러 지혈하

려 했으나 피는 멈추지 않았다. 그녀는 한 손으로 계속 지혈을 시도하며 다른 손으로 휴대폰을 들었다. 멀리서 발걸음 소리가 들렸다.

은폐

조성호는 국정원을 나와 청와대로 향하고 있었다. 여느 때 같았으면 관용차의 뒷좌석에서 잠시 눈을 붙이며 숙취를 달래고 있었겠지만 오늘은 그럴 수 없었다.

"박 기사, 대통령께서 바로 다음 일정이 있으시다니까, 좀 빨리 가지."

"알겠습니다, 원장님."

박 기사는 비상등을 켜고 전용차선으로 진입하며 가속 페달을 밟았다. 그가 아직도 자율주행차 대신 전용 기사를 쓰는 이유였다. 과태료야 비서 시켜 경찰청에 전화 한 통 넣으면 되지만, 자율주행차 알고리즘에 예외를 만들어 달라고 요청하는 것은 훨씬 번거로우니까. 먼저 사이버 센터장에게 전화를 걸었다.

"이 센터장, 난데, 어제 저녁 영동대로 사건 있지? 그거 어떻게 되어 가고 있지?"

"관련 게시물과 댓글들의 모니터링을 시작했습니다."

"추적만 하지 말고, 바로 작업 시작해. 필요하면 애들 쓰고."

"작업이라고 하시면, 지난번 환각 사건과 연관되는 걸 막으라는 말씀이신가요? 차 실장님은 일단 모니터링하라고만 하셔서요."

"그렇지. 그거 말이야, 아무튼 혹시라도 우리 정부가 하는 일이 유출되면 다 조치해야지."

"알겠습니다. 즉시 시작하겠습니다. 해외 사이트도 포함해서 진행하겠습니다만, 아무래도 이번에는 알바만으로 감당 안 될 것 같은데 새로 개발된 블랙봇을 써보면…."

블랙봇은 사회 불안을 초래할 수 있는 가짜 뉴스나 댓글에 대응하기 위해 국정원에서 개발한 AI 봇이었다. 대상 사이트에 따라 적용 가능한 옵션이 달라서, 미리 준비된 계정으로 해당 글을 신고하거나 자연어 생성 AI로 저급한 논쟁을 유발해 평점을 떨어뜨리는 등, 다양한 방법으로 문제 되는 글의 영향력을 최소화할 수 있도록 개발됐다. 반복적으로 이런 글을 올리는 게시자에 대해서는 인터넷 모니터링 시스템과 연동하여 IP 주소와 아이디를 확인하고 사회공학적 방법으로 게시자의 컴퓨터를 해킹하여 파괴하는 것까지, 여러 단계의 전략이 구현되어 있었다. 물론 현행법 안에서 국정원은 단지 정보 수집만 할 수 있기 때문에 사용할 수 없지만, 법 개정 추진과 함께 비밀리에 준비하고 있었다.

"그래, 까짓 거 한번 써보자고. 알바를 너무 많이 써도 그건 그것대로 리스크가 있으니까."

이번 사이버 센터장은 몸을 너무 사리지 않아서 맘에 들었다. 외부에서 영입했던 지난번 센터장은 기술 전문성은 괜찮았으나 나중에 자신에게 책임이 조금이라도 돌아올 수 있는 일은 피하려 했다. 조직과 상급자의 목표를 위해 약간의 리스크를 감수하는 것은 결국 자신에게도 득이 된다고 배웠던 조성호로서는 이해할 수 없는 처신이었다. 그는 의자를 뒤로 눕히고 실시간 뉴스 채널을 차량 모니터에 띄웠다. 조금 전 올라온 환승 센터 사고 뉴스를 클릭했다.

"어제 저녁 영동대로 환승 센터에서 발생했던 사고에 관한 속보입니다. 경찰은 조금 전, 지하 7층 철로 변에서 타다 남은 화학물질을 발견했다고 발표했습니다. 이 화학물질에서 발생한 유독 가스를 흡입하면 정신적으로 불안해지거나 심하면 환각 증상을 경험할 수도 있다고 합니다. 밀폐된 지하 공간에서 연기를 목격한 사람들이 화재로 착각했고, 주위의 다른 사람들에까지 공포가 확산되며 소동이 일어났던 것으로 경찰은 추정하고 있습니다. 이 화학물질은 환승 센터의 고질적인 문제인, 벽의 균열로 인해 지하수가 누수 되는 것을 막는 작업에 사용하던 것인데요, 작업하던 하청업체가 안전 규정을 지키지 않아 발생한 문제라고 합니다. 정부는 많은 시민이 이용하는 시설에서 이런 일이 다시는 일어나지 않도록 관리 감독을 철저히…"

경찰청은 조금 전 합의한 시나리오대로 움직이고 있었다. 이제 국정원이 인터넷을 관리할 차례였다. 웬만한 건은 사이버 센터장에게 맡겨 놓으면 알아서 잘하지만, 이번처럼 큰 건은 원장이 직접 신경 쓰고 지원해줘야 한다.

"조 원장, 지난번에 탐지 시스템인가는 진행하자고 했잖아요. 그런데도 계속 사고가 일어나는군요."

"대통령님, 그 시스템은 어제 처음으로 가동되어 덕분에 그 즉시 테러범도 잡고, 핵심 장치도 온전하게 입수할 수 있었습니다. 대통령님이 제때 올바른 의사 결정을 해주신 덕분입니다."

"그게 내가 하는 일이잖소. 그때는 행안부 쪽에서 이견도 있고 해서 조 원장이 원하는 바를 전적으로 밀어주지는 못했지만."

행안부 장관은 정치적인 이유로 야당의 추천을 받아 임명한 사람이었다. 대중적으로도 인지도와 인기가 있다 보니 대통령도 함부로 무시할 수 없었다. 조성호는 이 눈엣가시를 좀 들춰보라고 조직에 지시해두고 있었다. 그래도 아무 때나 건드릴 수는 없는 법이다. 때를 기다려야 한다.

"잘하신 겁니다. 야당과도 협력해가며 하셔야지요."

"그런데 이렇게 사건이 계속 터져서야 계속 국민들에게 비밀로 하는 것이 가능합니까?"

"그건 저희를 믿어 주십시오. 이럴 때를 대비해서 다 준비해 뒀습니다."

"허허, 준비가 되어 있다니, 요즘 오랜만에 듣는 얘기군요. 다들 문제 터지면 그제야 허둥지둥하던데."

"미리 준비해야 싸게 막지요. 안 그렇습니까? 그래서 말씀인데요, 대통령님. 넥스트 소사이어티를 다 잡아넣어도 이 기술이 세상에 나온 이상, 처칠이 말한 것처럼 시작의 끝 일 뿐입니다. 수사가 진행되는 동안은 일단 현재의 조직과 역할을 유지하는 것으로 말씀하셨습니다만, 사건이 종료되면 Q-웨이브 기술을 관리하고 발전시킬 상설 조직이 필요합니다."

"그걸 미리 준비해야 한다, 그 말씀을 하는 건가요? 그래서 지난번에 얘기하셨던 전담 기술 조직을 국정원 밑으로 두자는 거지요?"

"네, 그렇습니다. 우리나라가 다른 어떤 나라보다도 선제적으로 이 기술 자체의 연구뿐만 아니라, 기술을 국가와 사회에 도움이 되는 방향으로 활용하기 위한 다양한 응용 기술과 탐지 시스템의 운영, 관련 제도와 법규를 통합적으로 연구하고 추진할 수 있는 기관이 필요합니다."

"그런 복합적 역할을 가진 기관을 국정원 밑으로 두자고 하면 반대가 많을 텐데요."

"그럴 수 있습니다. 하지만 국민들에게 모든 사실을 단번에 공개하면 우리 사회가 감당하기 어려울 수도 있고, 우리나라가 다른 나라보다 앞서 나갈 수 있는 기간도 확보하지 못하게 됩니다. 한동안은 비밀을 관리할 수 있어야 하고, 그러려면 그 기관을 국정원 밑으로 두고 특별 예산으로 지원하는 것이 최선입니다."

"일리가 있군요."

"저희 국정원에서는 이미 그다음 단계까지 고민하고 있습니다. 이걸 한 번 보시죠."

조성호는 제법 두툼한 보고서를 하나 내밀었다. 프로젝트 Q TF에서 준비한, 앞으로 Q-웨이브 기술을 어떻게 관리할지 그 체계와 소요 예산, 미국 및 관계 기관과 조율해야 할 사항, 그리고 향후 어떤 시점에 정보를 공개하고 국제적 협력 체계로 전환할지에 대한 로드맵을 정리한 문서였다.

넥스트 소사이어티의 아지트에서 경찰이 찾은 자료 중에는 그들이 앞으로 사회를 어떻게 변화시키겠다는 매니

페스토가 있었다. '넥스트 소사이어티'라는, 조직명과 동일한 제목의 이 선언문은 조직원을 세뇌하기 위한 범죄 조직의 그럴싸하게 포장된 망상일 뿐이었다. 그러나 Q-웨이브가 언젠가는 민주주의와 사회 구조를 바꿔 놓을 가능성을 가졌다는 것만큼은 조성호도 동의하는 부분이었다. 그런 기술이 아무런 대책 없이 사건 수사 과정을 통해 세상에 공개되면 안 된다. 2차 세계대전이라는 상황이 원자폭탄을 만들어냈고 나치의 탄도미사일 기술과 결합돼 전 세계를 방사능 잿더미로 만들 뻔했다. 뒤늦게 IAEA[41]가 설립되었지만, 핵무기의 경쟁과 확산을 막기엔 너무 늦은 시점이었다. Q-웨이브를 탄생시킨 한국이 IAEA 같은 국제 기구를 설립하여 새로운 세계 질서를 주도해야 한다는 프로젝트 Q TF의 결론을 보고 받은 조성호는 이것이 무모해 보이기는 했으나, 미국과 적당히 역할을 나누면 불가능하지도 않다고 생각했다.

"알겠소. 이 보고서는 내가 한 번 읽어보고 고민해 보리다."

---

41. International Atomic Energy Agency. 국제 원자력 기구. 원자력을 군사적인 목적으로 이용하는 것을 통제하고 평화적인 목적의 이용을 장려하기 위해 설립된 국제 연합 산하 독립기구.

"대통령님께서 하실 일이 많습니다. 찬찬히 읽어보시고 앞으로 세계무대에서 중요한 역할을 하실 기회를 놓치지 마시기 바랍니다."

그가 청와대를 나서는데 사이버 센터장으로부터 전화가 걸려왔다.

"상황이 좋지 않습니다. 우리 사람들과 봇이 노력하고 있습니다만, 여러 가지 의혹을 제기하는 매체들이 늘고 있습니다. 게다가 우리의 대응 작업에 대해서도 미심쩍어하는 글들이 올라오기 시작해서, 더 확대하기도 어려운 형편입니다."

"내가 책임질 테니까, 무리해서라도 일단은 막아. 지금 이게 터지면 안 돼. 시간이 더 필요하다고."

"알겠습니다. 그러면 리스크 감수하고 인력을 더 동원하고 블랙봇도 인스턴스 수를 늘림과 동시에 대응 레벨도 상향하겠습니다."

"그래. 수시로 나한테 상황 보고하고. 그리고 말이야, 어제 신호 송신 장치를 확보했다고 들었는데, 우리도 팔로우업하고 있는 거지?"

"조사단에 파견한 저희 엔지니어를 통해 각종 자료와 기술 개발 현황을 계속 전달받고 있습니다. 안 그래도 말씀드리려 했는데, 그걸 받아서 소화하고 우리 마음대로 활용할 수 있는 별도의 기술팀을 저희 센터에 구성할까 합니다."

"요즘 우리 사이버센터 애들이 그럴 수 있을 만큼 똑똑한가?"

"조사단에 파견한 친구가 에이스입니다만, 그 친구 말고는 사실 말씀하신 대로 요즘 좋은 기술 인력은 다 민간기업으로 가기 때문에—"

"조사단에서 기술팀 리드하는 친구가 똑똑하다며."

"네, 인터넷 회사에서 파견 온 엔지니어이고요, 실력 있다고 들었습니다."

"괜히 우리 내부 인력 가지고 해 보겠다고 시간 낭비하지 말고, 그 친구를 한번 알아봐. 정치적 성향이라던가, 가족이나 경제적인 상황이라던가. 우리 쪽으로 데려오기 위해 레버리지할 것이 있겠는지 말이야."

무리해서라도 막으라고는 했지만, 조성호도 알고 있었다. 요즘 그런 식으로 무리하면 들통이 날 수밖에 없다는 것을. 하다못해 국정원 내부에서 양심선언이 나올 수도 있다. 게다가 이번 일은 이미 경찰을 비롯해 정부의 여러 부처와 민간 회사까지도 관여하고 있다. 지금까지 비밀이 유지된 것만으로도 운이 좋았다. 넥스트 소사이어티는 일반 대중에게 Q-웨이브 기술이 알려지는 것을 원하지는 않는 것으로 보였다. 지난번 고양이 환각처럼 훨씬 더 극적이고 숨길 수 없는 쇼를 다시 한 번 연출해가며 협박할 수도 있었을 텐데, 그렇지 않은 걸 보면 적당한 규모로 실험을 계속해가며 기술을 개발 중인 것이다. 그런 점에서는 좀 더 시간을 원하는 조성호와 이해관계가 일치했다. 어쨌거나 지금처럼 인터넷에 의혹이 터져 나오기 시작하면 정부로서도 비밀을 유지하기 어려워진다.

그가 젊었을 때는 갓 나온 인터넷이 이렇게 골칫덩어리가 될 줄은 몰랐다. 처음에는 편지 대신 이메일을 몇 초 만에 전송하고, 외국의 정보도 클릭만 하면 볼 수 있는, 사회의 생산성을 획기적으로 향상시켜줄 수 있는 기술이었다. 그런데 어느새 좌파와 아나키스트, 불평 밖에 할 줄 모르고 자극적인 거나 찾는 애들이 인터넷을 장악하고 쓰레기통으로 만들어 버렸다. 그래도 얼마 전까지는 여차하면 연예인 스캔들이라도 터뜨리면 됐었다. 이젠 그런 정도로는 안 먹힌다. 다른 방법이 필요했다. 그는 머릿속에서 옵션들을 하나씩 떠올려봤다. 괜찮은 방법이 하나 있었다.

송신 장치

 마침내 민규의 혈압과 맥박이 정상으로 돌아왔다. 그가 환승 센터로 들어가며 도움을 요청했던 강남경찰서 동료들이 늦지 않게 나타나 준 덕분이었다. 수진은 아직도 솟구치는 피를 맨손으로 지혈하려던 순간을 기억하며 몸서리쳤다. 그녀는 중환자실에 의식 없이 누워있는 민규를 좀 더 지켜보고 싶었지만, 지금은 사건 해결을 더 우선해야 할 때였다. 민규를 위해서도 그래야 했다.

 그녀가 회의실로 들어섰을 때 크리쉬가 소연과 함께 송신 장치를 분석한 결과를 발표하고 있었다. 민규가 몸을 사렸더라면 소이탄에 재가 되어 버릴 뻔했던 그 송신 장치였다.

"우리가 그동안 궁금해 했던 송신 장치의 핵심 부품, 즉 탄소 나노 어레이 트랜스듀서를 3차원 전자현미경으로 촬영한 영상입니다. 제 미국 팀에서 개발한 수신 센서와 기본적으로는 비슷한 구조이지만, 크기가 훨씬 크고 여러 레이어가 중첩된 구조로 되어 있습니다. 이 구조물의 뒤쪽에 있는 256개의 마이크로 가속기가 고에너지 전자를 나노 어레이에 충돌시켜 Q-웨이브를 발생시킵니다. 채수진 연구원님이 분석했던 송신 패턴 생성 프로그램의 제일 마지막 부분, 차원 축소 변환하는 단계에 대응되는 부분입니다."

크리쉬는 마치 새로운 장난감을 갖게 된 아이처럼 흥분한 모습이었다. 그가 송신 장치의 구조도를 화면에 띄우자 소연은 이러한 구조가 20세기 브라운관 TV에 쓰였던 음극선관과 유사한 측면이 있다고 말했다.

"하지만 여전히 왜 여러 레이어들이 조금씩 어긋나게 겹쳐져 있는지는 명확하지 않습니다." 소연이 말하자 크리쉬가 다시 덧붙였다.

"저는 출력 신호의 지향성을 제어하기 위한 메커니즘일 것이라고 생각합니다. Q-웨이브 신호끼리 위상차에 따라 서로 강화 또는 상쇄시키는 성질을 이용해서요."

"잠깐만요. 상쇄시킨다고 하셨나요? Q-웨이브 신호를 상쇄시킬 수 있나요?" 정훈이 질문했다.

"신호를 정확하게 아는 경우에 한해서, 특정한 위치에서만 가능합니다. 일정한 지역을 적의 신호로부터 방어하는 형태로는 불가능합니다."

크리쉬의 대답에 정훈이 실망하는 표정을 지으며 소연에게 다시 물었다.

"다른 식으로라도 막을 방법은 없을까요? 적어도 이들을 상대로 작전을 하는 경찰들은 보호할 수 있어야 할 텐데요."

"애초에 Q-웨이브라는 것이 물질과 거의 반응을 하지 않기 때문에, 파동 자체를 차폐할 방법은 현재로서는 없습니다. 강제된 감정에 대한 반응을 신경안정제 같은 약물을 사용해서 둔감하게 만들 수는 있겠지만요. 이번에 영동대로 환승 센터에서 사망한 조직원 몸에서도 항우울제와 신경안정제 성분인 플루옥세틴, 벤조디아제핀이 검출되었습니다.

"경찰도 마찬가지로 안정제를 맞고 위험한 작전을 수행하라고요?"

소연은 어깨를 으쓱하는 것으로 대답을 대신했다.

수진은 그녀의 연구실로 돌아왔다. 그녀는 자신과 함께 일하는 기술팀 멤버가 늘어나고 송, 수신 장치와 같은 하드웨어를 테스트할 공간이 필요하게 되면서 별도의 독립된 방을 확보했다. 언제 회사로 복귀하게 될지 기약이 없이, 뭐든 필요한 일은 다 해내야 했던 그녀는 자신의 엔지니어로서의 정체성을 유지하고픈 마음에 이 공간을 연구실이라고 불렀다.

"수진 님이 병원에 계신 동안 제가 삼각측량 알고리즘을 고도까지 고려하도록 수정했습니다. 어제 저녁 영동대로에서 수집된 데이터로 다시 돌려봤는데요, 여전히 오차가 큽니다." 현식이 말했다. 현식은 국정원에서 파견 온 엔지니어였다. 예전에 통신 업계에서도 일했다는데, 그 덕분에 하드웨어와 통신사 네트워크에 대한 경험과 지식이 많아서 이번에 수신 장치를 기지국에 설치하고 연동하는 데 큰 도움이 되었다.

"역시 그렇군요. 그 지역 사람들의 두뇌에서도 유사한 신호가 쏟아져 나왔을 테고, 또 이제야 알게 된 사실인데 송신 장치가 지향성도 있다고 하니 방향에 영향 받는 신호 강도만으로는 위치 오차가 클 수밖에 없어요. 시뮬레이션 할 때 간과했던 요인들이에요."

"저도 그래서 신호의 강도 대신 지연 시간을 이용하는 방안을 크리쉬의 연구원들과 얘기해봤습니다. Q-웨이브의 전달 속도를 실제로 측정해 본 적은 없지만, 전자기파나 중력파처럼 광속과 같을 거라고 추측하더군요. 그렇다면 서로 다른 기지국의 수신 장치들을 나노초 단위로 동기화하고 나노초 해상도로 지연 시간을 측정해야 합니다. 지금의 수신 장치로 소프트웨어만 수정해서는 어렵고요, 다음 세대 하드웨어를 설계할 때 반영해야 할 것 같습니다. 그래서 한동안은 테러범의 위치를 정확히 알아내려면 누군가 또 수진 님처럼 수신 장치를 들고 가까이 접근해야만 합니다." 현식이 말했다.

"저도 그 문제를 좀 생각해봤는데요, 사람 대신 드론으로는 안 될까요? 드론 몇 대에 장착하고, 서로 간격을 유지하면서 그중에 신호가 상대적으로 더 강하게 잡히는 쪽으로 쫓아가도록 하면."

"아, 가능할 수도 있겠습니다. 기지국에서 교차 상관 계산으로 찾아낸 신호의 시그너처를 각 드론으로 보내면, 드론끼리는 그 시그너처에 해당하는 신호의 강도가 계산된 값만 주고받으면 되니까요."

"그래도 그런 걸 어느 세월에 만드냐는 문제가 남아 있기는 해요."

"그건 제가 국정원에 알아보겠습니다. 커스텀 장비를 개발해 주는 담당 부서와 협력 업체가 있습니다. 007 영화의 스파이 장비 같은 건 아니지만, 드론으로 뭔가 해 본 적도 있었던 것으로 기억합니다. 국정원에서도 이번 사건은 전폭적으로 지원하는 분위기니까 협조 얻기가 어렵지는 않을 거고요, 안 그래도 저희 사이버 센터장님도 수진 님하고 언제 인사나 한번 하고 싶다고 하시던데, 이번에 드론 논의도 할 겸, 저하고 한번 같이 가보시겠어요?"

"음…, 그냥 이번에는 현식 님이 알아서 해주세요. 저는 다른 일도 바쁘고 해서요."

"알겠습니다. 그러면 다음에 함께 가시죠. 저는 어차피 들어가서 보고할 일도 있고 해서, 이번에는 제가 다녀와서 말씀드리겠습니다."

함께 가지 않겠다고 하니 현식은 실망한 표정이었으나 계속 우기지는 않았다. 그는 똑똑하고 성실했다. 수진과는 기술 영역이 서로 보완적이기도 했다. 국정원에 대한 선입견 때문인지 어느 정도 거리감이 느껴지기는 했어도 함께 일하는 데 문제가 될 정도는 아니었다. 그런데도 수진의 마음을 불편하게 하는 것은, 현식이나 국정원 모두 너무 적극적으로 돕는다는 점이었다. 아무리 이번 사건이 국가적으로 중요한 일이라고 해도, 기본적으로는 타 부서 업무를 지원하는 일인데도 자기 일처럼 적극적으로 나서는 모습이 낯설었다. 항상 국정원을 경계하던 민규가 중환자실에서 꼼짝 못 하게 되니 그녀의 잠재의식이 민규의 목소리를 대신하기 시작한 것이었을까? 지난번에 뭔가 꺼림칙하다는 느낌이 있었을 때는 경찰이 함정에 빠졌었다. 민규가 옆에 있었더라면 국정원이 어떤 꿍꿍이가 있는지 한눈에 알아봤을 텐데.

전화가 울렸다. 병원이었다.

"김민규 님 상태에 변동이 있으면 연락 달라고 하셨죠? 조금 전 의식을 회복하셨습니다. 그런데…, 직접 와서 보시는 것이 좋을 것 같습니다."

민규는 침대 구석에 웅크리고 있었다. 수진이 방문을 열고 들어가자 흐릿한 눈빛으로 흘낏 쳐다보고는 다시 이불을 뒤집어쓰고 돌아누웠다. 의식이 돌아오기만 하면 괜찮을 줄 알았는데, 그녀는 이틀 전까지 함께 식사하며 농담하던 민규가 그녀를 알아보지도 못하는 것이 믿기지 않았다.

"기억상실에 공황장애 증상도 있어서 일단 안정제를 투여했습니다. 사고 당시에 화재도 있었고 범인한테 칼에 찔리기까지 했잖아요. 일종의 PTSD[42] 증상으로 보이는데 좀 두고 봐야 할 것 같습니다."

민규의 담당 의사가 수진과 소연을 병실 밖으로 데리고 나오며 말했다.

"언제쯤 나아질까요?" 수진이 물었다.

"글쎄요. 이게 전형적인 경우가 아니어서 뭐라고 말씀드리기가 어렵습니다. 그래도 평소에 범죄 조직도 상대했

---

42. 외상 후 스트레스 장애

던 경찰이시라던데, 다른 사람들보다는 빨리 극복하시지 않을까요? 좀 기다려 보시죠."

소연이 눈짓을 주더니 조용히 수진을 복도 끝으로 데려갔다.

"김 형사님이 수진 님하고 가깝게 일해 온 것 아니까 이런 얘기하기가 좀 그런데요," 소연이 머뭇거리면서 말했다.

"Q-웨이브 신호를 송신 장치 바로 앞에서 쏘여 가며 싸우다가 칼에 찔리기까지 하셨잖아요. 화재의 환각을 보며 진짜 불 속에서 송신 장치를 끄집어내기도 하셨고요."

수진은 그때를 떠올리기만 해도 가슴이 울컥했다. 그냥 멀리서 총이나 쏘고 말지, 어떻게 그 공포를 이겨내고 그럴 수 있었을까? 그녀는 기껏 플랫폼을 건너가지도 못했는데.

"저 의사 선생님한테는 보안 때문에 얘기할 수 없었어요. 그냥 무서웠던 기억이야 시간이 지나면 극복할 수 있을 텐데, Q-웨이브 때문에 뇌 조직이 손상되면서 그 순간의 공포가 각인되고 트라우마가 지속되는 것일 수도 있어요."

"회복하실 수 있을까요?"

"선례가 없으니 예측하기 힘들어요. 단, 지금의 상태가 길어질수록 좋을 건 없어요. 이대로 가면 장기화될 수도 있어요."

소연이 수진의 어깨를 토닥였다. 하지만 그녀는 슬퍼하

고만 있을 수는 없었다. 방법을 찾아야 한다. 고개를 들고 여전히 떨리는 목소리를 가다듬으며 말했다.

"김 박사님, 예전에 넥스트 소사이어티의 자료를 분석해서 발표하실 때, 저들이 피험자의 뇌 손상을 치료해가며 실험을 반복했다고 말씀하셨잖아요. 우리도 그 치료를 시도해 볼 수는 없을까요?"

"그럴 수 있으면 좋을 텐데요, 안타깝게도 그 자료에는 치료의 구체적인 방법이 나와 있지 않았어요. 어떤 약물과 전용 Q-웨이브 장치가 있는 것으로 언급되기는 했는데요."

"미국 사람들은 모를까요? 크리쉬 팀 말이에요."

"그 팀은 Q-웨이브 송신 장치도 없었잖아요. 사람에 대한 실험은 고사하고. 넥스트 소사이어티는 부작용과 희생을 치러가며 치료 방법을 알아냈을 텐데, 우리가 그렇게 할 수도 없고요."

민규는 사건을 빨리 해결해서 더 이상의 피해를 막으려다 저 지경이 됐다. 수진은 자신이 최선을 못 한 탓에 양평에서 경찰들이 희생되었던 일을 다시는 겪지 않겠다고 결심했다. 미국의 도움으로 넥스트 소사이어티는 갖지 못한 수신 장치를 확보했지만, 그동안은 원하는 Q-웨이브로 테스트하지 못했기에 수신 장치를 활용하는 데에도 한계가 있을 수밖에 없었고, 저들이 가진 능력도 구체적으로 파악할 수 없었다. 이제는 상황이 바뀌었다. 민규가 자신을 희생해가며 확보한 송신 장치로 Q-웨이브 기술에 빠져있던 부분이 마침내 메워졌다. 이제 그녀의 차례였다. 그녀는 현식에게 국정원에 함께 가자고 말했다. 한시라도 빨리 넥스트 소사이어티를 찾아, 테러를 멈추고 민규의 치료법을 구하기 위해 가능한 모든 도움을 받아야 하는 상황이었다.

* * *

회의실에서 기다리고 있던 경찰 간부들의 얼굴에는 긴장감과 기대감이 함께 비쳤다. 경찰에서 중요한 진전이 있다고 조사단에 긴급회의를 요청해왔다. 오랜만에 강남경찰서 회의실에서 진행하는 공동 회의였는데도 경찰 측 참석자는 생각보다 많지 않았다. 마찬가지로 조사단 측 참석자도 제한적이었다. 지혜는 수진에게 지난번에 해킹과 도청을 다 막았는데도 여전히 정보가 새는 것 같다고 말했다.

대형 회의실의 스크린에는 넥스트 소사이어티로부터 확보한 송신 장치의 내부 회로 기판이 확대되어 있었다. 수진도 지난 며칠 동안 많이 본 모습이었다.

"조사단뿐만 아니라 저희도 송신 장치로부터 얻은 정보가 많습니다. 이 부품을 보시면, 그 자체는 특별할 것 없는 평범한 표면 실장용 전자 부품입니다만 저희가 좀 더 알아본 바로는 국내에는 유통되고 있지 않은 중국산 부품이라고 합니다. 그리고 기판 표면을 현미경으로 자세히 보시면⋯."

지혜가 화면을 가리키며 발표하고 있었다. 민규가 병원에 있는 동안 조사단과의 협력은 지혜가 담당했다. 다음 슬라이드에는 기판 일부를 크게 확대한 사진이 나타났고, 표면 실장 부품들 사이에 흰 얼룩이 보였다.

"여기 흰 결정들이 보이는데, 염분입니다. 과학수사대에서 질량분석기로 분석했는데요, 주요 성분의 비율 및 흔적량 분석 결과를 볼 때 서해의 염분일 가능성이 매우 높다고 합니다."

"중국에서 제조되어 한국으로 해상 운송된 건가요?" 수진이 말했다.

"그 가능성도 확인했습니다. 이 부분을 보시면 기판이 코팅되어 있는데요, 투명한 코팅의 내부에 염분이 있는 것을 보실 수 있습니다. 즉, 운송이 아니라 제조 과정에서 염분이 들어간 것입니다."

"서해안에 본거지가 있다는 말씀이신가요?" 정훈이 물었다.

"그럴 수도 있겠지만 이런 정밀한 제품의 제조를 굳이 바닷가에서 할 이유가 무엇일까요. 저는 내륙보다는, 숨어 지내기 좋은 서해안의 작은 섬이나 선박이 아닐까 추정했

송신 장치

습니다. 물론 이런 추정만으로는 아무 결론도 낼 수 없습니다. 해양 경찰에 요즘 서해 쪽에 특이 사항이 없는지 확인 요청했고, 최근 현황이 정리된 리포트를 받았는데요, 이 부분이 재미있습니다."

지혜가 수진을 바라보며 다시 슬라이드를 넘기자 리포트의 한 페이지를 캡처한 내용이 나타났다. 그중 한 문장에 밑줄이 그어져 있었다.

'최근 서해 어부들 사이에 특정 지역에 가면 바다 귀신이 보인다는 얘기가 돌고 있음.'

"제가 이걸 보는 순간 예전에 채 연구원님이 주식 투자 게시판 글에서 Q-웨이브 영향을 확인했던 것이 기억났거든요."

"그 지역에서 누군가가 Q-웨이브를 쏘고 있을 거라는 거죠? 자기네한테 접근하지 않도록." 수진이 말했다.

"네, 그렇습니다. 그래서 저희가 오늘 아침에 위성사진으로 그 귀신이 출몰한다는 지역을 한번 쭉 살펴봤습니다. 이 사진을 보시면—"

검푸른 바다 한복판에 검은 실루엣이 작게 보였다. 사진을 확대하자 바다를 배경으로 선박의 형태가 비스듬히 보였으나 검은 선체의 모습은 알아보기 어려웠다. 다른 각도에서 찍은 사진 모두 마찬가지였다. 지혜는 이 선박이 형태는 여객선 같은데 공해상의 한곳에 계속 머무르고 있고,

색깔도 이상할 정도로 검다고 말했다.

"이건 사진의 노출이 잘못된 것이 아닙니다. 배의 표면이 빛을 거의 반사하지 않고 있습니다. 여객선이 이렇게 온통 검은색인 것은 처음 본다고 해양 경찰이 그러더군요. 저희는 이것이 레이다 전파를 흡수하는 스텔스 페인트가 아닌가 보고 있습니다."

"그런 걸 민간에서 구할 수 있나요?" 수진이 물었다.

"물론 쉽게 구할 수 없습니다. 여객선에 스텔스 페인트를 칠할 이유도 없고요. 그래서 지금까지 나온 정보를 종합했을 때, 넥스트 소사이어티가 한국과 중국 사이의 공해에서 외국 정부, 아마도 중국의 지원을 받고 있는 것 아닐까 합니다. 저희 경찰이 지금까지 국내에서 이들을 찾지 못했던 이유도 설명이 되고요. 만약 이 선박이 넥스트 소사이어티의 본거지가 맞는다면, 혹시라도 저희가 이 선박을 의심한다는 것을 눈치 채면 이들은 언제라도 중국으로 갈 수도 있습니다. 저희는 해양 경찰과 함께 저 배를 최대한 빨리 조사하러 갈 계획입니다."

감정

집무실 창을 통해 보이는 서해바다는 달빛에 은은하게 반짝이고 있었다. 조금 전까지만 해도, 최동석은 저 고요한 바다를 바라보며 차분히 미래를 구상하고 있었다. 부하들이 영동대로에서 잡힌 대원 때문에 흥분하기 전까지는.

"내가 여러 번 얘기했지만, 한국은 테스트베드일 뿐이고 그 이상의 일은 지금은 벌일 때가 아니요. Q-웨이브는 공개되지 않았을 때 더 값어치가 있는 거고."

최측근이라는 놈들이 이렇게 멍청했다. 밤마다 침대 밑에서 쏘는 수면 학습용 Q-웨이브 프로그램에서 너무 충성심을 강조하면 보스의 생각을 한 치의 의심도 없이 맹신하게 된다. 스스로 협박 같은 것은 해 본 적이 없는 최동석이 박진우를 제거한 후 자만심에 도취해 경찰에 협박 메시지를 보낼 때도 그랬다. 어차피 테스트는 계속해야 하는데 일반인들이 알게 되는 것은 원치 않으니 경찰이 협박에 응하지 않아도 사건 규모를 무한정 키울 수는 없었다. 그런 한계를 경찰도 금방 알게 될 터인데, 그럼에도 불구하고 아무도 그의 행동에 이견을 제기하지 않았다. 심지어 유행이 한참 지난 딥페이크로 장난친 협박 메시지의 유치함에 대해서조차. 말단의 행동대원들이야 시키는 대로만 하면 되지만 조직도에서 최동석 바로 아래의 임원들은 최동석이 미처 생각하지 못한 점을 조언할 수 있어야 한다. 그걸 기대하고 수면 학습 프로그램에서 충성심 신호를 뺐더니 이젠 또 제멋대로다.

"사장님, 그래도 우리 막내가 당했는데, 가만히 있으면 당국에서 우리를 더 얕잡아 볼 것 아닙니까. 이번에는 그냥 확 본때를 보여주죠. 그러면 우리의 요구를 들어줄 수밖에 없을 겁니다."

"맞습니다. 아예 자살 시위대가 청와대로 몰려가게 해서 우리 실력을 한 번 보여주시죠."

박진우의 측근을 한꺼번에 다 없앤 것이 실수였다. 그래도 그놈들은 박진우에게서 국제적, 전략적으로 사고하는 법을 배웠는데. 중국하고 얘기가 다 되어가는 마당에 뭘 보여주고 어떻게 하자고. Q-웨이브를 너무 쏘여줬더니 다들 바보가 된 건가.

"자, 이미 결정한 사안에 대해 자꾸 뭐라고 하지 말고, 경계 시스템이나 빨리 완성하라고."

만족한 얼굴들은 아니었지만, 그래도 최동석에게 대놓고 반대하는 사람은 없었다. 어쨌든 시킨 일은 열심히들 할 것이다. 수면 학습 프로그램에 충성심 신호는 다시 추가하되 한 녀석은 원래 강도의 33%, 다른 녀석은 67% 정도로 실험해보기로 마음먹었다.

최동석이 Q-웨이브의 존재와 그 효과를 알게 되었을 때, 그는 이것이 인류의 잠재력을 지금보다 한 단계 더 끌어올릴 수 있는 기술임을 깨달았다. 사실, 인류가 여기까지 온 것도 기적이었다. 유인원이 도구를 사용하고, 무리 지어 사냥하고, 음식을 익혀 먹고, 다른 동물의 가죽으로 기후에 적응하게 되었을 때, 이미 지구상에는 인류의 적수가 없었다. 인류는 거기서 진화가 멈출 수도 있었다. 하지만 인류는 같은 종끼리 잔인하게 살육하며 경쟁적으로 지능을 키웠기에 더 발전할 수 있었다. 한 개체의 두뇌를 키우는 데 한계에 부딪히자 문자를 발명하고 무리의 규모를 키워, 한 사람이 농사짓는 동안 다른 사람은 원자와 우주를 이해하고 또 다른 사람은 뒤처진 무리를 착취하는 분업화에 의해 고도화된 문명을 이룰 수 있었다. 그래도 거기까지였다. 사회가 커질수록 이해관계를 조정하고 공동의 목표를 추구하기는 더 힘들어졌다. 한때 인간은 달에 깃발을 꽂고 곧 우주를 정복할 수 있을 거라 자만하며, 왜 이미 우주를 정복한 앞선 문명이 안 보일까 궁금해 했었다. 그러나 인간은 다시는 다른 천체를 방문할 만큼의 역량을 한데 모을 수 없었다. 전 지구적인 분업으로 최적화되어가던 경제 시스템은 다시 빗장을 걸고 오히려 비효율을 추구했다. 손가락만 까딱하면 모든 지식을 제공할 수도 있었던 인터넷은 손가락 끝에 각자가 보고 싶어 하는 말초적인 자극만 끝없이 갖다 대줬다. 인류의 문명은 정점을 지나 이제는 천천히 황혼기를 맞이하고 있었다.

인류 문명이 중흥하는 방법은 둘 중 하나였다. 개별 두뇌의 한계를 극복하던가, 혹은 협업의 한계를 극복하던가. 그는 Q-웨이브가 후자의 돌파구를 열어줄 인류의 새로운 도구라는 것을 깨달았다. 최적의 조직 구조와 각자의 역할을 설계하기만 하면, 수백만 년 전의 무리 생활에 맞춰진 원시적인 뇌도 금세 새로운 목표와 가치관과 조직 서열을 받아들이도록 재프로그래밍할 수 있다. 외부 환경이 바뀌어도 다시 프로그래밍하면 그만이다. 규모에서 오는 효율과 변화에 대한 유연성을 동시에 갖춘, 소프트웨어로 제어하는 사회야말로 그렇지 않은 사회가 상상할 수도 없는 경쟁력과 확장성을 가진 진정한 다음 세대의 사회, 즉 '넥스트 소사이어티'가 될 수 있다.

지금까지 실험했던 원초적인 감정과 단순한 시각 자극은 이러한 다음 단계의 사회를 구현하기 위한 가장 기본적인 제어 신호였다. 그는 지금 이들을 조합하여 작은 조직을 효율적으로 제어하는 방법을 실험하고 있었다. 그에게 있어 이 실험은 또 다른 과학 연구의 과정일 뿐이었다. 관찰하고, 가설을 세우고, 예측하고, 실험으로 검증하고, 예측과 다른 부분이 있으면 가설을 수정하는. 검증할 수도 없는 모호한 사후 해석에 불과한 소위 '사회과학'과 달리, 진짜 과학의 힘으로 그는 곧 비록 작지만 최초의 진정한 '넥스트 소사이어티'를 만들어내고 규모를 글로벌 회사 수준으로 키울 것이다. 그다음에는 동남아 국가를 하나 선정해서 사회 개조 실험을 실시한다. 물론 그 과정에는 많은 자금이 필요하고, Q-웨이브 응용 제품을 중국과 같은 바이어에게 팔아서 자본을 확보해야 한다. 이들에게 판매하는 것은 신호의 종류가 고정된, 즉 정해진 감정만을 주입할 수 있는 단순한 장치로 제한할 것이다. 넥스트 소사이어티 바깥에서도 Q-웨이브의 존재를 알게 되면 각자 기술 개발을 시도하겠지만 먼저 앞서 나가기 시작한 넥스트 소사이어티의 경쟁력을 쫓아오지 못할 것이다. 그는 과학의 힘으로 징기즈칸도, 히틀러도, 마르크스도 이룰 수 없었던 일을 해낼 것이다.

원대한 전략을 꿈꾸던 최동석의 마음이 문을 두드리는 노크 소리에 추앙신 9호의 집무실로 끌려 돌아왔다.

"들어와."

"네, 사장님. 어제 말씀하신 피험자를 데려왔습니다."

연구소장이 한 여성을 데리고 들어왔다. 머리에는 붕대를 감고 화장도 거의 하지 않았으나, 긴 속눈썹과 가녀린 입술은 인사 파일에서 봤던 나이보다 그녀를 더 앳되어 보이게 했다. 그녀는 그를 보자 쑥스러워하며 미소를 지었다.

"저기, 안녕하세요. 대표님을 먼발치에서 뵙기는 했는데요, 제대로 인사드리는 것은 처음이네요. 저는 김서윤이라고 합니다."

"그래, 권 소장은 가서 일 보고. 서윤 씨, 지내는 게 불편하지는 않아요?"

"네, 배에서 지내본 건 처음이라 한두 가지 불편한 점은 있기는 한데요, 중요한 일을 돕는 거니까, 이 정도는 감수해야죠."

그녀는 머리를 살짝 숙인 채 그를 다소곳이 올려보며 말했다.

"잠시만요."

최동석은 노트북으로 선내 Q-웨이브 송신 관리 화면에 접속했다. 이 순간을 위해 지난 3일간 서윤의 침대에서 밤마다 송신했던, 서윤에게만 사용했던 신호 패턴 데이터를 찾아 Q-웨이브 패턴 편집 프로그램으로 열었다. [이미지]에 지정되어 있던 자신의 얼굴 사진들은 삭제했다. 눈앞에 있으니 이미지는 필요 없었다. [감정] 목록에서는 [성욕] 항목의 값을 최대로 키우고 다른 감정 항목들은 0으로, [페이드인][43]은 3분으로 설정했다. 수정한 데이터 파일을 집무실의 송신 장치로 전송하고 바로 송신을 시작하도록 했다.

"서윤 씨, 커피 한 잔 드릴까요?"

"네. 감사합니다."

"핸드드립이라 시간이 좀 걸립니다. 여기서 잡지라도 보시면서 편하게 기다리고 계세요."

최동석이 그동안 여러 차례의 실험에서 알아낸 바에 따르면, 사람이 Q-웨이브 신호를 의식적으로 느낄 수 있는지 여부는 신호의 절대 강도뿐만 아니라 신호강도의 시간당 변화량에 영향을 받았다. 낮은 수준의 신호가 무의식에 영향을 주면, 사람의 의식은 스스로 그 영향을 합리화하는 설명을 만들어낸다. 자신이 지어낸 스토리에 설득될 시간만 충분히 주면, 나중에는 상당히 강한 신호를 받아도 의

---

43. fade-in. 신호가 0으로부터 지정된 레벨까지 점차 증가하는 효과

식은 주입된 감정을 부자연스럽게 느끼지 않는다. 그는 조리실에 가서 커피를 천천히 내려 집무실로 돌아왔다. 문을 열자 깜짝 놀라며 그를 돌아보는 그녀의 뺨은 불그스레 상기되어 있었다. 그는 커피를 건네주며 말했다.

"오래 기다리셨죠? 뜨거우니까 조심하세요."

"정말 감사합니다. 대표님이 직접 커피도 내려 주시고. 바쁘실 텐데 너무 친절하시네요. 제가 뭘 도와드릴 수 있을까요?"

그녀는 커피를 건네주는 그의 손을 두 손으로 잡으며 다가섰다. 바르르 떠는 그녀의 손은 뜨거웠다.

"이미 충분히 도와주고 계시잖아요. 오늘은 제가 좀 도와드리려고요. 요즘 서윤 씨 뇌파 측정 결과를 보면 너무 스트레스를 많이 받으시는 거로 나타나서, 제가 마사지로 좀 릴렉스시켜 드리겠습니다."

"어머, 정말요? 너무 좋아요. 어디서 해주시나요?"

"저기 안쪽에 제 침대가 있습니다. 저쪽으로 가시죠."

집무실과 붙어 있는 내실 침대로 그녀를 보내고 집무실 문을 잠갔다. 그는 침대로 걸어가며 처음으로 자신의 감정 중추가 손상되어 아쉽다는 생각이 들었다. 그녀와 달리 그는 아직 별다른 자극을 느끼지 못하고 있었다. 그가 사전에 실험해 본 바에 따르면 그의 몸은 물리적 자극에 여전히 정상적으로 반응했다. 반면 그의 두뇌는 서윤의 달아오른 몸과의 접촉이나 집무실을 가득 채운 Q-웨이브 신호에 거의 반응하지 않았다. 그가 젊은 시절 혼자 좋아했던, 서윤과 닮았던 그녀가 지금 이 방에 있었더라도 마찬가지였을 것이다.

그가 침대로 다가가자 서윤은 그를 바라보며 단추를 하나씩 풀기 시작했다.

서해

"지난번에도 현장에 갔다가 위험했잖아요. 여기서 원격으로 도와주세요."

정훈이 답답해하며 말했다. 그녀도 같은 얘기를 다시 반복할 수밖에 없었다.

"저도 웬만하면 그러고 싶은데요. 뱃멀미 때문에 배 타는 것도 싫어한다고요. 하지만 탐지 시스템을 가동시키려면 제가 현장에 있어야 해요."

"요즘 같은 세상에 원격으로 못 하는 일이 어디 있어요?"

"어딨기는요. 바다 한복판에 있죠. 거긴 대역폭 낮은 위성으로밖에 연결 안 돼요."

"크리쉬는 AI 가속기를 배에 실어 놓고 수신 장치와 광케이블로 연결하면 그걸 조작하는 건 원격으로도 될 거라던데요."

정훈과 경찰은 이번에는 미국인들은 절대로 함께 갈 수 없다고 말했었다. 공해상에서 수행하는 위험한 작전이고, 어쩌면 중국과 대치하는 상황이 될 수도 있는데 미국인이 작전에 참여하고 있으면 문제가 복잡해질 수 있다는 이유였다. 웬일인지 게리와 크리쉬도 현장에 따라가지 않고 원격으로 지켜보겠다고 순순히 응했다.

"이론적으로나 그렇죠. 그건 크리쉬가 시스템 운영을 안 해봐서 그런 얘기 하는 거예요. 회사에서도 현장에 무슨 일이 있을지 모르고 네트워크도 불안정할 때는 담당자가 현장에 갈 수밖에 없다고요."

이번에도 국정원의 도움을 받았다. 함정에 탑재되어 독립적으로 동작할 Q-웨이브 탐지 시스템에 필요한 서버와 AI 가속기뿐만 아니라 데이터 센터급의 발전기까지 반나절 만에 수배해줬다. 물론 그 장비를 해양경찰함에 싣는 것은 또 다른 문제였다. 수진이 인천항의 해양경찰 부두에 도착했을 때 아직 장비의 선적이 한창 진행 중이었다.

"설치 기사들이 혀를 차며 불평하더군요. 평생 이런 장비를 배에 실어본 것은 처음이라고, 도대체 어디에 쓰려는 거냐고요. 그래서 제가 국정원 배지를 한번 보여줬더니 더 이상 불평이나 질문을 하지 않던데요." 설치 과정을 지켜보던 현식이 말했다.

"중국 해커들과 한 판 붙으러 간다고 하지 그랬어요."

일찍 와서 고생하고 있던 현식에게 미안했던 수진이 농담이라고 한 말에 현식은 별 반응이 없었다.

"발전기도 준비하길 잘했습니다. 이 함정이 디젤-전기 하이브리드 방식이라 대형 발전기가 있기는 한데 선실로 연결되는 전력선은 용량이 부족하더군요. 전력 품질이 어떨지 몰라서 별도로 발전기를 준비했는데, 없었으면 곤란할 뻔했습니다."

"추적 드론은요?"

"네. 그것 때문에 지난번에 국정원에 함께 들어갔을 때 보셨던 친구들이 꼴딱 밤을 새웠습니다. 원래 다음 주까지 예정이었잖아요. 아직 테스트가 충분하지는 않아서, 조금 있으면 그 팀에서 드론 들고 와서 배 타고 가면서 디버깅을 마무리할 겁니다. 아, 마침 저기들 오네요."

"한 번 보시겠어요?" 국정원 직원이 드론 하나를 박스에서 꺼내 들고 말했다.

"무게를 줄이기 위해 수신 장치의 케이스는 제거했고요. 전원도 드론의 메인 배터리에 DC-DC 컨버터로 연결했습니다. 좁은 선내에서 자율 비행에 필요한 뎁스 카메라[44]가 기본 장착된 모델이고요. 여기 소형 C-4가 부착되어 있습니다."

"C-4라는 게 폭탄 아니에요?" 수진이 말했다.

"네, 만약에 선내 깊숙한 곳에 송신 장치가 설치되어 있으면 외부에서 무력화시키기가 어려울 수도 있습니다. 그때는 드론을 선내로 들여보내 송신 장치를 찾아간 후 자폭하도록 할 겁니다."

"지난번에 국정원에서 말씀하실 때는 탄소섬유탄인가 하는 걸 장착할 거라고 했잖아요."

"그건 원격 조종으로 일반 건물에 침투할 때를 고려했던 거고요. 선박의 경우 벽체가 모두 강판이라 전파가 막혀서 원격 조종도 어렵고, 벽이나 출입문을 폭파해야 할 수도 있습니다."

"원격 조종이 안 되면 그런 일을 어떻게 하는데요?"

국정원 직원은 주위를 살피더니 목소리를 낮췄다.

"채 연구원님은 비밀취급 인가받았다고 하셨죠? 사실 이건 민간이나 경찰용이 아니라 군용 드론이고요, 현재 개발 중인 건물 내 군집 추적 AI가 탑재되어 있습니다."

"건물 내… 무슨 AI라고요?"

---

44. depth camera. 이미지 각 점까지의 거리를 측정할 수 있는 카메라

"다수의 드론이 건물에 침투해서 철문 같은 방해물도 제거하면서 협력하여 목표물을 찾아 파괴하는 AI입니다."

"아니… 그런 군사용 AI는 국제협약으로 금지하고 있는 것으로 아는데요."

AI가 군사용으로 사용된다고 하면 흔히 터미네이터 영화를 떠올리지만, 사실 인간형 로봇 병사나 자의식을 가진 AI는 아직 꿈같은 얘기였다. 하지만 원격 조종되는 군사용 드론이 전쟁의 형태를 완전히 바꿔 놓았듯이, 제한된 AI라도 무기의 효율과 자동화 수준을 높임으로써 힘의 균형을 무너뜨릴 수도, 새로운 형태의 테러를 가능케 할 수도 있다. 이 때문에 기존 강대국들은 AI의 군사적 활용을 엄격하게 금지하는 국제협약을 밀어붙였다.

"협약이야 협약일 뿐이고요. 핵실험처럼 눈에 띄는 것도 아니니까 다들 몰래 개발 하고 있는 것으로 알고 있습니다. 사람이 있는 건물을 통째로 날리는 것보다 훨씬 인도적이잖아요."

100m가 훌쩍 넘는 해양경찰함의 옆면에는 '5005'라는 숫자가 크게 쓰여 있었다. 지혜는 이 5천 톤급 함정이 중국 어선들과의 무력 충돌에 대비해서 76mm 포까지 탑재한, 경찰함으로는 상당히 큰 함정이라며 뱃멀미가 심하지는 않을 거라고 알려줬다. 선실에 들여놓은 서버 컴퓨터에

는 기본적인 OS와 수진이 요청한 사설 클라우드 관리 시스템만 설치되어 있었다. 패키징해 온 Q-웨이브 탐지 시스템 소프트웨어의 설치가 별 문제없으면 한 번에 동작할 수도 있지만 그렇지 않은 경우 콘솔에서 일일이 확인하며 설정을 수정해야 하기 때문에 빨리 일을 시작해야 했다. 그녀는 데이터센터의 수천 대의 서버 소음에 둘러싸여 일해 본 적도 많았으나, 이번에는 철제 벽으로 둘러싸인 좁은 선실 안에 발전기의 소음까지 더해지니 그녀가 가져간 소음 제거 이어폰도 소용없었고, 현식이 어디선가 구해다 준 군용 소음 제거 헤드셋을 쓰고서야 겨우 일 할 만 했다. 다행히 준비해간 소프트웨어 패키지는 설치 후 약간의 수정만으로 동작했다. 5005함의 선수와 선미에 각각 휴대용 수신 장치를 설치하고 광케이블로 선실의 AI 가속기와 연결했다. 최소 3대의 수신 장치가 서로 떨어져 설치되어야 하는 삼각측량은 드론에 맡기는 대신 함정의 수신 장치는 교차 상관 계산에 의한 신호의 탐지 및 시그너처 분리 용도로만 사용하기로 했다.

5005함이 인천항을 출발했다. 그녀는 저녁 내내 장비가 모두 동작하는 것을 확인하고서야 자정에 열린 작전 회의에 참석할 수 있었다. 해경 특공대장이 목표 함선에 대한 정찰 결과를 함장과 광역수사대 형사들에게 설명하고 있었다. 먼저 와있던 지혜가 그녀에게 캔커피를 하나 내밀었다.

"공군의 글로벌 호크[45]가 촬영한 함선의 모습입니다. 먼저 위성 사진에서도 보셨듯이, 레이다 전파를 흡수하는 스텔스 도료가 칠해져 있습니다. 여기서 함선의 이름을 식별할 수 있는데요, 추앙신 9호입니다. 검색해 보면 중국의 해양 탐사선으로 나오지만 등록된 탐사선과는 외관이 다릅니다. 이름은 위장인 것 같습니다."

특공대장이 보여주는 추앙신 9호의 사진은 위성 사진보다 훨씬 해상도가 높았다. 다음 슬라이드에는 갑판에 서 있는 사람의 모습이 클로즈업되어 보였다.

"글로벌 호크가 고도를 낮춰 약 3시간 정도를 계속 선회하며 감시하던 끝에, 현재 넥스트 소사이어티의 우두머리로 추정되는 최동석이 갑판에 모습을 드러낸 것을 확인할 수 있었습니다. 다음은 이 배를 여러 각도에서 촬영한 것입니다. 여객선을 개조한 선박으로 보이며, 함포나 고정식 기관포와 같은 중화기는 보이지 않습니다만, 객실 내부에 무엇이 있는지는 알 수 없습니다. 후미에는 헬리콥터가 착륙할 수 있는 헬리패드가 추가로 설치되어 있고요—"

"잠시만요." 지혜가 말했다. "바로 전 페이지의 사진

---

45. 무인 정찰기의 일종. 2019년 말 한국에 도입됨
46. 돛대

에서 마스트[46] 부분을 좀 확대해서 보여주실 수 있나요?"

특공대장이 화면을 확대했다. 검은색 기둥에 안테나가 설치되어 있었다.

"저기 기지국 안테나처럼 사방을 향하고 있는 검은 박스들 있잖아요. 원래 저런 게 배에 있는 건가요?"

"저건, 글쎄요, 배에 저런 게 달려 있는 것은 본 기억이 없군요. 레이다는 분명히 아니고, 처음부터 설치되어 있던 건 아닌 것 같습니다. 전선이 엉성하게 늘어져 있어요. 원래 있던 것이라면 저렇지 않죠." 함장이 화면을 들여다보며 말했다.

"저게 Q-웨이브 송신 장치 아닐까요?" 지혜가 수진에게 물었다.

"그래 보이기는 하는데, 이 사진만으로는 알 수 없어요."

"특공대장 보고는 이만하면 됐고, 그러면 광수대에서 Q-웨이브라는 것에 관해 설명해 주시죠. 계속 그 이름이 나오는데 도대체 뭔지. 이렇게 내용도 모르고 출동해보는 건 내 해경 경력에서 처음이오." 함장이 말했다.

"보안 때문에 좀 더 일찍 알려 드리지 못해 죄송합니다. 바로 시작하겠습니다만 이 자리에 계신 분들은 빠짐없이 이 방을 나가시기 전에 제가 가져온 비밀유지서약서에 서명하셔야 합니다."

지혜는 해경들에게 비밀유지서약서를 나눠준 후, 고양이 환각 사건에서 Q-웨이브를 알게 된 과정부터 양평 작전 때 함정에 빠졌던 일, 최근의 폭력 시위와 나이트클럽 사건, 영동대로 환승 센터 사건을 차례로 설명했다.

"그걸 지금까지 국민들에게 다 비밀로 하고 있었다니, 어떻게 그럴 수 있죠?"

특공대장이 얼굴을 붉히며 말했다. "제 조카도 저기 시위 때 다쳤었다고요."

"일단 얘기부터 다 들어봅시다. 이런 걸 대책 없이 국민들에게 공개했으면 그럼 또 어떡할 거냐고 난리 났을 거 아냐? 다 고민해봤겠지." 함장이 말했다.

"그렇습니다, 함장님. 이번 작전이 성공하면, 향후 Q-웨이브 기술의 관리 방안과 함께 그간의 진상을 발표할 것으로 알고 있습니다. 다음은 이번 작전에 관련된 사항입니다. 그동안의 정보를 종합해보면 넥스트 소사이어티는 양평 작전 이후에 최동석을 중심으로 재건된 범죄 조직이고 그 규모는 파악하기 어렵습니다만, Q-웨이브로 세뇌된 조직원들이 목숨을 내놓고 저항할 가능성이 큽니다."

"그래 봐야 훈련받지 못한 오합지졸일 텐데, 그런 놈들은 맨날 상대합니다." 특공대장이 말했다.

"흉기나 휘두르는 중국 어민 정도로 생각하시면 안 됩니다. 스텔스 기술이 적용된 선박이라면 상당한 화기도 가지고 있을 가능성이 있습니다."

"그래도 5005함의 화력이면 상대가 안 됩니다."

"여러 정황을 봤을 때 99% 확신하고 있지만, 아직 이들이 지금까지의 사건에 책임이 있다는 직접적인 증거가 없기 때문에, 증거 확보가 우선입니다. 또, 어쩌면 불법 인체 실험을 위한 민간인 피험자가 선내에 다수 있을 수도 있습니다."

"인질로 삼을 수도 있겠군요."

"그렇습니다. 그리고 또 한 가지 말씀드려야 할 사항이 있습니다. 이번 사건을 중요하게 보고 있는 한국과 미국의 정보기관에서는 어떻게든 기술 자료와 각종 기기, 최동석을 위시한 과학기술자들을 온전하게 확보하기를 요구하고 있습니다. 게다가 일반적인 화기나 무력에 대한 대응은 알아서 해주시리라 믿습니다만, 지난 사건들을 봤을 때 우리가 접근하면 이들이 Q-웨이브를 사용할 가능성이 있습니다. 이에 대한 대비가 필요합니다."

"어떻게 대비할 수 있나요? 머리에 금속 헬멧이라도 써야 하나요?" 함장이 말했다.

"Q-웨이브는 강철이건 콘크리트건 그냥 통과합니다. 게다가, 송신 장치의 지향성을 제어할 수 있는 것으로 추정하고 있습니다. 즉, 자신들은 영향을 상대적으로 덜 받으면서 다가오는 우리에게 조준해서 파동을 발사할 수 있습니다. 다만 레이저처럼 예리하게 조준할 수 있는 것은 아니고 가까이에서는 영향이 있을 수밖에 없어서 우리가 일정 거리를 유지하고 있으면 영향은 제한적일 것이라고 과학자들은 예상하고 있습니다."

"구체적인 숫자는 하나도 없군요. 얼마나 가까이 갈 수 있는 겁니까?" 특공대장이 물었다.

"정확히 말씀드리기 어려운데요, 고양이 환각의 경우 자기네도 피해가 극심했었고, 양평 작전의 경험과 과학자들이 송신 장치를 분석한 결과로 대략 추정하기로는 1km 이상의 거리에서는 효력이 미미할 것이라고 보고 있습니다. 물론 우리가 입수한 장치 기준이고, 지향성이 더 높은, 더 고출력의 송신 장치가 저 배에 실려 있을 가능성도 배제할 수는 없습니다."

다들 한숨을 쉬었다. 다시 특공대장이 말했다.

"가까이 갈 수도 없고, 멀리서 함포로 격침해도 안 되고, 인질이 있을 수도 있고, 그런데 저쪽 과학자들은 생포해야 하는군요. 이건 뭐 감정 영향 안 받는 터미네이터가 해야 하는 임무네요."

"그래도 감정은 감정일 뿐입니다. 물리적인 피해를 주지는 못합니다."

"양평에서 그것 때문에 아군끼리 총격까지 했다고 하지 않았나요? 그 정도로 미쳐버리는 걸 어떻게 견디나요?"

"그때는 감정 공격이라는 걸 전혀 모르고 있다가 갑자기 당했지만, 알고 있으면 저항할 수 있습니다. 저기 계신 채수진 연구원도 영동대로 환승 센터에서 감정 공격을 이겨내고 저희 다른 형사와 함께 넥스트 소사이어티 조직원을 추적했습니다."

다들 수진을 쳐다봤다. 그녀는 얼굴이 화끈거렸다. 지혜는 그때 다른 형사가 어떻게 되었는지는 말하지 않았다.

"그리고 국정원에서 원격 조종 드론도 준비했습니다. 아직 얼마나 효과가 있을지는 알 수 없습니다만."

작전 예정 시각인 새벽 3시가 다가오자 함교에 다시 모였다. 수진도 함교에서 선내 네트워크를 통해 단말기를 선실의 서버에 연결했다.

"위성에서 확인한 위치에 다가가고 있습니다. 레이다에 잡힙니다만… 실제 크기보다 매우 작게 나타납니다." 부함장이 말했다.

"이미 글로벌 호크의 레이다로도 확인했을 텐데, 그동안 발견하지 못했던 이유를 우리한테 굳이 해명하는 거예요. 저 배가 여기 오랫동안 있었는데도 아무것도 모르고 있었던 해경이 이번에 스타일 구겼거든요." 지혜가 수진에게 속삭였다.

잠시 후 광학카메라의 영상을 확대해 보여주는 모니터

에 수평선 위로 흐릿한 검은 얼룩이 보였다. 달빛이 바다를 비추고 있었지만 검은 얼룩은 수평선을 배경으로 거의 보일락말락 했다. 부함장이 말했다.

"저게 추앙신입니다. 스텔스 코팅 때문에 달빛을 거의 반사하지 않고 있습니다."

"우리가 오는 것을 발견하지 않았을까요?" 지혜가 물었다.

"일부러 몇 km 옆으로 지나가는 항로로 일정한 속도로 다가가는 중입니다. 혹시 우리를 레이다로 봤더라도 그냥 지나가는 배라고 생각할 겁니다."

"3km까지 접근했습니다. 2km까지 다가갔을 때 고속단정으로 특공대원들이 추앙신으로 침투해서 함교와 주요 시설을 장악한 후에…. 그런데 너무 위험하지 않을까요?"

수진의 눈앞에 순간적으로 희끄무레한 것이 나타났다가 사라졌다. 갑자기 등골이 오싹해지며 한기가 느껴졌다. 이것은…. 단말기 화면에 나타나는 숫자를 봤다. 그녀가 말했다.

"Q-웨이브입니다. 급속하게 수치가 올라가고 있어요."

"아직 2km도 더 남았는데 벌써? 우리가 다가가는 것을 알았을 리도 없고, 1km까지는 괜찮을 거라고 했잖습니까. 양평에서처럼 함정이 틀림없습니다. 후퇴해야 합니다."

부함장의 목소리가 떨리고 있었다. 아무리 사전에 교육을 받았더라도 처음으로 주입된 감정을 느끼면 당황할 수밖에 없다. 물론 그녀처럼 여러 번을 당했더라도 덜해지는 것은 아니다. 단지 견뎌낼 수 있다는 것을 경험으로 알고 있기에 이를 악물고 참을 뿐.

"과학자들의 계산이 틀렸소. 이대로는 가까이 갈 수가 없어! 포수, 마스트의 Q-웨이브 송신 장치를 유도 탄약으로 날려버려라!" 함장이 명령했다.

"유도 탄약으로 전환합니다. 레이저 락 온. 발사…. 명중했습니다."

5005함의 함포가 불을 뿜으며 함교의 유리창을 흔들었다. 추앙신을 보여주던 카메라의 화면은 흔들림을 멈췄고 레이저로 유도되는 포탄에 피격된 마스트는 더 이상 보이지 않았다.

그러나 여전히 공포심은 사라지지 않았다.

"아니, 어떻게—"

화면 속의 추앙신에서 불꽃이 점멸하기 시작했다. 곧 5005함의 선체에 타타탕하는 요란한 소리가 울렸다. 그중 몇 발은 함교 유리창에 맞으며 둔탁한 충격음을 냈고 사람들은 바닥으로 쓰러지듯 엎드렸다.

"기습 공격입니다. 이러다 다 당합니다!"

갑판에서 고속단정을 탈 준비를 하고 있던 특공대장이

겁먹은 목소리로 무전에 외치고 기관총 소리가 울리기 시작했다. 수진은 고개를 들어 갑판을 내다봤다. 특공대원들이 바닥에 엎드려 사방으로 총을 쏘고 있었다. Q-웨이브의 감정 공격이 실제 총격과 맞물려 극적인 효과를 내고 있었다. 이상했다. 5005함이 접근하는 것을 몰랐을 테니 전 방향으로, 계속해서 Q-웨이브를 쏘고 있었을 것이다. 만약 이 거리에서도 이 정도의 영향을 받을만한 강도로 계속 송신하고 있었다면, 분명히 추앙신에 타고 있는 사람들도 영향을 많이 받을 수밖에 없었다. 밤마다 악몽에 시달려서야 무슨 일을 할 수 있을까. 우리가 다가가는 것을 알아채고 자기네도 공포를 견디면서 신호를 최고 출력으로 올렸던가 아니면….

  그녀는 다시 한 번 단말 화면에 나타난 수신 신호의 강도를 봤다. 그녀가 의심했던 대로였다. 5005함의 길이를 최대한 활용해서 두 개의 수신 장치의 간격을 벌려 놓았으나 추앙신과의 거리에 비하면 얼마 안 된다. 그에 비해 두 수신 장치가 탐지하는 신호 강도의 차이는 예상보다 컸다. 그녀는 광학카메라의 영상을 다시 봤다. 아까보다 더 확대되어 보이고 있었다.

  "특공부대는 선실로 들어와라. 조타수, 우현으로 120도. 안전거리로 후퇴하라."

  "함장님, 제가 생각하기엔—"

그녀가 함장에게 얘기하려 했으나 함정이 크게 기울어지고 다시 계속되는 기관총 소리에 말을 이을 수가 없었다. 그녀는 몸을 숙인 채로 광학 카메라의 영상을 담당하는 승무원에게 다가갔다.

"지금 이 영상, 저 배의 이 부분을 최대한 확대해서 캡처할 수 있나요?"

"네, 그런데요. 근데 지금 상황에서 그건 왜―"

"해주세요. 지금 당장."

그녀는 단호하게 말했다. 공포에 압도되고 있는 사람에게 명령 계통 따위는 상관없다. 승무원이 마지못해 몸을 일으켜 화면을 조작했다. 추앙신의 어두운 모습이 커진 채로 멈췄다. 그녀는 다시 명도 커브를 조절해서 어두운 부분이 잘 보이도록 해달라고 요구했다. 그러자 검기만 했던 부분이 밝아지면서 자글자글한 노이즈가 나타났다.

"이제 됐어요. 함장님, 이걸 보세요."

추앙신으로부터 거리가 멀어지며 정신을 차린 함장과 승무원들이 그녀에게 다가왔다.

"여기 배에서 바다로 내려간 여러 가닥의 줄 같은 게 보이시나요? 조금 전의 Q-웨이브는 추앙신에서 직접 쏜 게 아니에요. 이 전선에 연결된 송신 장치들이 추앙신의 주위를 바다 속에서 멀리 둘러싸고 있는 거예요."

"그거 말 되는군요. 서해는 수심이 얕으니까, 주변에 빙 둘러 배치해두고 자기네로부터 충분히 먼 거리에서 계속 강하게 Q-웨이브를 쏠 수 있었을 겁니다. 이 부근에서 귀신을 봤다는 어선들도 그래서 멀리서 피해갔을 테고요." 함장이 말했다.

"함장님, 이 배에서 해저로 폭탄을 투하해서 송신 장치를 파괴할 수는 없나요? 잠수함 공격하는 그런 거로?"

그녀의 질문에 옆에 있던 승무원이 웃으려다 함장이 노려보자 입을 다물었다.

"그런 건 군함에나 있지, 우리 같은 경찰 함정에는 없어요. 하지만, 어쩌면 쓸 만한 것이 있을지도 모르겠군요. 포수, 추앙신 주변에 EMP탄을 있는 대로 다 발사해라."

"함장님, 그건 별로 효과가—" 부함장이 말했다.

"그냥 발사해봐. 어차피 쓸 데도 없는 것. 밑져야 본전 아닌가."

불꽃들이 어두운 하늘을 가르며 날아가고 추앙신 주변의 상공이 일순간 환해졌다. 그동안 약해지긴 했어도 아직 느껴지던 공포심이 사라지고 눈앞에 어른거리던 것도 사라졌다. 그녀는 탐지 시스템 단말기 화면을 봤다. 수신 장치의 수치도 Q-웨이브가 사라진 것을 확인해주고 있었다.

"EMP탄이 드디어 값어치를 한번 했군." 함장이 말했다.

"그러게요. 고물 중국 어선에도 효과가 없는 무기였는

데 어떻게⋯." 부함장이 이마를 찡그리며 말했다.

"전자기 펄스라는 것이 긴 도체에 효과가 크기 때문에 원래 전력 시설 같은 걸 타겟으로 개발된 무기인데, 쪼만한 중국 어선에 그렇게 긴 전선이나 민감한 전자 장비 같은 게 있을 턱이 있나. 첨단 기술 도입한다고 방산 업체에 예산만 낭비한 거지. 그렇다고 폐기하자니 도입을 결정한 사람이 옷 벗게 생겼고. 그래서 그냥 폼으로 싣고만 다니던 것인데."

"그래서 함선과 긴 케이블로 연결된 해저 송신 장치에 효과가 있었던 것이군요. 함장님이 어떻게 저도 생각 못 한 걸⋯." 수진이 말했다.

"연구원님, 배나 타는 경찰이라고 다 무식한 건 아니오. 난 집에서 전자제품을 사도 매뉴얼을 마지막 페이지까지 읽어보는 스타일이거든. 내 배에 새로운 장비가 탑재될 때도 마찬가지고."

"아, 그런 뜻은 아니었는데, 죄송합니다."

"저도 앞으로 설명서를 꼭 읽겠습니다. 그나저나 저들에게 노출되었으니 고속단정으로 몰래 접근할 수는 없겠군요. 함대함으로 붙는 수밖에 없겠습니다." 부함장이 말했다.

"그래 보이는군. 가라앉히거나 인명피해가 크면 안 되니까 가급적 주포는 사용하지 말고. 바로 접근하면서 저쪽에서 공격하면 최소한으로만 응사한다."

5005함이 추앙신 쪽으로 방향을 바꿨다. 추앙신도 움직이기 시작했다.

"서쪽으로 달아나고 있습니다. 20… 25… 30노트입니다. 우리 함과 큰 차이가 없어 추적에는 시간이 걸리겠습니다."

모터를 사용해서 추앙신에 조용히 접근하던 5005함이 디젤 엔진을 최대로 가동하며 속도를 올렸지만, 화면에 겨우 보이는 추앙신의 어두운 실루엣은 좀처럼 커지지 않았다.

"거참, 이제 좀 정신이 듭니다. 미리 설명을 들었는데도 막상 당하니까 반사적으로 행동했습니다. 그 거리에선 총격도 별로 위험하지 않은데. 함부로 포를 발사해서 저들을 깨우기 전에 한 번 더 생각했어야 했는데 그러지 못했습니다."

함장이 그녀에게 말했다.

"그래도 잘 대응하신 거예요. 다른 사람들은 겁먹고 아무것도 못 했잖아요. 마스트와 해저 송신 장치는 파괴되었고 어쩌면 EMP탄에 선내 장비가 고장 났을 수도 있으니 운 좋으면 이제 가까이 가기 전까지는 Q-웨이브 공격을 안 받을지도 몰라요."

"이제 공평한 게임이 되겠군요."

구름 사이로 바다를 비추던 달마저 수평선 너머로 져버렸다. 새벽의 서해는 칠흑같이 어두웠고, 1km까지 가까워진 추앙신은 배경과 구분되지 않는 검은 구멍이었다. 단지 프로펠러가 만들어내는 파도만 5005함의 서치라이트에 은백색으로 빛나며 마치 이리 따라오라는 듯 선명한 표식을 바다 위에 남겼다.

"추앙신에서 다시 Q-웨이브를 송신하고 있어요. 강도는 예상했던 수준입니다."

수진이 말하자마자 모니터의 검은 실루엣에서 화염이 번쩍이고 곧 총탄이 선체를 때리는 소리가 진동했다. 총탄보다 늦은 총소리가 5005함 함교의 창문을 통해 멀리서 들렸다. 다시 한 번 Q-웨이브의 공포 감정과 충격을 결합한 공격으로 효과를 높이려 시도하는 중이었지만, 신호 강도가 훨씬 약했고 이미 같은 방식의 공격을 겪은 승무원들은 당황하지 않았다.

"저 거리에서 저런 총으로는 방탄 유리창을 못 뚫어요."

한 승무원이 수진에게 말했다. 곧 5005호의 기관포가 대응 사격을 실시했다. 모니터에는 아까 화염이 보였던 곳에서 작은 불꽃들이 작렬했고 더 이상 화염이 보이지 않았다. 화면을 보고 있던 부함장이 지혜에게 물었다.

"벌써 몇 번째야. 이런 식으로는 자기네가 승산이 없다는 것을 알 텐데 포기하지 않는군요. 세뇌되었다는 조직원을 직접 본 적이 있나요?"

"그냥 광신도라고 생각하시면 됩니다. 조직에 대한 충성심이 굉장히 강하고요, 전혀 말이 통하지 않습니다. 순순히 포기하고 항복하지 않을 겁니다."

함장은 초조한 기색으로 시계와 항법 시스템 화면을 번갈아 들여다봤다.

"이대로는 안 되겠어. 중국 수역이 너무 가까워. 포수, 후미 프로펠러 부분만 타격해서 배를 멈출 수 있을까?"

"지금 각도에서는 선체에 구멍이 날 가능성이 큽니다. 너무 위험합니다."

"격실 구조일 테니 아예 가라앉지는 않겠지. 이대로 중국으로 달아나게 둘 수는 없어. 최대한 조심해서 해 보자고."

잠시 후 5005함의 주포의 굉음이 함교의 두꺼운 유리창을 뒤흔들고, 추앙신의 뒤쪽에서 물기둥이 솟았다. 추앙신은 여전히 속도를 유지했다.

"이번에는 조금 더 가깝게 조준합니다."

다시 한 번 추앙신의 후미 오른쪽에서 물기둥이 솟고, 이윽고 오른쪽으로 선회하기 시작했다.

"명중했습니다. 우측 프로펠러가 파손된 것으로 보입니다."

"특공대는 승선과 근접전을 준비하라."

함장이 외쳤다. 잠시 후 추앙신은 측면을 5005함으로 드러내고 한쪽으로 기울어진 채 멈췄다. 5005함은 빠르게 거리를 좁혔다. 추앙신의 선실 창문에서 다시 총구가 불을 뿜었으나 5005함의 기관포에 제압되었다.

"잠깐…. 사격 중지! 사격 중지!"

모니터가 보여주는 추앙신의 갑판에 두 사람이 나타났다. 머리에 붕대를 두른 여자와 이 여자에게 총을 겨눈 남자. 수진은 저 남자가 최동석이 아닐까 하고 생각했지만, 확신하기에는 너무 멀고 어두웠다. 갑자기 총구에 불꽃이 일며 붕대를 두른 여자가 쓰러졌다. 이어서 1초가 채 되지 않아 총소리가 들렸다.

"아니 저런 개자식들이. 진입하겠습니다."

무전으로 특공대장의 목소리가 들리는 순간, 바로 눈앞에 어른거리는 이미지가 나타났다. 창밖을 보고 있던 수진의 눈에 검은 바다를 배경으로 밝은 선들이 보였다. 선들이 연결되어 글자를 만들고 낡은 전광판처럼 얼룩진 글자들이 천천히 흐르면서 문장이 만들어졌다.

'물러나지 않으면 인질을 하나씩 죽이겠다.'

동시에 몰려드는 슬픔. 두려움. 동정심. 어느새 환각은 하얀 붕대 위에 얼룩진 붉은 피와 젊은 여자의 얼굴을 보여주고 있었다.

"안 돼!"

그녀는 자신도 모르게 소리쳤다. 주체할 수 없이 눈물이 흘렀다. Q-웨이브 효과인 줄 알아도 어쩔 수 없었다. 그녀는 울먹이며 말했다.

"이렇게 무고한 이들을 희생시킬 수는 없어요."

아무도 명령하지 않았는데 조타수는 방향을 돌리고 있었다. 함장도 붉어진 눈으로 아무 말 없이 고개를 떨궜다. 다시 추앙신은 멀어졌다. 5005함은 추앙신으로부터 1km 떨어져서 멈췄다.

다들 한동안 아무 말도 못 했다. 함장이 먼저 입을 열었다.

"논산에서 최루가스 훈련 받은 후로는 처음 울어보는군."

"차라리 공포심이었으면 그냥 밀고 들어갔을 텐데 이건…. 하지만 이제 이것도 감정 조작이라는 것을 알았으니 두 번째는 견뎌낼 수 있습니다. 그리고 자기네도 영향은 받는다면서요. 저들도 이제 쉽게 인질을 죽이지 못할 겁니다."

특공대장이 말하고는 주먹을 불끈 쥐었다. 그의 얼굴은 슬픔과 분노가 뒤섞여 떨고 있었다.

"꼭 그렇지는 않을 수도 있어요. 체포된 조직원들을 검사했을 때, 뇌 조직이 손상되고 감정이 무디어진 것으로 보였거든요. 정상이 아닌 놈들이에요."

지혜가 말했다. 수진도 여전히 인질의 목숨을 두고 모험을 하면 안 된다고 생각했다. 이런 판단 역시 Q-웨이브 때문일 수 있었겠지만, 아무튼 수진의 마음은 해경이 인질의 위험을 무릅쓰지 않도록 설득할 근거를 필사적으로 찾았다.

"우리가 저 배의 측면에서 접근했잖아요. 저들이 송신 장치를 배의 앞, 뒤 끝부분에 배치하고 우리 쪽으로 겨냥했다면 선체의 방향과는 직각이 되니까 자기네 영향은 크지 않았을 수도 있어요."

헤드폰을 쓰고 있던 승무원이 일어서며 말했다.

"잠시만요…, 함장님, 해군으로부터 긴급 연락입니다. 중국 인민해방군 구축함이 이쪽으로 이동하기 시작했답니다. 예상 도착 시각은 약 1시간 20분 후입니다. 우리 해군도 대응하기 위해 구축함을 보내는 것을 검토 중이라고 합니다만, 결정이 나더라도 3시간 이상 걸린다고 합니다."

"젠장, 우려했던 일이 벌어지는군. 여기서 우리가 한중 전쟁을 일으킬 수는 없잖아." 함장이 상기된 얼굴로 말했다.

"함장님, 시간이 없습니다. 우리 특공대가 승선해서 끝을 내겠습니다. 인질이 몇 명 희생되어도 어쩔 수 없습니다. 아니면 훨씬 더 큰 희생을 치르게 됩니다."

함장은 한동안 말이 없었다. 뭔가 생각하는 듯했다. 이윽고 수진에게 질문했다.

"연구원님. 쏘는 방향 때문에 자기네는 영향을 많이 받지 않았을 거라고 했죠? 그리고 우리도 송신 장치를 하나는 가지고 있다고 하지 않았나요?"

"네, 휴대용 장치를 하나 가지고 있습니다."

"그걸로 방금 받은 것을 되쏴 줄 수 있나요?"

"네? 되쏜다고요?"

"그래요. 저들이 인질을 함부로 해치지 못하게. 뭐 감정도 없는 로봇이 돼버렸으면 어쩔 수 없지만, 그렇지 않은 사람도 있을 수 있잖소. 우리가 고속단정이 둘 있으니, 하나가 추앙신의 측면에서 배의 중앙으로 신호를 쏘고, 다른 하나가 선수 쪽으로 접근하면 우리는 영향을 덜 받을 것 아니요."

"수신한 신호는 계속 서버에 저장하고 있으니까 그걸 변환해서 송신 장치에 다운로드할 수 있습니다. 그리고 고속단정이 아니더라도 드론에 송신 장치를 달아서 저 배의 상공에서 아래로 쏠 수 있어요."

"그럼 되겠군. 바로 준비를 시작해주시오. 특공대장은 바로 대원들과 고속단정으로 추앙신에 올라탈 준비를 하게. 대원들에게 인질들이 불쌍하다는 생각이 들더라도 더 많은 사람이 희생되는 것을 막으려면 꼭 해야 하는 일이라는 것을 주지시키고."

수진은 현식에게 국정원에서 가져온 드론 중 한 대에 송신 장치를 아래쪽을 향하게 부착하고 수동 조종할 수 있도록 설정을 바꾸라고 지시했다. 그동안 그녀는 수신된 신호를 분석했다. 예상했던 대로 1초에 10번씩 스크롤 되는 이미지와 공감, 동정심의 감정 신호가 섞여 있는 신호였다. 영동대로에서 민규가 목숨 걸고 확보한 송신 장치를 활용해서 송신 신호 패턴과 수신 신호 데이터를 상호 변환하는 프로그램을 만들어 뒀던 것을 활용했다. 수신된 신호에서 이미지를 바꿔치기하고 신호 패턴 생성 프로그램을 이용해서 송신 패턴을 새로 만들어내어 드론에 부착된 송신 장치에 입력했다.

"준비됐습니다, 함장님."

"그러면 시작하자."

국정원 직원 두 명이 각각 드론 조종을 맡았다. 송신 드론이 추앙신 위로 날아갔다. 5005호는 추앙신의 주변에 위협 포격과 함께 가장자리 선실 벽을 기관포로 공격하며 주의를 끌었다. 곧 근처에서 대기하고 있던 추적 드론들이 선실에 난 구멍을 통해 내부로 들어갔다. 반대쪽 측면에서는 고속단정이 얼굴에 온통 검은 칠을 한 특공대원들을 태우고 어둠 속에서 조용히 다가갔다. 수진은 드론의 원격 조종기를 통해 송신 장치를 켰다. 추앙신 상공에서 최대 출력으로 아래로 쏘는 신호는 5005함의 위치에서는 강도가 많이 낮아졌지만, 그녀는 옆으로 흐르는 싸라기눈 같은 환각 이미지에서 그녀가 바꿔치기한 텍스트를 알아볼 수 있었다.

'우리 모두 가족이에요. 다 함께 돌아가요.'

"브레인워시된 놈들한테 이게 먹힐까요?" 지혜가 물었다.

"감정을 느끼는 뉴런이 조금이라도 남아 있기를 바라야죠."

잠시 후 추앙신의 후미 쪽 창문에 내부의 섬광이 몇 차례 비쳤다.

"추적 드론이 송신 장치를 찾은 것 같습니다."

현식이 조용히 말했다. 무전기에서는 특전단장의 목소리가 들렸다.

"이제 진입합니다. 섬광탄을 사용하겠습니다."

다른 모니터에 특전단의 헬멧 캠에서 전송하는 영상이 보이기 시작했다. 어둠 속에서 넥스트 소사이어티 일당 몇 명이 기관총으로 응사하는 모습이 보이다가 갑자기 화면이 환해지며 아무것도 보이지 않게 되었다. 다시 1초 후 큰 폭발음이 함교 창문을 흔들었다. 돌아온 영상에는 특전단원들이 피를 흘리는 사람을 바닥에 엎드려 놓고 손을 묶는 모습이 보였다.

갑자기 폭발음이 들리며 아까 추적 드론의 섬광이 보였던 후미의 선실이 날아가고 붉은 화염이 솟아올랐다.
"폭발로 화재가 발생했습니다. 사람들부터 빨리 대피시켜야 합니다."
광학 카메라의 영상을 보고 있던 부함장이 외쳤다.
"최대한 가까이 접근해서 소화 작업을 실시한다."
함장이 명령했다. 5005함이 추앙신으로 다가가며 물줄기를 뿜었다. 그러나 추앙신의 화염은 기세가 꺾이지 않았고 선체는 조금 더 기울어졌다. 함장이 마이크를 잡고 외쳤다.
"특공대장, 배가 가라앉을 것 같다. 현장은 진압되었나?"
"1분만 더 주십시오, 함장님. 거의 진압했습니다."
"조타수, 배를 옆으로 붙여라."
"네, 함장님. 충격에 대비해 주십시오."
5005함이 추앙신 옆으로 붙었다. 다행히 두 배의 갑판 높이가 비슷해서 경찰들이 이동 사다리를 두 함선 사이에 걸쳤으나 파도가 칠 때마다 사다리는 흔들거렸다. 추앙신이 불안정했기 때문에 사다리도 오래 버틸 수 없을 것 같았다. 수진은 벽에 걸려 있던 구명조끼를 입기 시작했다.
"지금 뭐 하는 거요?" 함장이 그녀의 팔을 잡으며 물었다.

"배가 불타버리거나 가라앉기 전에 사람들도 구출하고 장비와 자료도 최대한 가져와야 합니다. 제가 가야 뭐가 중요한 건지 알 수 있어요."

"나도 함께 갈게요." 지혜도 구명조끼를 입기 시작했다.

"그럼 할 수 없군. 너희들은 뭐해? 다 따라가서 뭐라도 하나씩 들고 와!" 함장이 함교 내에 있던 승무원들에게 말했다.

"현식 님은 여기서 단말로 Q-웨이브를 모니터하고 드론도 대기시켜 주세요."

그녀가 외치고는 사다리로 뛰어갔다. 사다리 건너편에서 특공대원들이 머리에 붕대를 감싼 사람들을 건너보내고 있었다. 그녀는 잠시 사다리가 빈틈을 타서 추앙신으로 건너갔다. 깜박거리는 비상등을 제외한 모든 조명은 꺼져 있었다. 그녀는 휴대폰의 플래시를 켜고 컴컴한 복도로 뛰어들었다.

인천

 태양은 어느덧 머리 위에서 따뜻한 햇볕을 내리쬐고 있었다. 잔잔한 서해 파도를 가르며 인천으로 돌아가는 5005함의 갑판에서 수평선을 바라보던 수진은 새벽에 있었던 일이 악몽으로만 느껴졌다. 물론 추앙신에서 넘어졌을 때 얻은 머리의 혹이 꿈이 아니었음을 고통스럽게 확인시켜주고 있었지만.
 지혜가 그녀를 바라보며 걸어왔다.
 "뉴스 봤어요?"
 "네? 무슨 뉴스요?"
 "어제 저녁부터 난리였는데, 우리만 바다에 있느라 몰랐어요. 이거 한번 봐요."

지혜가 휴대폰으로 뉴스를 보여줬다.

'최악의 개인정보 유출 사고. 연예인, 정부 고위인사도 스캔들에 휘말려.'

수진의 회사가 제공하는 서비스에서 수십만 명의 사용자 데이터가 서로 뒤바뀌어 다른 사용자에게 노출되었다는 기사였다. 최악의 사고였다. 민감한 사진이나 메시지 기록, 메모장에 비밀번호를 적어 놓은 것까지 다른 사용자에게 공개되었을지도 모른다는 비명으로 모든 게시판과 소셜 서비스들이 들끓고 있었다.

"아니, 어떻게…."

그녀가 소속된 데이터 플랫폼 팀도 사용자 데이터를 다루는 곳이니 난리가 났을 터였다. 팀 메신저의 알람을 그동안 꺼놓고 있었던 것이 기억났다. 메신저 앱을 열어보니 안 읽은 메시지가 수천 개였다. 이번 사태의 영향을 받았을 수도 있는 서비스는 일단 모두 외부 접근을 막은 상태였고, 몇몇 팀원은 어떤 사용자의 얼마나 많은 개인정보가 다른 사용자에게 실제로 노출되었는지 접근 로그를 확인하고 있었다. 다른 팀원들은 개별 서비스 개발팀, 인프라 운영팀, 보안 팀과 함께 어쩌다 이런 일이 발생했는지 원인을 긴급히 확인하는 작업 중이었다. 이런 종류, 이런 규모의 사고는 처음 보는 것이었다. 사태의 범위와 영향을 확인하는 수천 개의 메시지와는 별도의 채널에서 오류의 원인에 대한 기술적 가설을 하나씩 확인하는 메시지가 계속 오가고 있었다. 아직 1차 검토 단계였지만 가설들은 빠르게 배제되어 갔다.

"이건 절대로 버그나 단순 실수에 의한 사고일 수 없어요. 누군가 내부로 들어와 고의로 해킹한 거예요."

한참 팀 메시지를 들여다보던 수진이 흥분해서 말했다. 원인이 뭐가 되었건 이 정도의 개인정보 유출 사고면 회사는 몇 년 동안 재판에만 끌려 다니다가 문을 닫게 될 수도 있었다. 예전에 훨씬 규모가 작은 개인정보 사고 때에도 검찰과 각종 관련 기관에 몇 달씩 불려 다녔던 기억이 떠올랐다. 수진은 회사로 돌아갈 때까지 자신의 자리가 남아 있을까 걱정했었는데, 이제 회사가 살아남지 못할 수도 있게 됐다.

"그러고 보니 수진 님 회사도 난리 났겠네요."

"저희 회사'도'요? 그럼 저희 회사 말고 난리 난 곳이 또 있어요?"

"뉴스에서 이번 개인정보 유출 관련해서 정부 고위인사 스캔들이 있다고 했잖아요."

"네, 그런데요?"

"아직 실명이 뉴스에는 나가지 않았는데," 지혜는 목소리를 낮췄다.

"경찰들끼리 얘기론 저희 행안부의 김태권 장관님이 관

련되었대요."

 김 장관은 합동 조사단 회의 때 몇 번 봤었다. 정치에 관심이 없었던 수진도 김 장관이 인터넷의 젊은 사람들 사이에서 인기가 있다는 정도는 알고 있었다.

 "김 장관님이요? 정말요?"

 "부적절한 사진과 메시지 같은 것들이 있었나 봐요. 내 연녀하고. 장관으로서는 괜찮은 분이셨는데, 어쨌거나 정치 생명은 끝났네요."

 수진은 서버가 설치되어 있는 선실로 돌아왔다. 한구석에서는 현식이 추앙신에서 들고 온 장비들을 정리하고 있었다.

 "현식 님, 뉴스 보셨어요? 국정원에서는 뭐래요?"

 "저희는 다른 부서 일에는 관여 안 합니다. 저는 아무것도 못 들었습니다."

 현식은 무표정하게 대답한 후, 하던 일을 계속했다. 옆에서는 드론을 들고 왔던 다른 국정원 직원들이 현식을 돕고 있었다. 다들 피곤했는지, 더 이상 얘기를 할 분위기가 아니었다. 그녀도 서버에 연결되어 있던 그녀의 노트북을 챙기고, 추앙신에서 가져온 자료 중에 민규를 치료할 방법에 관한 것이 있는지 찾다가 너무 피곤해서 그녀의 짐만 대충 정리해 놓은 후 선실로 돌아와 침대에 쓰러졌다.

바깥에서 들리는 시끄러운 소리에 눈을 떴다. 갑판으로 나왔다. 배가 인천항 해경 부두에 접안하는 중이었다. 부두에는 많은 사람들과 검은색 승용차들이 즐비하게 서 있었다. 게리와 크리쉬도 처음 보는 외국인 몇과 함께 있었고, 드론 협조 때문에 국정원 갔을 때 만났던 사이버 센터장도 양복을 입은 남자들과 함께 서 있었다.

"저 사람들이 왜 여기까지 나왔을까요?" 수진이 옆에 있던 지혜에게 물었다.

"그러게요. 뭔가 분위기가 이상한데요."

배가 멈추고, 탑승교가 연결되었다. 부두에 대기하고 있던 사람들이 먼저 배로 올라왔다. 그중의 한 사람이 함장 앞에 섰다.

"국정원에서 나왔습니다. 대통령 특별 지시로 지금, 이 순간부터 넥스트 소사이어티의 조직원과 자료, 장비 일체를 저희가 접수합니다."

"뭐라고요? 그런 연락 못 받았습니다만."

"확인해보시죠."

함장이 어딘가에 전화했다.

"아니, 국정원에서 다 가져간다고요? 우리가 지금까지 이렇게 고생했는데 그럴 수가 있어요?" 그녀가 지혜의 팔을 붙잡으며 말했다.

"저도 좀 알아볼게요." 지혜는 구석으로 가서 전화를

걸었다.

함장은 전화를 마친 후 말없이 굳은 표정으로 부두를 쳐다보고 있었다. 양복을 입은 사람들이 선실로 들어갔다. 지혜도 전화를 마치고 수진에게 다가왔다.

"경찰청장님도 일방적으로 통보받았는데 청장님 선에서 어쩔 수 없다나 봐요. 장관님 통해서 청와대에 알아봐야 하는데 하필이면 장관님은 스캔들로 지금 연락도 안 된다고 하고, 미치겠네요."

수진은 사이버 센터장에게 다가갔다. 센터장은 게리와 뭔가 얘기하고 있었다. 게리는 수진을 보자 가볍게 고개를 끄덕이곤 다른 외국인들과 선실로 사라졌다.

"아, 채 연구원, 안녕하십니까." 센터장이 말했다. 웃으며 반기는 표정이었지만 그녀를 바라보는 눈매는 그렇지 않았다.

"센터장님, 이게 갑자기 무슨 일인가요?"

"아시다시피 Q-웨이브가 국가안보에 민감한 기술이라 저희가 관리하게 되었습니다."

"그러면 저희 조사단은요?"

"환각 사건의 원인을 밝히고 기술도 다 확보했으니 경찰과 조사단은 이제 역할을 다 한 거죠. 그동안 수고 많았어요."

"아직 다 안 끝났어요. 정리해야 할 일이 많아요. 그리고 저희랑 일하던 김민규 형사님이 치료가 필요한 상황인데, 지금 들고 온 자료 중에 치료법이 있을 수도 있어요."

"그건 저희가 차차 찾아보고 연락드리겠습니다."

"그럴 시간이 없어요. 제가 직접 봐야겠어요. 지금까지 이 기술을 들여다본 사람이 아니면 너무 오래 걸릴 거예요."

"앞으로 Q-웨이브를 연구, 관리하는 조직이 별도로 구성될 텐데 그 조직에서 자료 관리에 관한 규정을 만들기 전에는 아무나 함부로 접근할 수 없습니다. 삼성동 사무실에 있는 자료도 마찬가지입니다. 지금쯤 우리 사람들이 다 접수했을 겁니다. 어쩔 수 없어요. 공동 관리하기로 한 미국 NSA와도 그렇게 합의했고요. 한 가지 방법이 있는데, 지난번 국정원에 오셨을 때 우리와 함께 일하자고 했던 제안은 여전히 유효합니다. 국정원으로 적을 옮기고 Q-웨이브 담당하는 임시 조직으로 발령이 나면, 원하시는 자료부터 먼저 보실 수 있습니다. 신원 조회도 다 받으셨으니 금방 진행될 거예요."

"아니, 그런 법이 어딨어요? 아픈 사람 치료부터 해야죠."

"한 사람 한 사람 사정을 다 봐 드릴 수는 없습니다. 마음 바뀌면 연락 주세요. 그럼 저는 좀 바빠서 이만."

선실로 사라지는 센터장을 쳐다보는 그녀의 입술이 떨

렸다. 국정원을 경계했던 민규가 옳았다. 그가 여기 있었더라면 참지 못했을 텐데. 그래 봐야 소용없었겠지만.

장비들이 있는 선실로 돌아왔다. 현식과 다른 국정원 직원들은 장비를 마저 정리하고 있었다.

"현식 님, 아셨어요?"

"구체적인 건 저도 몇 시간 전에 들었습니다. 수진 님, 죄송합니다. 저도 지시대로 할 수밖에 없어서, 먼저 말씀 드리지 못했습니다. 지금까지 작업하시던 소스 코드와 데이터, 작업 기록도 다 두고 가셔야 합니다."

"어떻게… 지금까지 믿고 함께 고생했는데…."

그녀의 눈에서 눈물이 주르륵 흘러내렸다.

"제가 추한 모습 보이네요. 이러지 않으려고 했는데. 실례할게요."

그녀는 자신의 가방만 챙겨 나왔다. 복도에서 크리쉬와 마주쳤다.

"여긴 무슨 일이세요?"

"저도 미국 정부로부터 이번 사건과 관련된 모든 기술을 한국의 국정원과 공동으로 접수하라는 지시를 받았습니다. 압수한 장비를 살펴보러 왔습니다."

"저더러는 모든 걸 넘기고 손 떼래요. 최소한 민규 님 치료에 필요한 자료는 찾아야 하는데. 이렇게 될 줄 아셨어요?"

"이렇게 될 줄은 몰랐습니다. 제가 도울 일이 있을까요?" 크리쉬가 물었다.

* * *

"그러면 이것으로 집단 환각 사건의 원인과, 사고를 일으키고 잠적했던 넥스트 소사이어티 임직원을 추적, 체포한 경위를 말씀드렸습니다. 질문 받겠습니다."

합동 조사단장과 경찰청장이 긴급 발표를 마쳤다. 발표장은 내외신 기자들로 발 디딜 틈이 없었다. 정훈은 수진 옆에 앉아 있었다. 조사단을 사실상 이끌었던 정훈이었지만, 사무실에 몇 번 나타나지도 않았던 명목상의 조사단장이 대표로 발표하는 것이 별로 신경 쓰이지 않는 듯했다. 정훈은 예고 없던 긴급 발표이고 개인정보 유출 사고 발표와 겹쳤기 때문에 예상보다 기자가 덜 모였다고 했다.

"감정 조작은 다 빼고 환각만으로 최대한 축소해서 발표한 걸 사람들이 믿어줄까요?" 그녀가 정훈에게 귓속말로 말했다. 정훈은 그녀에게 흘깃 눈길을 주며 입술에 손가락을 갖다 댔다. 기자들이 일제히 손을 들고, 경찰청장은 한 명씩 지목해서 질문하도록 했다.

"사건이 발생한 후 넉 달이 넘어서야 사건의 진상을 발표했는데요. 그동안 환각을 경험했던 수백만 국민은 불안에 떨어야만 했습니다. 이렇게 시간이 오래 걸린 이유와 그동안 먼저 알게 된 사실도 시민들에게 공개하지 않았던 이유를 말씀해주시죠."

"네, 이들이 일반 회사의 평범한 임직원들일 것으로 예상했는데 전문적인 범죄 조직의 지원을 받아 은밀하게 잠적하는 바람에 수사 과정에 어려움이 있었습니다. 저희가 무엇을 얼마나 알고 있는지 공개를 하면 수사에 영향이 있을 수 있어서 비공개로 진행하게 되었습니다." 경찰청장이 답변했다.

"그렇다면 이 회사는 말씀하신, 소위 Q-웨이브 기술을 이용하여 어떤 일을 계획하고 있었나요?"

"그 부분은 아직 명확하지 않습니다. 이번에 체포된 핵심 임직원들을 심문하면서 차차 밝혀질 것으로 기대하고 있습니다."

"중국 영해에 가까이 가서야 이들을 잡았다고 하셨는데요, 중국과는 어떤 관련이 있는 건가요?"

"정확히는 중국 영해는 아니고, 중국의 배타적 경제 수역에 접근했었으나 중립 지역인 한중 잠정 조치 수역에서 체포한 것입니다. 이번 사건에 중국이 관여되었다고 판단할만한 증거가 있고, 이들이 Q-웨이브 기술을 중국에 팔려고 하고 있었던 것 아닌가, 그렇게 추정하고 있습니다."

"최동석 박사는 서울로 이송된 후 사망했다고 발표하셨

는데요, 저희 신문사는 최 박사가 체포될 당시 멀쩡했다는 제보를 받았습니다. 심문 과정에서 가혹 행위가 있었던 것은 아닌가요?"

"가혹 행위는 전혀 없었습니다. 정확한 것은 부검 후 다시 말씀드리겠습니다만, 체포 당시 최 박사는 Q-웨이브 송신 장비 옆에 있다가 이 장비가 폭발할 때 내상을 입었던 것 같습니다. 외관상 별 이상이 없었는데 갑자기 상태가 안 좋아져서 부근의 모 의료기관으로 긴급 이송했으나, 내출혈로 사망한 것으로 보고 있습니다."

"그동안 발표가 늦어지면서 여러 가지 루머가 많았는데요, 지난번 나이트클럽 광란 사건과 이 사건의 관련성에 대해 말씀해주십시오."

"나이트클럽 사건은 향정신성 약물에 의한 것으로 밝혀졌습니다. 근거 없는 루머에 대해서는 제가 더 이상 드릴 말씀이 없습니다."

"그러면 이 Q-웨이브 기술은 앞으로 어떻게 되나요, 조사단장님께 답변 부탁드리겠습니다."

"Q-웨이브 기술을 포함한 넥스트 소사이어티의 모든 지적, 물적 자산은 국가로 귀속됩니다. 이미 저희 조사단에서는 이 기술을 BMI, 즉 브레인-머신 인터페이스의 새로운 수단으로 활용하는 것을 고민하고 있었습니다. 시각장애인들이 형상을 볼 수 있게 해주는 장치 같은 것들이 가능하지 않을까, 뭐 그런 아이디어들이 있지만, 장기간 노출되었을 때 인체에 어떤 영향이 있는지 등 앞으로 추가 연구가 필요한 부분이 많습니다. 이러한 연구는 앞으로 신설될 전담 기관에서 진행할 것입니다."

기자들의 질문이 계속 이어졌으나 경찰청장과 조사단장은 일정상의 이유를 들어 기자 회견을 끝냈다. 수진은 회견장을 나서는 정훈을 따라갔다. 정훈은 그녀를 빈 회의실로 데리고 들어갔다.

"과장님, 자료 접근 요청은 어떻게 됐어요?"

"여러 방면으로 알아봤는데, 아직 기다려 보라는 얘기밖에 못 들었습니다. 저도 안타깝네요."

"그러면 김 형사님 치료 방법은요?"

"그것만이라도 먼저 볼 수 있게 해달라고도 요청했는데요, 아직 담당자도 제대로 지정되지 않은 것 같습니다. 계속 알아보겠습니다."

"아, 정말 너무들 하네요. 국정원에서 순순히 도와준다고 했을 때 알아봤어야 했는데."

"저도 순진했습니다. 나랏밥을 이만큼 먹었으면서도. 채 연구원님한테 제가 면목이 없네요."

"과장님이 어쩔 수 있었겠어요. 그러면 조사단은 이제 어떻게 되나요?"

"우리 할 일은 이제 끝난 것 같네요. 각자 제자리로 돌

인천

아가야죠."

그녀는 집에 돌아왔다. 샤워하고 사흘째 입고 있던 옷을 갈아입은 후 커피를 한 잔 마셨다. 서해에서 인천항을 거쳐 돌아온 이후에도 기자 회견 때문에 한숨도 눈을 못 붙였지만, 그동안 고민해온 것을 마침내 결심하고 나니 머리가 또렷이 맑아졌다.

백팩에 노트북을 챙겨 넣고 집에서 좀 떨어진 카페로 갔다. 커피를 한잔 더 마시며 노트북을 열었다. 노트북의 바탕 화면에는 아이콘이 하나도 없었다. 5005함에서 내릴 때 국정원 사람들이 하드 디스크를 백업받은 후 전부 초기화 된 노트북을 돌려줬었다. 그녀는 새 문서를 열었다. 손가락이 떨려서 한동안 키보드를 누르기 힘들었다. 너무 많이 마신 커피 때문인지, 아니면 긴장 때문인지 분간할 수 없었다.

'저는 집단 환각 사건 조사단에 참여했던 채수진입니다. 오늘 정부에서 진상을 발표했으나 의도적으로 은폐하고 속인 부분이 있어 이를 밝히고자 합니다. 저는 비밀유지서약을 했고, 지금 하는 행위가 불법이며 제가 처벌받을 것이라는 점을 잘 알고 있습니다. 그런데도 이 내용을 공개하는 이유는 넥스트 소사이어티가 개발한 Q-웨이브 기술이 많은 사람에게 도움을 줄 수도, 또는 나쁜 목적으로 사용될 수도 있기 때문입니다. 저는 이런 양면성을 가진 새로운 기술을 국가, 그중에서도 특정 기관이 비밀리에 독점하면 안 된다고 믿습니다. Q-웨이브는 발표된 바와 같이 환각을 보여줄 수 있는 것 외에도 사람들에게 감정을 주입할 수 있으며…'

그녀는 넥스트 소사이어티가 어떻게 감정과 이미지로 사람들의 마음에 영향을 미쳐 주가를 조작하고 폭력 시위와 성폭행을 유도했는지 적었다. 또한 그걸 탐지하기 위해 정부가 이동통신사의 기지국에 어떤 장치를 설치했는지, 그리고 서해에서 확보한 증인과 자료가 조사단과 경찰의 눈앞에서 어떻게 사라졌는지, 그 때문에 사건 해결에 목숨을 걸었던 한 경찰이 머리에 각인된 공포로부터 영원히 헤어나지 못할 수도 있다는 것을 상세하게 적었다.

"잠시 휴대폰을 빌릴 수 있을까요?"

5005함의 복도에서 크리쉬와 마주쳤을 때 그녀가 말했었다.

"제 휴대폰에는 보안 소프트웨어가 설치되어 있어서요."

크리쉬는 잠시 생각하더니 아무 말 없이 그의 휴대폰을 내주며 화면 잠금 비밀번호를 그녀에게 보여줬다. 그녀는 화장실에 들어가서 가방에 넣어 온 노트북을 열고 기술 자료, 회의록들을 화면에 띄운 후, 크리쉬의 휴대폰으로 화면을 촬영해서 클라우드에 업로드했다. 노트북에 의무적으로 설치된 정부의 보안 소프트웨어는 네트워크나 USB를 통해 자료가 외부로 유출되는 것을 막았지만, 화면에 보이는 것을 막을 방법은 없었다. 휴대폰도 보안 소프트웨어로 통제되고 있었으나 미국인들의 휴대폰은 예외였다. 물론 이 경우에도 문서에 포함된 워터마크는 사진을 통해서도 누가 유출한 것인지를 드러내지만, 그녀는 숨길 생각이 없었다.

그녀는 클라우드에서 사진들을 내려 받아 작성 중인 문서에 첨부 하고 문서 작성을 마쳤다. 이걸 세상에 공개하면 그녀는 구속된다. 엄마를 도우러 갈 수도, 회사로 돌아갈 수도 없게 된다. 또 Q-웨이브 기술의 실체를 알게 된 사람들의 반감 때문에 시각 보조 장치 같은 선의의 활용도 어려워질 수도 있다. 그러나 개인정보 유출 사고 때문에 난리가 난 회사로는 돌아가고 싶지 않았다. 엄마는 혼자서도 어떻게든 지낼 테고, 어쩌면 소연이 민규를 치료할 길이 열릴 수 있을 것이다. 국정원과 NSA가 사람들의 마음을 조종하는 기술을 몰래 독점하는 세상, 민규가 두려워했던 그런 세상에 그를 저렇게 놔둔 채 살 수는 없었다.

기자 회견 때 받았던 기자들 명함의 이메일로 문서를 전송했다. 그녀가 글을 올릴 수 있는 모든 게시판과 블로그에도 올렸다.

그녀는 카페를 나와 택시를 타고 엄마 집으로 향했다.

* * *

구치소는 생각했던 것보다는 지낼 만했다. 무엇보다도 고민할 것이 없어서 홀가분했다. 옷가지와 잡다한 생활용품을 챙겨 면회 온 엄마는 오랜만에 딸을 다시 챙겨줘야 하는 상황에 오히려 활력이 있어 보였다. 몇 년 만에 선택의 여지없이 읽게 된 종이 신문의 기사를 한 줄 한 줄 정독하는 것도 재미있었다. 바깥세상은 시끄러웠다. 몰래 대규모로 감정을 조작할 수 있는 기술이 존재하는 데다, 그걸 정부가 은폐하려 했으니. 뉴스에서는 이번 사건이 스노든이 NSA의 인터넷 감시를 폭로했을 때보다 세계적으로 더 주목을 받고 있으며 그녀를 구명하기 위한 촛불시위도 시작되었다고 했다. 나를 위한 촛불시위라니, 그녀는 혼자 우쭐해지기도, 쓴웃음을 짓기도 했다.

"좀 어때요, 지낼 만해요?" 면회 온 정훈이 물었다.

"네, 조사단에서 주말 야근할 때보다 편해요. 요즘은 잠도 잘 자요." 그녀가 웃으며 대답했다.

"그런 줄 일찌감치 알고는 있었지만, 채 연구원님은 정말 용감하고 씩씩하시네요. 그런데 오늘은 좋은 소식이 있어요. 김 형사가 퇴원했어요. 아마 좀 있으면 여기도 들를 걸요?"

"아, 정말이요? 이제 괜찮으신 건가요?"

"네, 많이 좋아지셨어요. 넥스트 소사이어티의 치료법이 효과가 있었어요. 그리고 한 가지 더 있어요. 어젯밤에 청와대에서 연락을 받았어요. 대책 회의가 있었대요. 어차피 모든 건 다 알려졌고, 이걸 수습해야 하는데 대통령께서는 어떻게든 발전적인 쪽으로 해결하자고 했대요."

"그래서요?"

"우리나라가 주도하는 새로운 국제기구를 만들어 Q-웨이브 기술을 공개적으로 개발하고 관리하도록 한대요. 국제원자력기구를 벤치마크 한다고 하고요. 미국도 이 기구에 참여하기로 얘기되었대요. 한국에 기구를 두는 대신 초대 원장은 미국인으로, 아마 크리쉬 쿠마르 박사가 선임될 것 같아요. 탐지 시스템 고도화 개발이나, 채 연구원님이 원하는 시각 장애인을 위한 기술 개발도 할 수 있을 거예요."

"그걸 어떻게 아셨어요? 제가 뭘 원하는지?" 그녀가 깜짝 놀라 물었다.

"제가 그 정도 눈치도 없겠어요? 아무튼, 이 조직에서 기술 개발을 리드할 사람이 필요한데, 제가 그 일에 채 연구원이 제일 적합하다고 추천했고 크리쉬도 그랬다고 들었어요. 마침 법무부에서도 이 상황에서 채 연구원을 어떻게 해야 할지 골치 아프던 차에, 여기서 일정 기간 의무 근무하는 조건으로 기소 유예하기로 했고요."

그녀는 정훈의 손을 덥석 잡았다. "정말, 정말 감사해요. 물론 그 일을 해야죠."

"법무부에서 서류를 잔뜩 들고 들어올 테니 잘 읽어보신 후에 결정하시고요. 저도 그 국제기구에 자원했어요. 채 연구원하고 계속 함께 일하게 되면 좋겠어요."

판도라의 상자가 열렸다. 세상이 어떻게 바뀔지 모른다. 그러나 그녀는 지켜보고 있지만은 않을 것이다.

2단계

대통령과 조성호는 위스키병을 마저 비웠다. 슬슬 취기가 올랐다.

"조 원장, 우리 학생 시절 함께 나이트에서 술 마시던 때 생각나나?"

"그때가 좋았죠. 위스키는 다 가짜였지만, 감정은 진짜였으니까."

"그랬지. 그런데 이제 여자가 나 좋다고 해도 그놈의 무슨 웨이브인가 덕분일지도 모르는 세상이 되었군."

"제가 휴대용 감정 판별기 하나 만들어 드리겠습니다."

"이 나이에 판별기만 있으면 뭐 하나. 조작기를 하나 만들어 주소. 그건 그렇고, 이제 어떻게 할 거요?"

"어차피 드러나는 것은 시간문제라고 말씀드렸잖습니까. 지난번에 드렸던 보고서에서 제시한 2단계로 바로 넘어간 셈이니까, 그 로드맵을 앞당겨 진행하면 됩니다."

"조 원장이 시간이 좀 더 필요하다고 하지 않았소? 그래서 그 개인정보 소동도 벌였던 것이고."

"그 덕분에 앓던 이도 빠졌지요. 행안부 장관이 그리되었으니, 경찰도 한동안 몸을 사리지 않겠습니까. 다음번에는 아무리 야당 몫의 자리라고 해도 좀 다루기 편한 사람이 그 자리에 오도록 신경 쓰겠습니다."

"김태권 장관이 그렇게 된 것이 정말 우연이요?"

"그렇게 알고 계시면 됩니다. 무작위로 개인정보가 뒤섞였고, 김 장관이 운이 나빴던 거지요. 다 자기 업보 아니겠습니까."

"그래, 그냥 모르는 게 낫지. 어쨌거나 이건 나중에라도 문제 안 되도록 확실하게 좀 처리해주시오."

"걱정하지 마십시오. 이미 흔적은 다 지웠고, 혹시 뭐가 나오더라도 중국 해커 짓으로 보이도록 해뒀습니다. 그러면 원래 2단계에서 계획했던 대로, 한동안은 신설되는 IQA, 즉 국제 Q-웨이브 기구에서 민간인들이 열심히 일하도록 놔두고 국정원 산하 비밀 조직에서 응용기술 위주로 개발하다가 나중에 IQA 이사회의 우리 편 사람들 통해서 슬슬 통제하도록 하겠습니다. 이번에 사건 해결에 많은 역할을 했던 핵심 엔지니어도 IQA로 합류하는 것 외에는 선택지가 없도록 했고요. IQA 초대 원장은 미국에서 지명하기로 했는데, 유력한 후보인 크리쉬 쿠마르 박사도 이번 정보 유출에 협력한 건을 포함해서 NSA가 약점을 잡고 있기 때문에 꼼짝 못 합니다."

"그러면 미국 몰래 빼돌린 최동석 박사는 그 비밀 조직에서 일하고?"

"그렇습니다. 그 친구가 원래 제일 전문가인 데다, 그동안 자기 조직원들 대상으로 여러 가지 재미있는 실험을 많이 했더군요. 그런 경험과 지식은 잘 활용해야죠."

"그래, 잘 좀 해 주시오. 우리나라의 미래가 달린 일인데."

"그럼요. 걱정하지 마십시오. 다 계획한 범위 내에서 진행되고 있습니다."

미국이 우주개발 경쟁에서 러시아를 이길 수 있었던 것은 베르너 폰 브라운 박사를 활용했기 때문이었다. 나치 독일을 위해 V2 로켓을 개발하며 수용소의 죄수를 노예로 부려 2만여 명을 희생시킨 사람에 비하면 최동석은 그리 큰 흠을 가진 사람도 아니었다. 하지만 그런 사람에게 공개적으로 국가적인 프로젝트를 맡길 수 있는 시대는 지났다. 조성호는 알량한 도덕성과 융통성 없는 사법절차보다 국가의 생존과 번영을 우선하기 위해서는 자신과 국정원의 역할이 무엇보다 중요하다고 믿었다.

서평

누가 텔레파시를 따분하다고 했나(내가 그랬다)

해도연 SF소설가 / 천문학 박사

2014년 6월, 미국국립과학원회보에 '소셜 네트워크를 통한 대규모 감정전파에 대한 실험적 증거'라는 제목의 논문이 공개되었다. 평소라면 관련 분야의 학자들만 들여다볼 학회지의 짤막한 논문이었지만, 곧 전세계의 이목이 이 논문에 집중되었다. 적어도 당시 페이스북을 이용하던 수억 명의 관심은 확실히 사로잡았다. 그 중에는 자기도 모르는 사이에 감정 실험에 이용된 70만 명의 사람도 있을 것이다.

페이스북의 뉴스피드에 나타나는 글의 내용이 사용자의 감정에 미치는 영향을 확인하기 위해 페이스북 사용자 70

만 명의 뉴스피드가 '통제'되었고 사용자들의 감정은 정말 어느 정도 예측 가능한 방향으로 뉴스피드에 영향을 받는 것으로 드러났다. 이를 통해 SNS가 감정의 대규모 전파를 일으킬 수 있다는 걸 알게 되었다. 흥미로운 사실이다. 하지만 흥미로운 것에서 끝나지 않기에 문제였다. 누군가 사람들의 감정을 조작하는 대규모 실험을 했고 거기에는 이용된 사람들의 어떤 적극적인 동의도 없었다(페이스북의 약관을 다 읽은 사람의 몇이나 될까?). 2년 뒤인 2016년, 미국 대통령 선거를 앞두고 페이스북을 통해 퍼져나간 페이크뉴스가 페이스북을 이용하는 유권자들의 정치적 결정에 영향을 미쳤다는 이야기도 나왔다.

 우리의 감정과 결정은 정말 우리의 것일까. 자유의지에 대한 논의는 여전히 끝나지 않았지만 이제 좀 지겨운 면이 있는 것도 사실이다. 하지만 21세기에 들어서면서 SNS라는 새로운 변수가 등장했다. 처음엔 그저 사람과 사람 사이의 교류를 위한 것이었지만 점차 규모가 커지고 거대한 플랫폼으로 변하면서 우리가 가장 많은 정보를 접하는 매체가 되어버렸다. 그리고 이 매체는 우리의 행동을 분석해 우리에게 '최적의 선택지'를 제공하며 우리의 다음 행동을 이끌어내고 있다. 번거로운 탐색과 판단 과정을 대신 처리해 주고 있는 것이다. 하지만 선택을 이끌어내는 탐색과 판단을 우리 손에서 놓아버리면 그걸 우리의 선택이라고 할 수 있을까? 대답이 어느 쪽이든 한 가지는 거의 확실하다. 우리 스스로는 우리의 선택이라고 느낄 것이라는 사실이다. 마침 새 모니터를 구입하려고 하던 차에 뉴스피드에 뜬 모니터 리뷰를 보고 그 제품을 선택한 건 내 의지이지 광고주와 그 리뷰를 내 뉴스피드에 올려준 페이스북의 의지가 아닌 것처럼 말이다.

서두가 너무 길었다. "모두 고양이를 봤다"를 들여다 보자. 이 작품에서 SNS는 중요하지 않다. "모두 고양이를 봤다"는 텔레파시를 현실적으로 풀어헤치는 하드SF다. 텔레파시는 낯선 존재가 아니다. 이미 수많은 픽션 속에서 등장해 식상할 정도다. 하지만 누구나 이런 생각을 해본 적이 있을 것이다. 왜 텔레파시를 무전기 대용 정도로만 쓰고 있을까? 무선 통신 기술이 발달한 오늘날, 옛날 픽션 속에 등장하는 텔레파시는 많이 낡아 보인다. "모두 고양이를 봤다"는 이런 텔레파시에 대한 SF적 가정을 바탕으로 현실적인 사고실험을 이끌어 낸다.

우리의 뇌와 거기서 만들어지는 의식은 우주와 심해 만큼이나 미지의 존재다. 양자역학과 카오스를 포함한 다양한 현대물리학이 뇌의 의식의 신비를 파헤치기 위해 도전을 하고 있다. "모두 고양이를 봤다"는 여기서 한 가지 가정을 한다. 우리 뇌에 있는 뉴런의 미세소관은 아주 작은 나노구조물이기에 여기에서 일어나는 양자역학적 현상이 의식을 만들어내는 것이 아닐까하는 가설이 있다(정말로). 만약 여기에 영향을 미치는 어떤 물리량이 있다면 어떻게 될까. 작품 속 넥스트 소사이어티라는 회사의 과학자 최동석이 발견한 Q-웨이브가 바로 이것이다. Q-웨이브를 이용하면 사람의 뇌에 영향을 미칠 수 있고 곧 환각과 감정을 이끌어 낼 수 있다. 현실적인 의미의 텔레파시인 것이다.

텔레파시를 보며 들었던 의문을 다시 떠올려보자. 왜 텔레파시를 무전기 대용으로 밖에 쓰지 않는 걸까? 멀리 떨어진 사람의 뇌에 직접 영향을 미쳐 행동과 선택을 이끌어낼 수 있는 기술의 잠재력은 무전기보다 훨씬 크다. "모두 고양이를 봤다"의 사건과 사고를 이끌어가는 것이 바로 그 잠재력이다. Q-웨이브의 잠재력은 앞에서 이야기한 오늘날의 SNS가 가지고 있는 잠재적 영향력과 닮아있다. 그것을 이용하려는 기업과 권력의 윤리의식마저 닮아있다. SNS의 영향력이 심리적으로 정교하다면 Q-위에브의 영향력은 물리적으로 정교하다. 둘 모두 대상의 의지와는 무관하게 어떤 감정과 판단, 선택을 이끌어낸다. 단 한 사람에게서 끝나지 않는 이 영향력은 곧 사회적, 정치적 영향으로 성장하게 되고 이 강력한 힘은 누군가에게 탐욕의 도구이자 대상이 된다.

SF를 즐기는 사람에게 텔레파시는 허무맹랑해 보이기 쉽기 때문에 오히려 다루기 어려운 소재다. 하지만 전자공학과 컴퓨터과학을 전공한(심지어 박사다) 작가는 Q-웨이브라는 이름으로 텔레파시를 정교하게 재설계하고 자칫 현실과 동떨어져 보일 수 있는 소재 속에 21세기에 새롭게 대두한 자유의지와 선택의 문제를 녹여내고 있다. 호기심과 욕망을 공유하며 남겨진 단서를 통해 사건의 진상을 쫓아가는 주인공들과 한 발 앞서 더 큰 그림을 그리며 그들을 지켜보고 있는 범인과 흑막들의 존재는 페이지를 넘기는 속도를 증폭시킨다.

마지막 페이지를 덮고 나면 이런 생각이 들 수 있다. 나는 정말 커피가 마시고 싶은 걸까. 나는 정말 저 정치인이 싫었던 걸까. 이 책을 펼친 건 정말 나의 의지와 선택이었을까.

작가의 말

어려서부터 SF를 좋아했습니다. 과학적 지식과 상상력이 절묘하게 버무려진 이야기가 주는 재미와 경이감에 도취되어, 장래 희망도 과학기술 분야를 벗어난 적이 없었고 결국 IT 분야에서 일하게 되었습니다. 컴퓨터와 인터넷, AI가 세상을 바꿔 가는 과정을 가까이에서 보면서 이런 기술이 좀 더 정교하고 현실감 있게 묘사된 SF는 왜 흔치 않을까 하는 아쉬움을 갖게 되었고 나라면 그런 작품을 쓸 수 있을 것이라는 생각까지 하게 되었습니다. 물론 그것이 다른 사람이 하는 일은 다 쉬워 보이는, 오만한 착각이었음을 깨닫기까지는 그리 오랜 시간이 걸리지 않았습니다.

현실적인 기술의 연장선에서 SF적인 경이감을 선사하기에는 각종 미디어가 기술에 대한 사람들의 기대 수준을 너무 높여 놓았습니다. 과학기술적 설정과 이야기의 짜임새, 개연성, 감동과 재미를 동시에 추구하는 것은 고차 연립방정식을 푸는 것만큼 어려운 문제였습니다. 소설이라는 형식의 글을 처음 써보니 모르는 것이 너무도 많았다는 것은 언급할 필요도 없을 것 같습니다.

  무모한 도전이 아니었을까 하는 생각을 하면서도 끝까지 글을 마무리할 수 있었던 것은, 그래도 이 작품을 읽고 즐길 사람들이 있을 것이라는 바람 때문이었습니다. IT 산업에 종사하는 분들에게는 그 산업의 중요성에도 불구하고 대중매체에서 거의 다뤄지지 않거나 왜곡될 때 느끼는 아쉬움을 덜어주고 싶었습니다. AI나 빅 데이터 같은 용어를 많이 접하면서도 그 실체가 궁금했던 분들에게는 점차 더 많이 활용될 기술의 구체적인 모습을 보여주고 싶었습니다. IT가 막연히 어려울 것이라고만 생각하는 학생들에게는 이 분야를 좀 더 알고 싶고 어쩌면 이런 일을 해보고 싶다는 자극을 주고 싶었습니다.

  새로운 것을 배우는 일은 그 자체로 즐겁습니다. 글쓰기를 배우고, 이 작품에 필요한 연구를 하고, 평생 기술 관련된 일만 하다가 글 쓰는 분들의 세계를 살짝 접해본 것만으로도 저에게는 충분한 즐거움이었습니다. 거기다 이 작품을 읽은 분들이 조금이나마 재미를 느끼고, 새로운 것을 알게 되고, 자극을 받는 계기가 된다면 정말 보람 있을 것 같습니다.